生財棄婦

上

文創風 312

半生閑 著

目錄

序

半生閑

女孩心中都有個灰姑娘的夢，很小的時候，在一定的時間、一定的環境，我總是會幻想著自己是個灰姑娘，在某個午夜的時候白馬王子帶著他的水晶鞋找來，說讓我做他的新娘。

我從小就是一個平凡的女孩，長相一般、家境一般，甚至連學業也是不上不下那種。

可我再一般，我也有心中的夢想。

為了追尋我心中的灰姑娘夢，在每年的春天，屋後花開的季節，我總會拉上幾個小閨密到小山坡上，在開遍山坡的花叢中，摘下淡紫的紫藤、潔白的梔子花、紅豔豔的映山紅……紮成一個百花爭豔的花環戴在頭上，跳著沒有師承、沒有旋律的蹦蹦舞，與小姊妹一起歡笑，一起瘋狂，在那一刻我彷彿覺得自己就是一個公主，只是等著我的白馬王子發現我、找到我……

長大後見過了城市的風景，被城市的風景迷亂了雙眼。為了脫離農村生活，為了實現自己的公主夢。經過刻苦努力我終於跳出了農門，成為城市裡的一塊磚、一片瓦。

只是理想很豐滿，現實很骨感，生活並不像演戲那麼浪漫……

來到城市裡，每天都為上班、擠車、購房、相親而忙碌，現實的生活讓我變得現實，多少次回想著小時候的夢幻，如今每每回首，總會覺得那時候我作的夢是多麼的美好。

如今我已完全成年，更加明白生活中沒有灰姑娘也沒有白馬王子，只有真實的生活。可是我卻從不後悔小時候作過的許多個灰姑娘的夢，就算明知道那是個夢，可是它也在我的夢中燦爛過……

為了紀念那段讓人懷念的山間生活，也為了祈禱心中的那個白馬王子能像男主一樣，霸道與柔情兼具，陪伴我一生。於是我寫下《**生財棄婦**》這個故事，希望我所有親愛的讀者，妳們的愛情生活不必經過先苦後甜，就能找到一個寵妳一生的另一半。

第一章

秦曼快發瘋了！

她發現自己的頭痛得要命！

痛！好痛！真的痛！

她覺得自出生以來，從來沒有經歷過這種劇痛。

秦曼想要明瞭現在的狀況，她的眼珠勉強轉動了兩下，可她發現眼前一片漆黑，難道是晚上了嗎？眼皮動了幾下，她這才發現，眼皮好重，根本就睜不開。

難道剛才被那冒失鬼撞下樓的時候，傷的是眼睛？還是傷到了頭部的神經以致無法睜開眼睛？

為什麼會這樣？秦曼害怕了！如果以後真成了瞎子……

但是秦曼無法再去想了，一波又一波痛入骨髓的痛感傳遍全身，讓她腦子一片空白。

這爛醫生不知道先給我止痛嗎？我好痛呀，從頭到腳都在痛著，醫生拜託先止痛吧！秦曼痛得直想罵人。

今天明明是個好日子，既是她作品獲獎又是她的生日，可為什麼這樣倒楣？

難道因為今天是黑色星期五？

秦曼搖晃了一下劇痛的腦袋，耳邊倒是很安靜，她應該被送往醫院了？可這是什麼醫院？

不給她打止痛針不說，還有這床怎麼這麼硬？不知道病人是需要好好休息的嗎？

正想將那個把她撞下樓梯的倒楣小子罵他個祖宗十八代時，耳邊突然聽到有一個童聲在叫她。「姊姊，妳再不醒來，大伯娘就會讓人把妳扔到後山亂葬崗去陪三堂哥了！」

什麼？此時的震驚要比認為自己將成為一個瞎子來得猛烈！

想要張嘴詢問，可是她還是說不出話、睜不開眼。

秦曼認為自己一定在作夢。

這時童稚聲音的主人——桃子搖搖毫無動靜的秦曼說：「姊姊，妳快點醒呀！大伯娘硬說是妳把三堂哥剋死的，可是林家村的哪個人不知道，他本就跟人打架被打得快死了，還非拉著妳來沖喜，妳好可憐喔！」

為什麼夢這麼真實？

無人應答，只聽得桃子繼續嘀咕。「不過桃子和娘都感謝妳，三堂哥是個壞人，他老和大伯娘一塊兒來欺負我和娘。爹爹沒了，他就幫著大伯娘來占我們的地，他們都是壞人！那天晚上大伯娘是想讓妳死，妳流血了都不讓人給妳包紮，好在那個道長伯伯說，要是妳死在林家，林家就會大禍臨頭，所以他們才不敢放著妳不管。」

秦曼覺得這夢實在是太可怕了，竟然就跟親身經歷一樣。

她想要走出這個夢境，離開這個虐心的夢境，看看這麼可憐的女子，到底是誰？她不想聽了。

秦曼用力晃動了腦袋，終於清醒了不少，而且耳邊的話停了。果然是在作噩夢！她心中鬆了一口氣。正當慶幸之際，一道更殘忍的聲音打破了她的幻想。「姊姊，妳醒了？」

頓時，秦曼感覺自己跌入萬丈深淵。

一張髒亂的小臉，呈現出滿臉的驚喜，映入她的眼簾。

桃子看見秦曼眼睛發直的樣子不禁有點害怕，轉念一想卻立即明白過來，口氣變得更加同情。「姊姊，妳是不是在床角撞了一下，把腦袋給撞壞了？天呀！這可怎麼辦？妳後爹說把妳賣給林家了，說再也不來認妳了，要是妳真傻了，那妳以後怎麼辦？」

見一個才八、九歲的小女孩一臉同情的看著她，秦曼的腦子裡有一股衝動，她還是回到夢中去吧！

只是，想睡還真不可能。

趁小女孩處在震驚中，秦曼打量了一下所處的地方——柴房。

這是什麼情況？

秦曼重新閉上眼睛，絕望的哭了。

難道前世她死了？

如果是這樣，那帶大他們雙胞胎兄妹的外公外婆、費盡心力栽培他們的爺爺奶奶，還有骨肉相連的父母，他們會怎麼樣？

看見秦曼痛哭的樣子，桃子嚇著了，雖然小小年紀卻能馬上安慰人。「姊姊，妳是不是害怕了？別怕，娘把妳的包袱偷出來了，妳的東西都在裡面。妳快走吧，到鎮上去再說，大戶人家會請下人呢，我娘也經常去做幫傭的。」

秦曼抬起淚眼矇矓的雙眼，打量著這個小小的女孩，面黃肌瘦的小臉，隨意紮起的兩條小辮，一身土花布的小襖，無一不顯示著那是古代的裝扮，一瞬間她心中更悲傷了。

桃子無措的拉著她，不安的說：「姊姊，妳真的不能哭了，要是讓大伯娘聽到了，妳又有得受了。她可不是個手軟的人，前幾天她去我家園子裡摘菜，我跟娘說了，她就趕過來扭我耳朵，說我是個不受教的孩子，我這耳邊現在還痛著呢。」說著小桃子扭過了臉，讓她確認那還腫起的小耳朵。

非親非故的桃子在擔心她，讓秦曼止住輕泣。「謝謝妳，桃子。姊姊不哭了，能不能給姊姊弄點水來，我口好乾。」

桃子飛快的站起來說：「姊姊，妳等會兒，我給妳拿水和吃的，妳已經快三天沒吃東西了。」

看著桃子輕巧的跑出去，秦曼抬手把眼淚擦乾，這個時候不適合哭泣，如果這家主人真如小桃子所說，一會兒怕是要來為難她。

手捂在額頭，秦曼終於明白頭為什麼疼了，三天前撞破的額頭沒有經過消毒，發炎了。

腦子都已燒得昏昏沈沈的，怪不得這麼疼。

扭轉身子左右看了看這四壁透風的柴房，她發現自己坐在雜草中，四周無人，看來這裡平時是沒人來的。伸手摸到身旁的包袱，才剛在這看似嫁衣的寬大衣服內繫好，小桃子就一手端著一碗水，另一隻手拿了一個饅頭，躡手躡腳的溜了進來。

「姊姊，妳快吃吧，送三堂哥上山的人都快回來了，一會兒大伯娘準會來找妳麻煩，要是不吃點東西，妳肯定走不到鎮上。」桃子急急忙忙的告訴秦曼。

秦曼坐直身子，接過碗喝了兩口，把又硬又冷的饅頭塞到了嘴裡。她從來都沒有吃過這種雜糧做的冷饅頭，剛一嚥下，就全卡在喉嚨了。

桃子見這個姊姊噎著了，急忙拍打她的後背說：「姊姊快喝口水進去，每次桃子噎著的時候，娘都是這樣幫我拍後背，然後喝水就好了。」

好不容易把饅頭嚥下，秦曼感激的說：「謝謝桃子。妳對我真好！」

被人這麼客氣的感謝，桃子羞紅了臉。「姊姊，我娘說要感謝妳把三堂哥剋死，如果不是妳，他要還活著，以後我們家的日子更難過了。」

頓時，秦曼頭頂一群烏鴉飛過，原來她成了一個剋夫的寡婦了！

遠遠的聽到了一陣嘈雜的聲音傳來，桃子臉色一變。「姊姊，大伯娘帶人來了，我得走了，要被她捉到，會被打個半死的。妳小心啊！」說罷，桃子急急站起來就往外跑。

秦曼一聽，立即把餘下的半個饅頭塞到了嘴裡，就算噎得差點翻白眼也沒放棄，急忙又再把半碗水咕嚕幾口喝下去，那速度可以用驚人來講。她在心裡自我嘲笑，如果讓同學或家人看到她這吃飯速度，恐怕下巴都會掉落。

桃子剛走出門沒多久，柴房的門「砰」的一下被撞開了，走進來一個大約四十多歲的婦女，胖胖的身材、狠厲的臉色，後面跟著幾個人。

婦人走到秦曼的身邊，一臉嫌惡，居高臨下的對著秦曼說：「賤人！還不快給我起來！我是瞎了眼才把妳買進我們林家，就因為妳這個掃把星，把我好好的兒子給害了。」

旁邊一個年紀二十四、五歲的男子看到秦曼蒼白的小臉後，眼放精光。「娘，可不能這麼輕易放過她！反正她是咱們林家娶進來的媳婦，竟然敢把三弟給剋了，就讓她在林家給三弟守節。」

男子話音剛落，他身邊的女子恨恨的看了秦曼後，對胖女人說：「婆婆，她這倒楣樣子，真要是留在林家，肯定給林家帶來災難。」

男子強辯著。「又不一定要讓她住在家裡，在三弟的墳旁搭個茅草棚，讓她在那裡守著，也不枉費林家花了五十兩銀子。」

後面這個女子看來是這個男人的媳婦，她知道自己家這個男人的心思，於是她急著看向胖女人。「娘，三弟的墳地也是林家的地。」

另一個二十六、七歲的男子看到了秦曼的樣貌後，先略有深意的看了剛才說話的男子，接著開口說道：「二弟，你是忘記王道長說過的話了，還是你想讓她給林家帶來災禍？」

先前說話的男子終於遲疑起來。「大哥，我、我不是這個意思。」

胖女人對自己的這個二兒子真是有點恨鐵不成鋼，剛剛還口口聲聲說要把這女人趕得遠遠的，這會兒一看到掃把星的相貌就起心思了？真是隻害人精！

她可不是那不爭氣的兒子，林家的運氣比什麼都重要！

於是胖女人瞪了二兒子一眼後，才指著秦曼惡狠狠的說：「如果不是王道長說妳不能死在林家，連用了賣妳的錢都會給林家帶來災難的話，看我不活活打死妳為我的三兒陪葬！妳既然醒了，就快滾，永遠不要再踏進林家的門，給我們帶來災難！妳這掃把星！阿福，把她拖去兩里地外，不要讓她的穢氣沾染了林家！」

一個大約三十歲的男僕走過來，架起秦曼就往外拖，差點把她拖倒在地上，秦曼定了定神，冷冷的說：「不要碰我！我自己會走。」

咬著牙扶著一邊的木柴，秦曼堅強的站起來，拿好藏在衣服裡的包袱，步履蹣跚的出了柴房門。

但沒有主人的吩咐，阿福並沒有完全放手，仍舊是拖著她。在半跑半走中，秦曼被拖出大門，向右往大路上又再拖了兩、三里，阿福才放手。

阿福鬆手，把秦曼扔到路旁。「妳也是個可憐人，妳自己走吧，以後不要再到這裡來了。」說完轉身離開。

被阿福一推，秦曼頓時跌坐在地上，根本站不起來。她的頭受傷又流血，餓了兩、三天僅吃一個饅頭、喝一碗水，還被拖著走這麼遠，已是頭昏腦脹得一點力氣也沒有了。

看著陌生的世界、陌生的環境、陌生的人群，秦曼坐在路旁輕聲哭了起來，此時的她腦子裡想的全是自己的親人，意識到這一生再也看不到他們了，眼底的淚水湧得更多了。

坐在路邊的秦曼雙手抱住雙膝，昏沈的腦袋搭在膝蓋上，小臉趴在腿間，嘴裡輕輕的叫著。「媽媽，外婆，奶奶……我該怎麼辦？」

前世的她是個高智商的孩子，在二十多歲本科即將畢業時，兩件作品就獲米蘭服裝設計大獎。

那是多麼值得喜悅的事，只可惜，她沒命享受了。

不管前生是多麼的能幹與聰明，可這時的秦曼完全成了個無助的孩子一樣，想著親人痛哭起來。

一旁走過的路人同情的看著她，議論起來。「這林正有一家可真是太缺德了！好好的一個孩子，就白白的給糟蹋了！」

「唉，你們說這做爹娘的也真狠的心呢，明知道這林老三已經只有進氣沒有出氣了，還捨得把她賣進這兒來，真是個可憐的孩子。」

「孩子，走吧，別再落在那家人手裡，他們一家子可沒一個好東西，幾個兒子都是欺男霸女的壞蛋，仗著自己父親是里正的堂兄，做些天怒人怨的事。這林老三是做多了壞事讓天收走了，哪裡關妳什麼事。」

秦曼抬起淚臉，感激的朝這位跟她說話的大娘笑了笑，無力的從地上爬了起來，只是她不知道，她能去哪兒。

「唉，作孽呀！好個秀氣的孩子，年紀輕輕以後要怎麼辦！」

「我說小妹子，我們林家村眾人是不敢收留妳的，要不然他們家非得出來鬧事不可。妳還是趕緊往鎮上去吧，找個大戶人家先做做幫傭，尋個棲身之所再打算吧。」

另一位大娘說的是事實，可是在這人生地不熟的地方，她能有那般幸運找到那麼好的地方嗎？

看秦曼那茫然的樣子，先前那位大娘又好心指點。「往前不遠處有幾戶外來人家，家裡都有請幫傭，不然妳先到那裡看看吧，這些人家林正有那幾個兒子還不敢去惹。」

秦曼這次是真心感激了。「謝謝大娘們的指點。」

等幾位婦人離去，見天色已近黃昏，再不找處休息的地方，秦曼怕自己晚上受凍後，會再也爬不起來。雖然那幾戶人家不一定會收留她，可不管怎麼樣，總得試試，再不行就是找個草堆也得把今晚捱過去，明天再去鎮上找醫館弄點藥吃了。

現在秦曼心裡唯一慶幸的是，託了那個王道長的福，自己沒有被林家轉賣，只是被趕走，要不然真被賣成了奴隸，恐怕往後更是生不如死。

站在路邊，秦曼左看看、右看看，已是傍晚了，路上沒什麼行人，這古代的農村真的很荒涼。

拿出包袱來，解開一看，裡面有幾件舊衣服，還有兩件新衣服，抖開衣服，掉出了一錠小銀子和幾個小銀錁子，看來總共還不到二兩。

秦曼舉目一望，確實發現不遠處有幾幢大房子，也許這就是大娘們說的那幾家外來戶吧？

再遠一點靠山邊的地方好像還有幾戶人家，但都不在路旁，以她這樣的體力想要走過去，看來還是個問題。

不能再想了，秦曼終於移動腳步，她發現每走一步，頭更痛了，直想讓她去撞樹，可是她知道這時不能倒下，否則後果無法預料。於是她咬咬牙，堅持著往前走。

好不容易走到屋子前面的溝邊時，秦曼差點倒下去，強支著身體，她發現在屋子的大門旁邊有一堆像稻草的東西。

太好了！也許能讓自己暖和的過一晚，秦曼在心裡雀躍起來，三步、兩步，還差一步，到了！

秦曼倒在稻草上，她剛想拿一把稻草給自己蓋一下，眼前一黑，終於無力的昏睡在乾草上……

第二章

一輛馬車停在門口。「吁！吁！吁！」三聲後，下車的是姜家的大管家凌叔，今年四十五歲，是當家的少爺姜承宣奶娘的丈夫，跟著他已二十六年，在姜承宣心中比自己那個無良的父親更重要。

凌叔不僅肩負大管家職務，他還有一手不錯的醫術。

今天他和妻子帶著小少爺到城裡置辦了一點準備春播的種子，順道將在城裡待了近半個月的少爺一起接回來。

因為載的東西多，車走得比較慢，在天黑前，終於趕到了家。

一到家門口，凌叔趕緊跳下車，轉身掀開車簾，對著車內叫著。「小少爺，到家了，下車了！」

傍晚時分，太陽快要落山，但三月的白晝已漸長，天色還透著微亮。

說話間一個長得瘦小的男孩兒被抱下了車，他正是姜家的小少爺姜弘瑞。出了車廂，弘瑞一眼就看到倒在乾草堆上的秦曼，那一身大紅嫁衣十分明顯。

「娘、娘、娘……凌爺爺，娘——回來了！放我下來！」姜弘瑞指著秦曼驚叫著，並不停的在凌叔懷中掙扎著要下來。

聽到弘瑞小少爺的驚叫，凌叔轉過身來，這才發現乾草堆上倒著一名女子。

凌叔走近一看，並不是夫人，只是一個穿著紅色嫁衣的女人。

「小少爺，不是夫人，你認錯了！」凌叔急著對小少爺說。

「是娘，紅衣。」姜弘瑞堅持著說。

這時凌叔才記起來，以前夫人嗜穿紅色衣服，據說是因為她的母親是妾出身，一生不得穿紅衣，所以當她成為正室夫人後，不管春夏秋冬，幾乎都穿著紅色衣服。

夫人走了一年多，當時才三歲的孩子對娘親最深的印象可能就是那身紅。所以，當這個穿紅色衣服的女人倒在大門口附近時，他就誤認為娘了。

這時奶娘凌嬸從車上跳下來，她今年四十三歲了，因為自己的兩個孩子都沒親自帶大，所以她一直把姜承宣當成自己的孩子。

她聽到一老一小的對話後，急忙走到了兩人的身邊，也看見了倒在草堆上的秦曼。她走到秦曼身邊，蹲下來輕輕的拍著她的臉。「這位夫人，您怎麼了？」

可這時秦曼正在昏迷之中，根本回答不了他們。

「凌奶、奶，娘親——睡！」姜弘瑞帶著急促的口氣說著，並大聲的叫著。「娘——回家，娘，回家、家睡。」邊說邊急著想下地。

「小少爺，她真的不是夫人！」凌叔急著說。

「不，就是娘，娘、娘——回家！」弘瑞一聽凌叔說秦曼不是他娘，便大聲的哭了起來，不依不饒。

「老婆子，妳再去叫個婆子出來，先把這位看似得了急病的夫人扶進去，若放著不管，小少爺是不依的。等爺回來再定奪。」凌叔只得吩咐先這麼做。

老婆子正要進門叫人，一陣馬蹄聲停在車後，這時弘瑞大聲叫起來了。「爹爹，娘、娘，回家！」

姜承宣從馬上跳下來，快步走到了三人的身邊，看了一眼倒在地上的秦曼，並對著兒子說：「瑞兒，這不是你娘。」

「不，是娘，爹爹，這是娘，叫娘——回家，爹，娘——回家！」說著姜弘瑞的眼淚啪嗒啪嗒流了下來。

姜承宣一看這情況，不把這女人帶進去是不行了，三月天戶外還是很冷的，瑞兒再賴在門外不進去，要凍壞的。

他一貓身，把秦曼抱了起來，率先進了大門直往裡走，並交代說：「凌叔，叫洪平把馬牽進去，我把她放在你們院子的客房裡，一會兒你來看看這女人怎麼回事。」

「爺，您放心，我馬上就來。」凌叔立即答道。

「我要看娘，我要看娘！」姜弘瑞一字一句肯定的說著，無比堅定。

凌叔一聽，知道不帶著小少爺，他是不會依的，就抱著他一起進了自己住的院落。

一行人來到凌叔夫妻住的稻香園。走入左邊的廊道上，姜承宣推開了第一個房間的門，把人放在了床上，然後轉身往外走到門口，接過了凌叔手裡的小瑞兒。

凌叔夫妻走到床邊，凌嬸拉開了被子蓋在秦曼的身上，凌叔把手放在秦曼的手上開始把脈，一會兒才放下。

他轉身回稟姜承宣。「少爺，這位夫人氣血虧損、脾胃虛空，可能是流過很多血，再加上飢餓造成昏睡，沒有太大的生命危險，多吃些補血的藥及人參雞湯之類的補品，再休養幾天，就會慢慢好起來，但要調理半年以上，才能完全康復。」

姜承宣點了點頭說：「就交給凌叔了，你看著辦吧！」

凌叔一躬身。「是，少爺。您跟小少爺先吃飯吧，可別把小少爺餓壞了。」然後又對凌嬸說：「妳去大廚房裡叫張嫂熬點稀飯，然後打盆水來幫這位夫人梳洗一下，一會兒我給她扎兩針，讓她醒了先吃點東西，等藥煎好後再讓她服用並好好休息。」

姜承宣再次點了頭，才對著弘瑞說：「好了，瑞兒，我們先去吃飯。」

「不要，我要——娘親，娘親，妳醒，妳醒！」弘瑞一聽說要把他帶走，又哭鬧了起來。

「不要哭了，我再說一次，她不是你娘親，你娘親死了！」姜承宣有些生氣的說著。

「爺，您別發小少爺的火，他這麼小，哪裡分得出來。小少爺，您乖，一會兒吃好飯，漱洗乾淨了再過來好不好？」凌嬸急忙安撫著爺兒倆，然後出門叫了一個小丫頭去廚房交代，並叫她打盆水過來給秦曼梳洗。

凌叔抱過姜弘瑞，對著他說：「來，小少爺，老奴帶您去吃飯，今天有你最愛吃的紅燒雞腿呢。」

「凌爺爺，那一會兒，瑞兒來。」姜弘瑞說。

「好。一會兒老奴帶您過來。」凌叔回答著，並請姜承宣先出門，一起回了上房宣園。

不一會兒，小丫頭茶花端來了水，並拿來了棉布巾。

在凌嬸的幫助下，茶花給秦曼洗了臉和手，並換上棉布衣，然後帶上門，和凌嬸一起去宣園侍候小少爺用飯。

天色已經完全黑了，姜承宣吃完飯去了書房。半個月沒回來，他得處理些事情，明天好開始備春耕。

凌嬸侍候小少爺吃過飯，又幫他洗漱好後，也許一天下來太累了，小傢伙很快的睡著了。

茶花吃完飯也過來了，凌嬸把小少爺放在了床上，叫茶花在小少爺的榻前守著，然後回到了稻香園。

這時，凌叔也抓好藥叫廚房煎好正端過來，兩老吃過張嫂送過來的飯，便端了藥進到秦曼的房間裡。

凌叔拿銀針在秦曼的人中穴上扎了一會兒，秦曼終於醒了過來，就著火燭的亮光，看到了眼前這對大叔大嬸，因為燭火不能與現代電燈相比，也只能看個大概，她心中暗想，大約是他們救了她。

秦曼開口問道：「大叔、大嬸，這是你們家嗎？謝謝二位的救命之恩！」說完便掙扎著要爬起來。

凌嬸走過來，扶著她坐起來。「夫人，妳昏倒在我們家門前，是我家爺和小少爺救了妳，要謝明天再謝他們。妳看來是受傷又餓了，剛才給妳梳洗的時候，發現妳頭上有一個大口，流了不少的血吧？可憐的孩子，是哪個人把妳傷成那樣的？來，先吃點粥，然後再喝藥，休息幾天就可以下床了。」

說著便把粥碗端到秦曼的面前，並一口口的餵她。

這時的秦曼已經是全身無力了，又餓得發慌，也就沒有客氣，大口的吃起來。

「夫人，慢點吃，妳體虛，今天晚上只能吃粥了，明天再弄些別的給妳吃。」凌嬸見秦曼那副吃樣，看著很心疼。

吃完粥，秦曼有了點力氣，她對著凌叔和凌嬸說：「大叔、大嬸，別叫我夫人了，我姓秦，叫秦曼，您叫我秦曼或是曼兒吧。」

凌嬸笑笑說：「那就叫妳秦姑娘吧，秦姑娘，妳這是怎麼回事？」

秦曼喝光了碗中的粥才說：「大叔、大嬸，我是臨城桐村人，父親是秀才但早逝，我娘為養活我和弟弟便再嫁了。我如今這模樣，是因為被繼父賣給你們這裡的林家老三做沖喜新娘。」記憶中原主就是這個遭遇，秦曼據實說了。

凌嬸一愣。「妳就是那林家老三的沖喜新娘？前幾天他被人打得不省人事的送了回來，說是不行了呢！」

秦曼點頭說：「我剛被送入新房的時候，新郎就去了。當時他的家人把我推倒在地上撞破了頭，之後還將我關在柴房兩天。」

凌叔說話了。「真不是個好東西，死了這林家村就少了一個禍害！偷雞摸狗不說，還欺男霸女！」

凌嬸也接著說：「是呀，林家村裡怕是沒有幾家沒被他欺負過的。說句良心話，這種人死得好！不過這回他們家肯把妳放出來，算是為子孫積德了。」

秦曼苦笑著說：「那還是因有一個道士說，如果我在他們家出事，我就會給林家帶來厄難。林家就說我是個剋父剋夫的女人並趕我出來，還要我一定得離開他們家兩里後才准歇腳。到了你們家門前，我實在是走不動了，本來只想借你家的草堆過一晚，卻沒想遇到了好心人，謝謝大叔和大嬸，更謝謝你們少爺和小少爺，我會把恩情永遠記在心上。」

秦曼說完話，已經是力氣都用完，有點快坐不住了，凌叔一見連忙說：「秦姑娘，先喝藥吧。叫我凌叔吧，這是凌嬸，我們只是姜家的家僕，有什麼事明天再說，今天妳好好休息。」

秦曼再三謝過了兩人，在他們夫妻的勸慰下，吃過藥、喝過水，便睡下了。

當秦曼再度醒來時，天已經大亮，正當她想起來時，門「砰」的一聲被撞開了，一顆小腦袋探了進來，隨後一個瘦小的小男孩衝了進來。

小男孩嘴裡嚷嚷道：「凌奶奶，娘、娘親醒了！快、快來！快來！」他說話很不連貫，看來好像只有兩歲多。

小男孩撲到秦曼的床邊，爬上了床，摟著秦曼的脖子，不停的叫道：「娘親，娘親，爹爹說，妳死了，不回來了，他騙人。嗚嗚嗚，瑞兒，想妳，好、想娘、親！妳去哪兒了？娘親！妳不要死，不要死，好不好？好不好？」一個滿臉淚水的小男孩，睜著水汪汪的眼睛看著她，眼裡充滿著祈求。

秦曼真的不知所措。前生只活了二十四歲，男朋友是交過，只是離結婚還早著呢！這世好像也是做不滿一天的新娘，便下了堂，她哪裡有當娘的經歷？

看著那雙含淚的眼睛，秦曼真想對他說好，我不走。可是自己能這麼說嗎？看來這是一個大戶人家的孩子，娘可不能亂做。要不然，別人真以為妳是有所圖才昏倒在這兒。

正不知該怎麼辦時，凌嬸進來了，她來到床邊，看著秦曼輕輕的說：「秦姑娘，妳凌叔說妳今天是下不了床的，妳的身子失血太多了，下床還會昏倒，今天再多休息吧，一會兒我叫人給妳洗漱送飯。好少爺，你不要哭了，這個姨姨病了，讓她先吃飯喝藥，再陪你好不好？」

「娘親，妳病了？我坐這兒，好不好？我不——吵妳，好不好？」說完小男孩翻身下來坐在了秦曼床鋪內側。

秦曼在凌嬸的示意下，對男孩說：「小少爺，你坐吧！」

「娘，叫瑞兒，瑞兒乖，不吵妳，妳吃飯。」說完便乖乖的坐在了床上。

端過茶花放在托盤上的早餐，秦曼優雅的吃了起來。早餐還算不錯的，稀飯、花卷、小包子、煎荷包蛋，還有幾樣小菜。應該是真的餓著了，秦曼吃得很香，但多年養成的習慣，並沒有不雅的吃相。

凌嬸在旁邊看著秦曼不緊不慢的吃著，她還真沒想到，一個小家小戶在繼父打壓下生活長大的女兒，竟然有這麼一副大家閨秀的吃相。

等秦曼吃過飯，又喝過了藥，漱過口之後，才發現凌嬸一直站在房間裡，立刻有點不好意思起來，帶點慚愧的說：「凌嬸，我……」

「秦姑娘，沒事，我反正也不忙，想問問妳現在感覺怎麼樣，如果覺得有好轉，就叫妳凌叔再煎些藥，如果再有什麼不舒服，也好調整藥方。」凌嬸笑著說。一個吃相像大家閨秀的姑娘，一定不會沒有教養，看來也真是個可憐的孩子，心中更是多了一分疼愛。

坐了一會兒，秦曼還是感覺渾身無力，畢竟失血過多的身子，在這缺乏輸血醫術的古代，不會恢復得那麼快。

凌嬸一見她的臉色，知道她沒有力氣再坐著，便對著床內的弘瑞說：「小少爺，我們出去玩好嗎?讓姨姨休息。」

「我,不去,我守娘,娘睡。」弘瑞一臉堅決的模樣,好像是哪個人敢把他帶走,他就哭的樣子。

弘瑞的行為,看得秦曼心中一痛,這麼小的一個孩子,怎麼會對一個錯認為娘親的人如此的依戀?看來母親的離開對他的打擊實在很大,也許是他娘親離開的時間還不大長,孩子還沒有完全忘記母親,可他怎麼會錯認自己呢?難道是自己恰好長得跟他娘有點像?

秦曼在茶花的幫助下躺了下來,弘瑞幫著給她蓋被子,看著弘瑞的小手在眼前忙碌,秦曼情不自禁的抓起了弘瑞的小手,輕輕的撫摸著,說道:「謝謝你!」

弘瑞用另一隻手,小心翼翼的摸著秦曼頭上裹著的白棉布,說道:「娘親,痛痛,瑞兒呼呼。」說完便在秦曼的頭上呼起來。

見此情景,秦曼眼睛裡頓時淚水上湧,沒想到,莫名其妙的到了這個陌生的世界,碰上的兩個孩子,都對她有著大恩;也許老天是不該把她帶到這兒來,但也讓她碰上幾個好人作為補償。在弘瑞的撫摸和呼呼中,秦曼慢慢的睡了過去。

一覺醒來,秦曼精神好了很多,在藥物和食物的補充下,讓她覺得一身輕鬆不少,看看窗外的陽光,可能是申時左右。

秦曼剛想坐起來,一動才發現身旁睡了一個人,側過身子一看,弘瑞正在她的身邊呼呼大睡。

看著孩子睡得紅撲撲的小臉，秦曼心裡湧上了幾許柔情。彷彿錯覺自己真的成了弘瑞的媽媽一樣，情不自禁的輕撫著他的小臉，湊過自己的臉，親了親弘瑞，那孩童的香味充滿鼻間，舒服到心底。

聽到秦曼側身的響動，坐在床前榻上打盹的茶花驚醒了，她站了起來。「姑娘，妳醒了。小少爺不願意下來，吃飯也要在妳床上吃，抱他走他就大哭，只好讓他一直在妳床上玩，後來累了，他就自己鑽到妳被子裡睡了。」

「沒關係，謝謝茶花守這麼久，我想起來如廁，麻煩妳幫幫我。」秦曼輕輕的說。

茶花從來沒有聽過別人對她說謝謝，見秦曼如此客氣，立即扶她下了地。

秦曼如廁回到房間，又在茶花的幫助下，吃了飯和藥，精神好了許多，回到床上靜靜的看著睡在身邊的弘瑞，然後又輕輕的睡下。

躺在床上，秦曼一會兒還睡不著。心中一直在想著，這是一戶什麼樣的人家？弘瑞的爹娘又到哪兒去了？以後她該怎麼辦？太多的事要想，想著想著她又睡著了。

就這麼在弘瑞的陪伴下，每天除了解決生理問題，就是吃與睡，終於三天後的早上，秦曼醒來時，覺得全身都輕鬆起來。不再需要茶花幫助，也還沒到弘瑞來陪伴的時間，她就自己爬起來，走出了房間。

凌嬸正走進院子，看到秦曼出來，快步走到了秦曼身前。「秦姑娘自己能起來了嗎？老頭子也說，大約三天妳就能恢復，雖然不能完全復原好，但是能出來自己走動了。看來恢復得不錯，妳在這院子裡走一走，我叫人把早飯給妳送過來。」

秦曼感激的說：「謝謝凌嬸和凌叔！我跟您兩老非親非故，卻承受如此照顧，真的感激不盡！」

凌嬸拉著她的手，拍了拍手背說：「用不著這麼說。妳也是個可憐的孩子，不用想太多，先把身體養好要緊。」

秦曼的心頭被凌嬸的話噎得滿滿的，她一句也說不出來了，來到這個陌生的世界，見到了惡人，但也見到更多的好人。

凌嬸去忙了，秦曼就慢慢的在院子裡走動。她發現院外有一個小花園，三月的小花園裡沒有一朵小花，幾棵小樹也是長青樹，沒有新芽出來。

秦曼心裡想著，這個地方肯定不是南方。她在南方長大，每年農曆三月來臨時，到處都生機勃勃，萬物早已甦醒，柳樹也已長出了新芽，那江南成片的油菜花亦開了。

可是這花園裡的小草似還未完全睡醒的樣子，只冒出了一點點的嫩芽，氣溫最高也不會高於十度，因此這大概是東部靠北的地方。但是沒有見到外面的植物，秦曼還是無法正確判斷這裡是哪。

秦曼正在糾結著這裡是南方還是東北方的時候，突然一道還帶稚氣的女聲響起。「聽說妳是瑞兒撿回來的？還說妳是瑞兒的娘親？這是哪來的這麼不要臉的女人呀！」

第三章

秦曼皺皺眉抬頭一看，一個年約十四、五歲的女孩從院外走進來，上穿著嫩綠色的外衣，下穿嫩黃色的百褶裙，俏生生的一個小女子，談不上多美，但洋溢著青春的氣息。

可是聽聲音卻不像一個清純的女孩，說話的口氣與她的年紀不相符，也無法想像她的教養有多好。

秦曼並沒有回答她，淡淡的表情、清亮的眼神就這麼靜靜的看著她。跟隨她進來的還有一個十二、三歲的小丫頭，打扮和衣著跟茶花差不多，想必是這女孩的丫鬟。

「原來是個啞巴？不會吧？昨天還有人告訴我，妳自稱是瑞兒的娘親，是不是現在怕了，不敢說了？看這個樣子，就是一個鄉巴佬，還敢說是瑞兒的娘親，我一會兒就告訴承宣哥哥，把妳趕出去！」女孩氣呼呼的說著。

原來，是來吃醋的。不過，這醋是不是喝過頭了？

「姑娘，妳說得對，也不知道是哪裡跑來的土包子，還想跟妳搶少爺。少爺一定不知道是她攛唆小少爺叫她娘親的，若少爺知道，一定會趕她走的！」小丫鬟見秦曼不說話，趕緊出言相幫。

秦曼聽見，輕笑了起來。果真是這家少爺的粉絲，錯把自己當作情敵，不過這樣一個女孩，當得了弘瑞的娘親？

秦曼想，如果真的讓她當弘瑞的娘親，這小孩子可有得受，可憐的弘瑞，讓上帝保佑你那老爹的眼光高點。

「妳笑什麼？妳不相信承宣哥哥會趕妳走嗎？只要我把妳可惡的行為告訴他，承宣哥哥就會趕妳走，因為他最討厭女人騙瑞兒說是他娘親。」女孩瞪著她說道。

「真不要臉的女人。姑娘，聽說她賴在姜府三天了。」小丫鬟又趕緊說著。

真是有什麼樣的主就有什麼樣的僕。也不知這女孩是這主家的什麼人，但是一定是想登堂入室做女主人的女人；看這牙尖嘴利不容人的樣子，不會是單相思的人吧？

秦曼再也沒有仔細聽她們的對話，沈浸在自己的思緒裡，她以一個現代高知識、高素養的女性眼光，來看待古代這大門不出二門不邁的小姐，那思想差別相當的遠。

正當那對主僕自顧自的議論秦曼時，一聲歡愉的童聲在門口響起。「娘親，瑞兒來──了，凌奶奶──說──妳起來──了！今天──可以──陪──瑞兒了！」一個小身影撲到了眼前，秦曼趕緊抱著他。

「瑞兒，她不是你娘親，你娘親走了，她騙你的，把她趕出去！」女孩急忙大聲的對弘瑞叫著。

「琳姑姑──壞人！罵娘親！壞人！走開！」弘瑞推著女孩，然後又摟著秦曼的脖子大聲說：「這是娘親，娘親不走！姑姑壞！我不要──妳，妳走！」眼淚邊說邊掉下來。

聽見跟在後面進來的茶花與秦曼問好，那琳姑娘的聲音又叫起來，她高傲的指著秦曼說：「茶花，妳這賤婢，為什麼對她這麼客氣！這是哪來的土包子，敢冒充瑞兒的娘親，快去告訴承宣哥哥，把她趕出去！」

茶花為難的看著琳姑娘。「琳姑娘，奴婢可不敢。」

弘瑞一聽要把娘親趕出去，立即大聲哭了起來。「娘親——不走、不趕、妳走！壞人！走！」他狠狠的瞪著琳姑娘。

「唉喲，我的小少爺，是哪個人惹您哭了？」凌嬸端著一托盤東西進來。

「凌奶奶、姑姑——趕娘親——走，她是——壞人！娘親不走，壞人走！」弘瑞急著跟凌嬸告狀。

凌嬸笑著說：「你琳姑姑在跟你開玩笑呢！小少爺不哭啊！」

弘瑞不依的說：「琳姑姑，壞人！娘親不走！」

「好好好，不走，小少爺乖，讓姨姨吃飯，凌奶奶抱。」凌嬸把手中東西放在房裡的桌上後，快步來到弘瑞身邊。

「不要，娘親抱！娘親陪玩。」弘瑞摟著秦曼的脖子不放手。

「好，弘瑞小少爺是個最乖的好孩子，跟姨姨進去吃飯，吃完飯姨姨陪你玩。」秦曼抱著弘瑞走進房間。

凌嬸對著琳姑娘行了一禮說：「琳姑娘，老奴去侍候秦姑娘用餐，不陪您了。」

琳姑娘一看人都進房間了，就算自己跟進去也沒有人理，一跺腳對著丫鬟說：「走，香米，我們找承宣哥哥去。我要去告訴他，這個不要臉的女人，想打他的主意！」

秦曼抱著弘瑞坐在桌邊，把他放在腿上。她覺得這孩子真輕，看來真小，不過這體態還不錯。

伸手接過茶花盛好的稀飯，弘瑞大聲的叫著：「娘親，瑞兒吃！」

秦曼一聽，猜測小傢伙沒吃早飯，心道怪不得這麼輕。

「好、好，姨姨餵給你吃，來，你坐在這凳子上。」秦曼急忙說。

「凌嬷嬷，小少爺自己要吃早飯呢，以前他早飯都不願意吃的！」茶花驚喜的叫了起來。

「真是個乖少爺，好好好，你多吃點，凌奶奶再去拿點過來。您們倆慢慢的吃。」凌嬸抹著眼淚說。

一年多來，小少爺一直不愛吃飯，每天都要哄很久才能吃上幾口，而平時吃完飯總是躲在房間裡不出來，不說話也不跟人玩，身子才會越來越瘦小。

凌嬸發現自秦曼來的這幾天，小少爺每天都來陪她，不到晚上不回院，說的話也比以前來得多。

今天還自己要求吃飯，真是個好現象，喜得凌嬸直掉眼淚，要是這個秦姑娘真的能讓小少爺好起來，也不枉小少爺救她一場。

凌嬸馬上出門去了廚房。小少爺最喜歡吃薏仁粥，今天早上正好給他燉了一小鍋，可他沒吃幾口便不要吃，因此才另端了一碗來給秦姑娘，現在就算把廚房的薏仁粥全端過來，也許他們能吃完呢，凌嬸樂呵呵的想著。

房間裡，秦曼餵著弘瑞吃早飯，當弘瑞一吃，她便鼓勵著說：「小少爺真棒！」

「小少爺加油！」在一聲聲的鼓勵下，弘瑞把一碗粥和一個荷包蛋全吃光，還吃了許多小菜。

茶花則一臉激動的看著弘瑞。「小少爺，您今天真能幹，吃了一大碗飯！」

「娘親——飯，好吃！」弘瑞認真的說著。

秦曼笑著說：「你真厲害呢！吃飽要先坐一會兒才好動，你且坐著，讓姨吃飯好不好？」

弘瑞認真的聽秦曼的話，老老實實的坐在凳子上看她吃飯。

秦曼配著小菜，吃完了凌嬸再拿過來的粥，同時還吃了兩個包子。飯後她放下碗拿過棉巾，先將弘瑞的嘴和臉擦乾淨，然後蘸著水給自己擦擦，又端起桌上的茶杯，倒了半杯白開水拿給弘瑞喝，並說：「小少爺，喝三口，把小嘴、小腸子清清，就會長得更快。」

弘瑞一聽會長得更快，馬上喝了三口。

凌嬸看著秦曼那自然溫柔的動作，又看著好久以來，從小少爺身上都見不到的神氣勁，心中有了一些打算。

吃完飯喝過水，秦曼陪著弘瑞坐著說了一會兒話，然後牽著弘瑞走出房門。吃過飯不能一直坐著，也不能有激烈運動，否則小孩會積食，引起消化不良。

弘瑞太瘦，這樣的人家不可能是沒得吃，是不是吃得太多引起了積食呢？古代沒有做成像糖果一樣的消化片吧？可是也不像積食的樣子，積食的孩子大多都有一個大肚子，而且有點硬，他沒有這症狀。

難道是因為討厭吃飯？如果是這樣，那可不行，厭食的話可會影響身體的生長和智力的發育。這一家人對她這麼好，她真的很關心這個孩子，而且還是這孩子救了她。

秦曼聽凌嬸說，是弘瑞最先發現她，而且一直認為她是他的娘親，一定要把她帶進來，否則他就不進門，他老爹沒辦法才把自己抱進來的。

這幾天秦曼從來沒有見過弘瑞的爹，或許是在古代男女授受不親，她沒走出過這院子，他當然也不可能走進來。

不過他老爹見不見沒有什麼關係，關鍵是怎麼樣才能幫助這孩子？這地方可沒有孩子愛吃的開胃食物。秦曼一邊走一邊想著，思緒有點跑遠了。

弘瑞見秦曼不理他，便停下不走了，秦曼見狀停住腳步，蹲下問道：「小少爺，怎麼不走了？」

「娘親不——理——瑞兒！」弘瑞一臉委屈的看著秦曼，秦曼才發現自己想心事忽略了他，她馬上說：「曼姨不好，罰親一下小少爺好不好？」

「好，要重重——的親喔！」弘瑞馬上高興起來，幾天來，他最喜歡秦曼親他。

「重重的親！」說完在小臉蛋上親了一口。

牽著弘瑞繼續慢慢走，不過這時秦曼可不敢不理他，一邊走一邊教著弘瑞。「弘瑞，我們一起來唸：飯後百步走呀，活到九十九呀。」

弘瑞一字一句的跟著唸，唸了幾遍後，竟然能一口氣說出這一句完整的話。

後面跟著的茶花高興極了，轉頭就叫凌嬸。「凌嬤嬤，您快來，小少爺會說很長一句話了！」

凌嬸聽到茶花的叫聲，馬上快步走上前。這時，弘瑞學著秦曼一步一步邁著，口裡完整的說出一句話，凌嬸見狀，開心得笑出了眼淚。

秦曼看得莫名其妙，孩子也不大，說不出一句完整的話不也正常嗎？不過有的事她還是少問為好。

玩了一會兒，一個小哥跑過來對凌嬸說：「凌嬤嬤，爺叫您帶小少爺到書房去，說好多天都沒認字，今天要教他認幾個新字。」

「瑞兒不走，要娘親！」弘瑞一聽要帶他到書房，不樂意了，不高興的叫了起來。

「小少爺，您不去的話，爺要生氣的，到時要罰您的，說不聽話就不帶您去騎馬呢！」小哥哄著弘瑞。

「瑞兒不——騎馬，要娘親！」弘瑞固執的說著。

「小少爺，您不去，爺要罵奴才的，求求您了！」小哥要哭了，今天這小少爺怎麼就比以往更難哄了呢？

「好少爺，您先跟洪平去爺的書房，認完字再來陪曼姨好不好？」凌嬸逗著他說。

「不要！」弘瑞仍舊固執。

秦曼一看如果弘瑞堅決不去的話，他老爹可能要發怒，如果強行要他去的話，他要發脾氣，怕是左右都會出事。她蹲下來拉著弘瑞的手，眼睛看著他說：「你是不是怕曼姨走？姨不走，外面有壞人，姨好怕！弘瑞想不想保護我？」

「想，瑞兒要——保護娘！打壞人！」弘瑞握緊小拳頭揮了揮示意著說。

「弘瑞真是個好孩子！曼姨謝謝你，可是壞人現在很厲害呢，如果弘瑞不好好學本領的話，會打不過他呢，怎麼辦？」秦曼故意一邊感動、又一邊擔憂的說道。

「瑞兒，好好——學本領！娘親——留在屋裡，瑞兒學本領——保護娘親！」弘瑞大聲的說。

「好，弘瑞認真學，曼姨不出去，在屋裡等你。」秦曼對著他認真回答。聽到秦曼的回答，弘瑞這才答應跟著洪平去書房。

洪平感激的對秦曼說：「謝謝姑娘！」

弘瑞走了後，茶花也跟著過去侍候，秦曼覺得有點累，見凌嬸正在收拾房間，很不好意思，便快步走進去。

「凌嬸，我自己來收拾，您這麼幫我，我真的很難為情。」秦曼一臉慚愧。

「秦姑娘，妳別在意，妳身子還不是很好，再休息幾天就會恢復。好孩子，妳怎麼這麼瘦，應該多吃點。」凌嬸笑著對秦曼說道，臉上流露濃濃的關心。

秦曼來到凌嬸身前，拉著凌嬸的手，認真的看著凌嬸的眼睛。「凌嬸，如今我是個無錢、無權、無家族背景、無家可歸之人，還是一個被休的棄婦，如果沒有您和您的家人，秦曼也許已不在人世。您對我的大恩暫難回報，如果有那麼一天，我能為這個家做些什麼，就算是用命來換，我也不會吝惜。」

凌嬸一聽秦曼的話，內心被觸動，覺得她真是一個好孩子，可憐老天對她太不公平，正要安慰秦曼幾句，卻聽她接著說：「凌嬸，我有一件事想問您，是關於弘瑞小少爺的。今天我餵他吃飯時，發現他的牙長得很好，超出了一般兩、三歲孩子的牙況，可是他說話和身量卻只有三歲多的樣子。凌嬸，弘瑞他多大了？」

凌嬸聽到秦曼的話後，表現出一臉的難過。她不知該不該跟秦曼講，可是見這幾天來秦曼對小少爺的態度，又想著也許她真的能幫助小少爺也不一定，想定之後，她拉著秦曼在凳子上坐下來。

「秦姑娘，老身也不知該怎麼跟妳講，弘瑞小少爺還有兩個月就要滿五歲了，妳不相信吧？」

秦曼驚訝的說：「快滿五歲？難道他身上發生了什麼事不成？恕我冒昧的問，是不是他娘親……」

凌嬸抹抹眼淚，繼續說：「秦姑娘還真有心。確實是因為少奶奶的事才變成這樣的。」

秦曼不好意思的說：「我不是想知道些什麼，只是小少爺對我有救命之恩，因此單純關心他。」

凌嬸笑笑說：「雖然我們相處時間很短，可是妳的性子我還是能了解一點的，我知道妳的意思。少奶奶並不是死了，而是離開了。」

秦曼「啊」了聲。「她捨得扔下這麼可愛的孩子？」

凌嬸又抹了一把淚說：「其實小少爺也是個命苦的孩子。我家爺一直都是很忙的，小少爺小時候，除了我偶爾幫忙之外，就一直是少奶奶帶著，所以跟少奶奶感情很好。可是一年多前，少奶奶陷害少爺，並拋棄小少爺走了；雖然小少爺一心要找到娘親，可是少奶奶卻不要他們父子了，怎麼能找得到？」

秦曼驚訝的說：「這世上還有這樣做娘的？難道是她與姜爺有什麼誤會不成？」

凌嬸嘆息一聲說：「哪有什麼誤會！只是主子的事，我也不好多嘴。」

秦曼訕訕的說：「對不起，我不該問的。」

第四章

這孩子還真敏感，但心腸不錯，凌嬸心中想道。她拍拍秦曼，又說：「沒什麼，這也不是什麼不能說的事。自少奶奶走後，這孩子飯也不吃，覺也不睡，就這麼鬧了一個多月，性格和脾氣變得很內向，後來少爺帶著我們幾人離開了原來住的地方，搬來這裡住下。

「以為換了環境，時間久了他就會好起來，但是至今一年多了，始終不見好轉。一直到那天見到妳開始，他話才多起來，漸漸像個四歲的孩子。」

凌嬸說著說著，眼淚又禁不住的往下流。「秦姑娘，妳不知道，今天早上看著他吃了這麼多的飯，我真的好開心，我們的小少爺看來真的好起來了，我打從內心謝謝妳！」

「嬸，您別叫我秦姑娘，叫我曼兒吧，在家的時候，我娘就這麼叫我的，看到您，我覺得很親近，就像看到娘一樣親近。我是被繼父賣了的人，娘家我是回不去了，要不然還得再被賣一次。以後我也沒有親人了，我想把您當作我的親嬸看，您把我當作姪女看，望您不會覺得我高攀了您。」

凌嬸道：「好孩子，是嬸高攀了。妳是秀才的女兒，我和老頭子是奴才的身分，雖說爺沒有把我們當下人看，那是主子的恩典。接觸妳幾天，我也知道妳是個好孩子，能讓妳給我們當姪女，那是我們的福氣。」

秦曼一聽，立即站起來退開一步，對著凌嬸行一大禮。「嬸，以後就請多多關照。」

凌嬸開心道：「曼兒不必多禮。」

秦曼思索一下又說：「嬸，有件事我想與您說。我小弟自小是我帶大，記得他在我爹剛去世的那兩年也有這個情況，只是沒有小少爺這麼嚴重。」

凌嬸驚訝的說：「真有這麼回事？那曼兒帶孩子是有經驗了？」

秦曼說：「談不上是什麼經驗。我受了小少爺的大恩，無以為報，所以我想留下來一段時間陪陪小少爺，等他好點後我再走。」

凌嬸驚喜的問：「真的？曼兒不是說說的？」

秦曼誠懇的說：「嬸，您也知道，我目前也是沒地方去，要是能留下來陪伴小少爺，我求之不得。不過我不想賣身為奴，因為那樣我對不起自己的親爹，我雖然不是什麼才女，但是做個孩子的西席還是可以，您看行嗎？」

「曼兒，嬸作不了這個主，一會兒少爺有空，我去問過他，只有少爺同意，妳才能留下來。」凌嬸有點愧疚。

「嬸，我知道您為難。弘瑞小少爺這種情況從醫理上來說，叫孤獨症，是一種心上的問題，這也是一種病態，大夫有說過，孤獨就是自己把內心封閉起來，他不承認他娘親不要他了，他沒有走出自己那個內心世界。一個孩子對娘親的依戀無法用言語和表現來衡量，要他好起來，就要讓他從內心承認他的娘親走了，並給他一個雖然走了但還有可能再見的希望，這樣他才會有嚮往，也會用積極的態度對待生活和家人。」秦曼結合這個身子的記憶加上前世自己的知識，分析了弘瑞的問題。

其實透過觀察，弘瑞並不一定是她剛才所說的孤獨症——也就是現代醫學講的自閉症，他的智力並不低，模仿能力也不差，他很可能只是有一些心理上的小問題，因為娘親的離開讓他擔心和害怕，因此他不想承認娘親走了，一直躲避在自己的內心世界。

秦曼想如果有人與他多接觸多溝通，得到他的信任，開發他的興趣，從而提高他的自信，他一定會好起來。

凌嬸見秦曼一下子就說對了小少爺的症狀，於是她想了一下說：「曼兒，這事妳等著，我跟老頭子商量過後，再跟我家爺說。要是真如妳所說的，那小少爺好起來的希望就大了。」

秦曼理解的說：「我不急。嬸，我也知道您的難處，只是我想試試能不能幫助小少爺。當然，我也有私心，畢竟現在的我無路可走。」

她越是這樣說，凌嬸越覺得她實誠。「妳這麼通透的孩子，哪個人不喜歡？妳且等著我的消息吧。」

秦曼之所以對弘瑞的成長想了這麼多，一來是真的想感謝弘瑞對自己的幫助；二來她來到這個世界才只有六天時間，對這個世界一無所知，若要生活在這個世界，那就必須了解它。

可是要了解得有時間，靠這小包袱裡二兩的碎銀，能活幾天？前身是一個大門不出二門不邁的女孩，雖然不是大戶小姐，但因為一直都在家裡帶弟妹、做繡活、做家務，對外面世界自然都不了解，在記憶中，她好像連附近的市集都沒有去過，也不知是不是記憶出了差錯。

穿越來這裡的她，亦對這世界一無所知，所以一定要有充分了解後才能再打算，因此目前留在這裡是最合適的，有吃有住才能活下去。

只是她留得下來嗎？要是她前世是學醫的就好了。

姜承宣的書房與臥室相連，這個園子裡的結構與其他園子都一樣，只是比其他的園子相對大了一些。

姜承宣當時買下這個房子時，看中的也是房子大、結構簡單，後面還有一片小樹林可以作練功的場地。正廂的三間他一個人用，左邊的廂房整理後當作弘瑞的臥室和起居室，與兩個臥室相連的那一間改成了洗漱和如廁的地方，兩父子共用。

小廝洪平住在園外的廂房，與茶花的臥室相連，隔了一堵牆、一扇門。

茶花的小房間則與弘瑞的連在一塊兒，平時她都要守夜，睡在弘瑞的榻前。

此時，姜承宣坐在書桌前聽著凌嬸的回報，凌叔不時也插上幾句。

「凌嬸，妳說這姓秦的女人說的話可信嗎？」姜承宣聽完凌嬸轉述的那些話問道：「她在打什麼主意？難道是想留下來，故意誇大了弘瑞的病？這一年多來，弘瑞雖然是長得慢了點，但是也不像有病的樣子。凌叔，你看呢？你懂醫術，弘瑞哪裡有病？」

「爺，從身體上來說老奴真沒有發現有什麼病，但秦姑娘說的那些話想想也是真有的事。這一年多來，小少爺說話、做事、讀書等方面確實是有點小問題。老奴也一直在想，為什麼小少爺長得這麼慢？如果從秦姑娘的話來考慮，或許是真的。」凌叔看著姜承宣認真的回答。

「爺，還要回您一件事，秦姑娘說，她的娘家是回不去了，除了娘跟弟弟外，也沒別的親人，還認老奴做嬸娘。她說她在這裡只留一年，不要工錢，也不賣身。」凌嬸補充著說。

「只留一年？不簽賣身契？那如果出了什麼事要如何處置？」姜承宣眼光一暗。「洪平，你去把秦姑娘叫到書房來。我倒要看看這個女人有什麼想法。」

門外的洪平立即應道：「是，爺，小的馬上就去叫秦姑娘來。」轉身走出宣園。

秦曼一大早就起來了，吃過早飯後，弘瑞被茶花帶出去，她就沿著走廊觀察起這個院子，昨天還沒有來得及仔細看，就被那女孩給打斷。

秦曼想她今天不會再來了吧，要不然還真覺得頭痛。傷已漸漸好了，但每天來一次這樣的轟炸，這頭痛應該是好不了。

秦曼仔細打量著，院門進來正面有三間廂房，看來是凌叔、凌嬸的起居室，自己住的和對面各有兩間，院子是一個三合院。兩側的廂房與正面的三間廂房有一道門，廊簷下是一道溝，跨過溝就是個小天井，小天井裡還有一個很小的花園，滿院子都是青石鋪地。院門是圓形門，透過院門秦曼看到外面的天井，整個院子結構很緊密，房子不大新，但看得出修葺過。

秦曼覺得這個農家院落應不是個小戶人家，不要說只看這一個小院的結構，就是她住的那房間在農村也算得上是精緻了，從走廊進門，有一個小的起居室，一邊有一張桌子和幾張椅子，另一邊則是洗漱間，再進門要上臺階，內有大炕和梳妝檯，寬敞明亮的碧紗廚，讓人覺得乾淨整潔。

小廝洪平見秦曼站在小花園旁邊，立即走到她身邊行了一禮。「秦姑娘，爺請您到書房一趟，請跟小的來。」

秦曼聽是主人要見，馬上提步跟了出去。

她專心跟著洪平的腳步走過大廳，邁過一道門檻，走過一段廊簷，發現裡面有一個寫著「宣園」二字的院子，院牆白底藍圖，讓人看著清爽舒服。

秦曼跟著洪平來到了一個房間前，洪平高聲道：「爺，秦姑娘來了，是否可以叫進去？」

一個低沈的男聲傳到耳邊。「叫她進來吧。」

「秦姑娘，請！」洪平一低腰，做了個請的姿勢。

秦曼走上兩級臺階跨進了房門，一抬頭，看到房間內除了凌叔、凌嬸外，還有一個年約二十幾歲的男人。只見他身材偉岸，膚色古銅，五官輪廓分明，眼神幽暗深邃而冰冷，那眼神突然讓秦曼覺得這個男人好可怕！

看到這個男人的神情，秦曼心中嘀咕了一下，這個男人好像很討厭她似的。她很納悶，她又沒得罪過他，為什麼看著她像看仇人一樣？就算是你救了我好了，也不用一副看奸細的眼神吧？我可不是別人派來臥底的。

還沒等秦曼在心裡腹誹完，男人開口了。「秦姑娘，聽妳說瑞兒有病？」

秦曼走到男人身前，行了一禮。「秦曼見過姜爺。小女子並沒有說小少爺有病，只是覺得弘瑞小少爺似乎跟別的孩子有些不一樣。」

「哦，不一樣？說看看哪裡不一樣？如果妳亂說，小心妳的命！」姜承宣冷冷的說。什麼？說錯了就要命？秦曼心裡很不舒服，悶悶想道：你又不是閻王，動不動就要人命！算了，別說了，這種人性格扭曲無法溝通。

秦曼抬頭默默的看了姜承宣一眼，低腰行一禮。「請恕小女子無狀，我來錯了。」轉身就往外走，剛踏出一步，凌嬸連忙拉住。「曼兒，別在意，聽嬸子的話，把小少爺的情況跟少爺說一下。」

姜承宣揚了揚嘴角，看不出這個瘦小的女人還很有個性。

他再度冷冷的盯著秦曼開口。「我就暫聽妳說，希望妳不是在這裡胡亂賣弄。」

雖然心裡來氣，但她還是冷靜的開口。「這幾天來，小女子跟小少爺接觸過，我總覺得他的情況並不大正常。本以為是自己的錯覺，但昨天聽凌嬸說弘瑞小少爺已快滿五歲，可是他說話和反應都沒有五歲孩子該有的樣子，後來問過凌嬸，才知道小少爺小時候受過傷害。」

「嗯，他今後會怎麼樣，有沒有什麼辦法改變？」姜承宣見秦曼有點說到重點上，就再度開口。

「弘瑞小少爺現在的情況，有點像我大弟小時候，那年因我爹爹的死，他受了點打擊，很長時間一句話也不說，後來導致話也說不好。我和我娘很晚才發現這個問題，他是我們秦家唯一的男兒，因此娘賣了家裡所有值錢的東西請大夫來看病，很多大夫都說他沒有病，但是他卻漸漸變得不愛說話、不愛吃飯，人也越來越瘦。後來碰到一個遊方郎中，他說弟弟得的是孤獨症。」

姜承宣皺著眉說：「孤獨症？有這種病？」

秦曼點點頭說：「是的。」

姜承宣又問：「那後來妳弟弟如何？這到底是什麼樣的病？如何能治？」

秦曼說：「這種病有分天生和後天兩種，還說他們越大越會變得不愛與人交談、說話和吃食物。這個遊方郎中開了開胃助消化的方子，還交代了一些食物和生活上要注意的地方，並要他多與別人溝通，常與同齡人接觸，後來弟弟就慢慢的好起來。這個病有輕有重，我弟弟和弘瑞小少爺這樣算是很輕的，只要加以治療，很快就能好起來的。」

「妳有把握一定能讓瑞兒好起來？」姜承宣問道。

「對不起，秦曼不能這麼保證，因為無法承諾病症一定會好轉，我不能說大話。但是我可以保證的是，小少爺一定會比以前更好。」秦曼小心的回答了姜承宣的疑問。

「好，我暫且相信妳說的，希望妳做的比妳說的更好。」姜承宣面無表情的威脅著。

秦曼沒有理睬他，如果不是因為想暫時留下來，她也不會受這種鄙視。

為了今後工作更順利些，秦曼又接著提出了一些要求。「要讓小少爺快點好起來，一是要跟他多接觸多溝通，培養與家人、朋友的感情；二是要注意飲食，要多吃粗糧、水果、蔬菜、水產類，希望大家能配合。我不是大夫，無法保證什麼，唯一能保證的就是我會盡力幫助他。」

其實弘瑞這小傢伙根本就不是這個毛病，除了有心病需要開導外，剩下的就只是吸收與消化，及各種營養不全造成的體弱問題。

接著秦曼又補充道：「最好家中能養頭奶牛，每天給他喝一杯牛奶，有利於小孩子的成長。」

「這都不是問題，妳說會盡力幫助弘瑞，希望妳說到做到。如果我發現妳藉著給弘瑞治病玩別的花樣，小心妳的小命！」姜承宣不知為什麼看不得秦曼自信的模樣，又開始用秦曼的小命威脅。

姜承宣腦子裡突然想起昨天李琳跟他說的話——「承宣哥哥，你可要小心那個女子！只三天，就把弘瑞哄得團團轉。他現在都不跟我玩，你快點把那女人趕走！」

他雖然覺得李琳還是個小孩子，可這女子也沒比她大幾歲呀？小小年紀就能這麼沈著冷靜，怕真的不能小看。姜承宣不由得又提高了不少的警覺心。

第五章

想到這兒的姜承宣不動聲色的說：「好，就按妳說的，讓妳在這裡留一年，弘瑞的治療和教育都交給妳，茶花給妳使用。有什麼醫藥上的要求，就叫凌叔幫忙，有什麼需要的東西跟凌嬸說。」

不等秦曼再說什麼，姜承宣又說：「下午我們簽契約，從今天開始妳就是孩子的西席，除了給他治病外，還得從各方面正確教育他。我提供妳一年的食宿，一個月二兩銀子的月錢，以及四季衣服。如果弘瑞真的好了，一年後我再給妳一百兩的謝銀，但是如果出了什麼問題……我不說妳也知道，希望妳好自為之。」

秦曼聽了姜承宣冷漠的話，心裡不由得打了個寒顫，用小手摸著自己的脖子，看來還真是命懸一線。

姜承宣看秦曼的動作，突然覺得有點好笑。這個女人還真是什麼都不掩飾，但不管她是無意還是故意，她都逃不出他的手心。

姜承宣轉身對凌叔說：「凌叔，到鎮上去看看有沒有賣正在產奶的牛，你今天去買一頭回來。」

凌叔馬上應道：「是，少爺，老奴馬上就去辦。」說著要轉身退出。

秦曼看事情定下來了，她可以留在這兒一年，有這一年的時間，她有把握做好準備，如果還能掙到那一百兩的謝銀，短時間的生活就有了保障，離開這裡也就不怕了。「姜爺，如果沒有什麼事要吩咐，小女子告退。」

姜承宣嗯了一聲算是回答，秦曼彎腰行禮，轉身出門跟在凌嬸後面。

出了門的秦曼，拍拍自己的小胸脯。這男人為什麼總愛要人小命呀？這世界真沒生命保障，動不動就威脅人小命難保。

「凌叔，你且慢一步。」

聽到姜承宣的叫聲，凌叔又回到他身邊，並問道：「少爺，您還有什麼吩咐？」

「凌叔，我覺得這個女人不簡單，你叫個人多注意她，我還是不大放心，怕她玩什麼花樣。另外，下午叫她到書房把契約給簽了。」姜承宣吩咐著。

「是，少爺，您放心，老奴會叫人時時注意的。」凌叔再三保證後出了書房。

姜承宣仍舊坐在書桌前，他準備把契約書先寫好。寫著契約書，秦曼的身影浮現在他眼前，細緻烏黑的長髮披於瘦弱的雙肩上，略顯柔美，光潔白皙的鵝蛋臉龐還顯病態，黑漆漆的雙眼倒非常清澈，整個人看來纖巧細瘦雅致清麗。

聽說這個女子只有十六歲，可從他剛才的觀察來看，那說話的神態和應對事物的態度，不亢不卑、不急不慢，似乎與年齡不符合。

姜承宣覺得十幾歲的閨中女子，應該像琳兒那樣，害羞、膽小、嬌氣、天真、可愛，這些特點在她身上一點都找不到，這個女人不可小覷。

姜承宣在心中想著，女人都是一樣的貨色，越是會演戲的女人就越做作、貪婪、無情、下流！不管她們表現出哪種面貌，可骨子裡都沒差別。

越想姜承宣眼神越冷，看妳到底想搞什麼花樣，敢以弘瑞為藉口賴著，妳就是找死！

聽說秦曼被留了下來，李琳急忙跑到書房問：「承宣哥哥，你讓那個來路不明的女子，留下來給弘瑞做夫子？」

姜承宣看著孩子氣的李琳問：「琳兒是不是不喜歡她？」

李琳訕訕的說：「我哪有，只是覺得她對弘瑞沒安好心！」

姜承宣笑著拍拍李琳的頭說：「沒關係，家裡這麼多人，她玩不出什麼花樣來。以後琳兒要多注意她，要是她有什麼異樣，立即告訴我。」

聽了姜承宣的話，李琳立即高興的說：「是，承宣哥哥，琳兒一定會小心看著她的。」

看著一蹦一跳跑出去的李琳，姜承宣的臉上露出淡淡的笑，這才是十幾歲女孩應有的反應。

秦曼回到房間，沒有再去想姜承宣的態度，而是思索著要從哪裡開始與弘瑞互動。

秦曼曾經看過楊瀾訪談錄，楊瀾在節目中談起對孩子的教育，說要教育和影響一個孩子，就要融入到他的生活。

而融入他生活的最好辦法就是和他一起玩、講、看、做——玩他喜歡玩的、講他喜歡聽的、看他喜歡看的、做他喜歡做的。

弘瑞是因小時候母親離開造成的傷害，他最需要的就是母愛。秦曼沒做過母親，但她有三年陪伴自閉兒的經歷。

正在沈思著的秦曼，呆坐了半天沒有挪動一下位置。

「娘親，瑞兒來，陪瑞兒！」弘瑞叫喊的聲音讓秦曼回過神來，這時只見弘瑞跟著茶花急匆匆的走進房間來，伸著雙手，一臉渴望的看著秦曼喊：「娘親抱抱！」

弘瑞渴望的眼神，深深的打動秦曼，她急忙伸出雙手做出迎接的姿態，弘瑞立刻撲進她懷中。

秦曼摟著他問道：「弘瑞吃過早飯了嗎？」

「吃過了。」弘瑞慢慢的回答，他有點心虛，今天早上沒有娘親餵，他吃得很少。

一看弘瑞的神情，秦曼知道小傢伙又沒有好好的吃早飯，因此故意說：「曼姨還想吃點，弘瑞能不能陪我再吃點？」秦曼還故意一臉渴望的看著弘瑞。

「瑞兒陪——娘親吃飯！」弘瑞拍著小手高興的說。

茶花急忙去了廚房，廚房裡小少爺的飯菜都一直熱著的，因為他總是吃不到幾口就不要吃，又怕他餓著，只好等他有點餓的時候再拿來給他吃。

很快的茶花把早餐拿了過來，秦曼抱起弘瑞把他放在另一張凳子上，端起碗用勺子舀了一勺子飯，輕輕的吹了吹，送到了弘瑞的嘴邊，並說道：「來，比一比，賽一賽，看誰吃得快！」

弘瑞一聽，馬上張開嘴把飯吃進去。

秦曼故意裝作自己也吃一勺的樣子，又給弘瑞餵了一勺，還一邊說道：「弘瑞真棒！弘瑞加油！弘瑞你最能幹！」一會兒一碗飯加上菜就吃個精光。秦曼在心裡嘆息：讚美的作用真大，怪不得後世教育家都提倡，孩子的教育要用讚美教育。

最後秦曼舉著碗說：「今天弘瑞吃飯第一名，給獎勵！」

「娘親，我要獎品，我要！」弘瑞一聽有獎品，急得要跳起來。

秦曼一把抱住他，跟他說：「弘瑞小心，我們找凌奶奶要紙去，曼姨給你做隻小青蛙。」

「做青蛙了！娘親，找──凌奶奶──要──紙去。」

「好，你慢點，弘瑞要這麼說：找凌奶奶要紙去。」秦曼引導弘瑞完整說一句話。

「找凌奶奶去！」弘瑞馬上就跟上了這一句。

秦曼才發現，弘瑞可能是真的與人溝通太少，說得太少，才說得慢而且斷斷續續，生理和心理基本上都沒有大問題，秦曼更有信心了。

三人來到正院的天井，正要往外面走，看到凌嬸迎面走來，弘瑞揮著手叫道：「凌奶奶！娘親，凌奶奶！」

凌嬸聽到弘瑞的叫喊，趕緊走了過來，對著弘瑞說：「小少爺，您找老奴？」

秦曼知道弘瑞說不清楚，馬上道：「嬸，剛才小少爺把一碗飯吃完了，我想給他摺幾隻小青蛙當作獎勵，您知道哪兒有硬一點的紙嗎？」

「有！我馬上拿給你們，你們回院子等著。」凌嬸一聽弘瑞吃了一碗飯，開心得不得了，聽到要紙，馬上往姜承宣的書房去了，好的紙只有那裡才有。

凌嬸來到書房，見姜承宣還在裡面，便叫道：「少爺，您這兒有硬一點的紙嗎？」

「硬一點的紙？有的，奶娘要做什麼用？」姜承宣疑惑的問道。

凌嬸高興的回答：「少爺，剛才小少爺早飯不吃，秦姑娘又讓人送過去，小少爺就把一碗飯吃完了。秦姑娘答應幫小少爺做一隻青蛙，找老奴要紙來著。」

姜承宣一聽，弘瑞吃飯一直以來是一大難題，每餐吃上三口飯就不願意再吃，強行讓他吃，吃了就吐，今天竟然吃了一大碗，看來這小女人還真有點能耐。

不過不會是為了迷惑他，故意說瑞兒吃完一碗飯吧？嗯，一會兒得叫茶花過來問問，如果她真有辦法讓弘瑞正常吃飯，也許讓她留下也不是件壞事，姜承宣心裡默默的有了打算。

他拿過一疊宣紙在手上試了試，挑了幾張比較硬的給了凌嬸。

凌嬸還沒進門，就聽到小少爺的笑聲，這可真難得，小少爺話都不愛講，要他笑就更少了，今天可真是個好的開始。

看到凌嬸走進來，弘瑞急了。「紙來了，娘親、摺青蛙！」

「好，弘瑞不急，坐著不要亂動，小心掉下去。曼姨給你摺青蛙，然後再給你講小青蛙的故事。」秦曼趕緊扶著弘瑞說。

「好啊，有青蛙嘍，聽故事了！」弘瑞坐在凳子上扭來扭去，並大聲叫著，差點從凳子上跳下來。

「我們一起摺大青蛙小青蛙好不好？你一動，小心把鼻子摔掉，那就不好看了。」秦曼一邊說一邊引導，弘瑞的注意力被吸引過去了，眼睛直直的盯著秦曼摺青蛙。

不一會兒，一隻小青蛙摺好了，秦曼已叫茶花去找一枝筆來，然後她摺出了一隻大青蛙、一隻小青蛙後，又摺了一隻小蝌蚪、一隻大金魚、一隻大螃蟹，還剪出了一隻大鴨子和小鴨子，然後在一張空白紙上畫了一幅水塘圖，再畫上了小草等。又把青蛙、金魚、螃蟹、鴨子等都畫上眼睛和嘴巴，才放下手中的筆。

可惜不知道這個世界有沒有顏料，否則還可以畫得更漂亮。秦曼作為一個服裝設計的專業人員，畫這一幅簡單的圖，真是太小菜一碟了。

弘瑞非常的好奇，一會兒動動小青蛙、一會兒摸摸大金魚，一會兒又給大小鴨子排排隊，非常聽話的看著秦曼摺和畫，等弄好一切後，已是中午了。

「小青蛙、大金魚、螃蟹、大鴨子和小鴨子都肚子餓了，我們先讓牠們去吃飯，我們也去吃飯，吃飽後一起和小蝌蚪找牠們的娘親，好不好？」秦曼側著臉問著弘瑞。

「好，一會兒，我們帶——小蝌蚪——找娘親！」弘瑞開心極了，小屁股一扭就下了凳子，小孩子的天真本性流露無遺。

秦曼心中更有信心了，一個上午，弘瑞的表現雖然不能與正常孩子相比，但沒有自閉症的症狀出現，只要不是天生的毛病，相信弘瑞一定會很快好起來。

秦曼跟弘瑞來到飯廳，才發現進大門的左邊有三間廂房，第一間是大飯廳，第二間是小飯廳，也是平時主人用飯的地方。

小飯廳不大，靠東邊有一張炕，這家子主人好像不多，可能平時就在這炕上吃飯。經過幾天的觀察，發現這是靠近北方的地方，冬天較長氣候寒冷，在炕上吃飯就暖和許多，秦曼在北方的農村也見過這種大炕。

見茶花把弘瑞帶到炕前，讓他踩著小木凳爬上炕，炕上有張小桌子，飯菜已經擺上。秦曼幫弘瑞坐好，又幫他添好飯，然後退後一步準備離開。

弘瑞見秦曼要走，拉著她的衣服。「爹爹吃飯，弘瑞吃飯，娘親吃飯。」

這一下秦曼臉通紅了！私下裡弘瑞叫著娘親，一讓他改口他就哭，所以這兩天也就沒有強迫他。沒想到在他老爹面前這樣叫她，看他老爹一臉不快，一定以為是自己攛掇的，這下可真說不清了。

秦曼低著頭不敢看姜承宣，畢竟是自己不對，孩子給妳教育，有什麼不對也是老師的錯。

想到此，秦曼彎下腰對弘瑞道：「曼姨幫小少爺挾菜好不好？」

「不要，娘親坐，餵瑞兒！」弘瑞拉著秦曼不依了。

「坐下吧，妳也不是我家的下人，是我家請的夫子，瑞兒願意吃飯才是最重要的，我家也沒有那麼多規矩。」姜承宣看著一大一小在拉來拉去，冷冷的丟下幾句話後，自顧自的開始吃飯。

第六章

秦曼一聽，也不好再說什麼，依著弘瑞的身邊坐下。這時茶花和張嫂把飯和菜都送上桌，還真不錯，六菜一湯，有點浪費，看來過的是地主生活。

秦曼見弘瑞不願意自己動手吃飯，茶花在另一頭勸著。不吃飯可不行，米飯才養人；而且這麼大的孩子，要學會自己吃飯才行。

秦曼拿起自己的碗和筷子，對弘瑞說：「弘瑞小少爺，跟曼姨比賽吃飯好不好？看哪個吃得飽、吃得好、吃得多，贏的那個，一會兒那些小青蛙、小鴨子全送給他。」

弘瑞一聽忙道：「娘親，那大魚和——大螃蟹——也給好不好？」

「好，全部給，看誰得第一名。」秦曼點頭道。

「茶花，快——給瑞兒——雞腿，娘親說——吃了長——得快。我要第一！」弘瑞說完便開始大口吃飯。

見弘瑞為了得第一，沒有咀嚼就把飯吃下肚，這可不是健康的吃法，秦曼馬上放下碗，認真的問他：「小少爺，你知道嗎？要長得高、長得大，得好好吃飯才行。」

「真的？」弘瑞停下扒飯的動作問道：「那怎樣——是好好吃？」

「就是把飯送到嘴裡後慢慢嚼，不說話也不玩，嚼得爛爛的再吞下，就能長得高高的。

我們要吃得快，還要吃得好，那才是第一喔！」秦曼開始示範。

弘瑞馬上照秦曼說的，開始小口的慢慢吃、細細的嚼。

剛吃三口，弘瑞又開始不大想吃時，秦曼開口說：「飯沒吃完的孩子就不是好孩子了，但弘瑞肯定想做最棒的好孩子，是吧？」讚美的力量真偉大，弘瑞再度開始認真的吃飯。

弘瑞在秦曼的讚揚聲中，將一碗飯吃得乾乾淨淨，喜得在旁侍候的凌嬸笑逐顏開。

「娘親，瑞兒吃完，走——找青蛙！」秦曼知道弘瑞的意思，放下碗筷後，另外拿碗舀了一點雞湯餵弘瑞。「喝點雞湯，才有力氣幫小青蛙。」

弘瑞乖乖的張開嘴，喝完了秦曼碗中的湯，便有點急不可耐的要走了。

姜承宣一直看著聽著秦曼和弘瑞的互動，一開始覺得這個女人還真聒噪，後來看弘瑞認真吃飯的樣子，心中不禁暗暗想著：這女人還有點用處！如果沒存壞心眼，留一年也許不是壞事。

書房裡，姜承宣把寫好的契約遞給秦曼。「希望妳是真心留下報恩，如果讓我發現妳是藉瑞兒之名賴著不走，或是對瑞兒有什麼企圖，妳知道會有什麼樣的後果。」

「莫不是姜爺寫在紙上的東西是屁話？」

姜承宣被秦曼的話氣到，他臉色一沈，聲音更冷的說：「妳認為這是嚇唬妳？」

秦曼沒有被他冰冷的語氣嚇到，以驕氣支撐著底氣。「契約上不都寫得明明白白嗎？姜爺，字我都認得。」

姜承宣道：「好！妳認得就最好，希望妳認得也能記在心裡，下去吧。」

秦曼向姜承宣告退回到院子裡，她腦子裡不停浮現出姜承宣的警告。想想有些氣惱，要是在現代，她老早一甩手就跟他告別，哪裡還容得他這麼仗勢欺人！只是現在自己沒有底氣，畢竟自己的知識在這個世界是不是吃香，她還不知道，只得暫時嚥下這分懊惱，小心的把契約摺好後放在包袱中。

她對孩子是真正的心疼，不管這當爹的如何，她是個守信用的人。收好東西後，秦曼帶著弘瑞慢慢的走到院子裡，又一起沿著走廊走了幾圈。

走了一陣子，見弘瑞有點累的樣子，秦曼蹲下來，把他揹在背上，不一會兒發現背上沒有動靜，側頭一看，小傢伙已經睡著了。

秦曼笑了笑，畢竟只是四歲多的孩子，午睡很正常。

輕輕的揹著他走出院門，正碰上茶花端著茶水過來，看到在秦曼背上睡著的弘瑞，她馬上返回廚房叫來凌嬸，凌嬸把弘瑞抱在手上，並對秦曼說：「曼兒，妳辛苦了，我把小少爺放到房間去睡，茶花去守著。妳也去休息一下。」

「嬸，那我先回房間，您有事就找我。」秦曼應道。

「好，有事我會找妳的。晚點妳到我房裡找我，我帶妳去庫房裡挑點布料，我看妳沒幾件衣服。」凌嬸說完便把弘瑞送去宣園。

衣服夠不夠她無所謂，反正現在也不是沒得穿，女為悅己者容，這裡沒有她要取悅的人。只是沒有一件內衣，不過一會兒再說吧，秦曼準備先去床上躺一下，身體還沒有完全復原，需要休息。

秦曼醒來時看看天色，大約未時過半，想起凌嬸說要帶她去挑布料的事，便起來了。走過天井來到凌嬸的正房前，敲了敲房門。「嬸，您在嗎？」

「曼兒來了？睡得好嗎？妳身子不是太好，不多休息一會兒？」凌嬸說話間走了出來，畢竟這是兩老的臥室，秦曼一個姑娘家不好進去。

「曼兒，我和妳叔睡在這廂房的右邊，左邊放了一些府裡比較貴重的東西，中間這間也就成了起居室，平時我在這裡做做手工，妳叔不在的時候，妳有空就來嬸這兒坐，陪我聊聊天做做針線活。」凌嬸溫和的說著。

「好，謝謝嬸子的信任，曼兒有空一定來叨擾您。」人敬你一尺我敬人一丈，秦曼笑著應著。

「那我們現在去外面庫房，那裡有幾疋前幾天帶回來的棉布，妳選兩疋做幾件衣服。那裡還有幾件舊布衣，拿來我幫妳做兩雙鞋子。只是嬸的手藝不好，眼睛也有點花了，可能沒那麼快。」凌嬸邊說邊帶著秦曼出了院子。

「嬸，這些我都會做，以前爹爹在的時候，教我認字寫字，娘教我做女紅，後來爹爹去世了，讀書寫字就少了，為了生活，女紅幾乎都是天天做的。碰到不會做的地方再請嬸教我。」秦曼聽說凌嬸要幫她做鞋子，她急忙回絕。

「唉，妳自己會做那就太好了，少爺從不穿別人做的衣服，特別是少奶奶走了後，他和小少爺的衣服都是我一個人做。我眼睛有點不大好，做得很慢，他們倆的衣服有時都接不上，妳會做，以後可要幫幫我。」凌嬸開心的說著。

「只要少爺和小少爺不嫌棄我做得不好，我以後幫您打下手吧，少爺不穿別人做的衣服，那我幫您做小少爺的。」秦曼一聽姜承宣的毛病，立刻想到要撇清，自己可不想吃力不討好，幫凌嬸的忙給他做衣服，還以為自己對他有什麼企圖。

就算自己現在身無分文，可是她的驕傲還在。她秦曼可不會隨便給男人做衣服，當然弘瑞這個小男人除外。

知道眼前這個姑娘是個有分寸的人，凌嬸真心的說：「嗯，妳做小少爺的吧，他知道妳幫他做衣服，可得高興壞了。他從來沒有這麼喜歡一個人，就連他的親娘也沒有喜歡到這程度。」

說話間來到大門外的右側，這三間房連著秦曼住的這個院子，原來有一間庫房。

打開靠大門最遠的這間房門，秦曼發現這間房間還架高了一些，進門後還要走上三級臺階。

凌嬸帶她上來後，打開一個大木櫃的門，裡面放著好幾種布料，秦曼選了一疋藍底、一疋紫底，都帶一點暗花的棉布出來。

凌嬸又在另一個櫃子裡拿了幾件舊棉布衣，秦曼一看這個是裝舊衣布頭的櫃子，裡面有一些絨布布頭，想著可以給弘瑞做一些布玩具，便問凌嬸道：「嬸，這些布頭有什麼用處嗎？」

秦嬸抬眼看著她說：「這是往年做衣服剩下的，大的做了鞋子，還有不合適做鞋的與一些小布頭就放在這裡，丟了捨不得，但用處也不大，妳要？」

「嬸，我想拿它做一些布玩具給弘瑞玩，也許他會喜歡，我看他也沒有什麼玩具之類的東西，您看可以嗎？」秦曼小心的問。

「行，妳能用它們給小少爺做玩具，小少爺必定開心得不得了。妳要多少都拿去，不夠妳再來拿。」凌嬸高興的說。

「嬸，那還有沒有一些棉花，這些玩具有的要用到棉花，舊的也行。」秦曼想了想又說著。

「有，舊的棉花不要用，用新的吧，這裡有一小袋妳先拿著，不夠的話叫凌叔到鎮上給妳買回來，明天他要去買奶牛，再叫他帶點回來。」凌嬸說道。

「不用了，有這些就夠了，如果以後還要的話，我跟您說。」秦曼慌忙說。看來這家主人還挺有錢的，真正的農家做棉衣都沒有棉花，哪裡還有剩的可以用來做玩具？莫不是姜家是戶超級大地主？

兩人抱著布料、棉花回到凌嬸的起居室，這裡面也有一土炕，現在天氣也不是太冷，炕並沒有燒火，但是墊了兩層厚棉被，看來這兩老在姜家的地位不低，要不然也不會有這麼好的待遇。

凌嬸從旁邊搬來了一張小桌子，再把布料移放在上面，拿來了剪刀和針線，一切做衣服的工具已見齊全。

凌嬸脫了鞋，並叫秦曼也脫鞋上炕，這樣比坐在下面的凳子上要暖和很多，兩人打開布疋，擺放好。

凌嬸一邊剪著舊衣，一邊跟秦曼聊天。「曼兒，妳娘家就沒有別的親人了嗎？」

秦曼知道凌嬸是在為主子打探自己的底細。她從記憶中知道原身的祖父只有父親這一個兒子，母親家倒是沒有什麼親戚，便認真回答。「祖父去得早，只留下父親，六年前父親去了，我娘為了養活我們姊弟倆便改嫁。外祖家我沒去過，不知道還有沒有什麼人。娘嫁給繼父後又生了一個弟弟和一個妹妹，家裡人很多，地很少，我和娘親每天都做繡品幫助家中維持生活。」

凌嬸感嘆的說道：「唉，真是個可憐的孩子。別怨妳娘親，女兒總是別人家的，讓妳沖喜也是不得已。哪個母親不愛自己的孩子，只是沒辦法吧。現在世道也不安穩，她一個婦人不聽相公的又能怎麼辦？」

「嬸，我不怨他們，是曼兒自己的命。也是老天佑我，能認這麼好的嬸子。」秦曼抬眼，認真的看著凌嬸說明自己的內心。

「唉，人呀，都有自己的造化，妳是個好孩子，會有好報的。別看承宣少爺冷冰冰的，那孩子也受了很多的苦難。妳有什麼委屈別放在心上。」凌嬸看到了上午秦曼在書房的情況，怕她畏懼姜承宣，便婉轉的說明了一下。

「嬸子，您放心，我不會放在心上的。我本是一個無依無靠的苦命女子，出嫁就剋夫，娘家不得回，是您和少爺好心留下我，我感激還來不及呢，哪能有什麼委屈。」秦曼又接著說：「嬸子，曼兒是真心想幫助小少爺的，不會在這裡生事，如果小少爺好了，我可以隨時走，您放心，我絕對不會害少爺和小少爺，也絕對不會做對不起姜家的事。」

「好孩子，我第一眼看到妳，就覺得妳是個老實的孩子。小少爺這一年多來，很少說話更不愛笑，就這兩、三天，我發現他好了很多。如果妳真的能幫助小少爺改變現狀，嬸子也給妳磕頭。」凌嬸邊擦眼淚邊說話。

秦曼忙道：「嬸子，您可千萬不要說給我磕頭。如果不是小少爺把我帶進來，曼兒還有沒有命在也不知道，說實話，曼兒得給小少爺和您兩老磕頭才對呢。」

凌嬸瞪了她一眼。「傻孩子，救妳是舉手之勞，哪有妳說得那麼嚴重。好，以後我們都不說謝來謝去的話，大家互相幫助就行了。」

秦曼笑了。「曼兒聽嬸子的，從今以後把這裡當成自己的家，盡心盡力幫助弘瑞。」

兩人正在聊著，門外傳來「哇」的哭聲，兩人一聽，知道是弘瑞醒來找秦曼，準是到房間門口看見裡面沒人，以為秦曼不見，於是哭了。

第七章

自己的職責可是帶孩子，聽到哭聲，秦曼急忙下炕，邊穿鞋她便急忙高聲回應。「弘瑞，是不是找曼姨，曼姨在凌奶奶這裡。」

聽到秦曼的說話聲，弘瑞急忙跑過來，差點摔倒，嚇得秦曼與凌嬸聲音都大了起來。「慢點，慢點，小心摔著！」

秦曼三下兩下跑過去，一把將弘瑞抱住，輕聲說：「弘瑞乖，走路要慢一點，如果跌倒，牙齒摔斷了，那弘瑞就成了個沒牙的小老頭，好吃的東西也沒辦法吃了，知道嗎？」

弘瑞委屈的摟著秦曼，帶著哭聲道：「娘親——不要走，要瑞兒！」

「乖，不哭，曼姨不會走，弘瑞不要害怕。曼姨答應弘瑞，如果以後曼姨要去哪裡，一定跟你說好不好？你找不到曼姨時不要哭，你大聲叫就能找到了。如果曼姨沒有聽到，你就問凌奶奶、凌爺爺，一定能找到的。好不好？」

秦曼輕輕的拍著弘瑞的背，抱他來到凌嬸的炕上。然後又說：「你看，曼姨在凌奶奶這裡做衣服呢。等過幾天，曼姨給弘瑞做幾件漂亮的衣服好不好？」

弘瑞點了點頭，輕聲回道：「好，娘親給——瑞兒衣服！」

「好，我一定給你做漂亮的衣服，弘瑞在這兒坐一會兒，曼姨把東西收拾好，帶弘瑞去

幫小蝌蚪找青蛙娘親。」秦曼說完便開始收拾，把內褲的料子包好，然後跟凌嬸借了針線，抱著弘瑞回房間，

秦曼把弘瑞放在桌子旁邊的凳子上，便問茶花。「茶花，小少爺起來吃過東西沒有？」

「秦姑娘，小少爺一起來就鬧著要找您，什麼也沒有吃。」茶花老實的回答。

秦曼吩咐茶花。「妳去廚房看有沒有什麼點心，拿點來給小少爺吃，現在離晚飯還有段時間，適量的給他吃一點，要不然他會餓。」然後拿出上午做的小動物和那張圖，把牠們一一擺好在桌面上，並教弘瑞認識牠們，還模仿著這幾種動物的叫聲和行走的動作，弘瑞笑得樂不可支。

餵了幾塊糕點給弘瑞吃，又給他喝了白開水，再把多餘的幾塊點心給茶花吃，然後她開始給弘瑞講小蝌蚪找娘親的故事。

「娘親，我們家——有池塘。」一聽是青蛙跳進池塘，小傢伙馬上發言了。

茶花也只是十來歲的小孩子，跟著弘瑞一起聽故事，還一邊跟弘瑞學動物叫。當講到金魚和螃蟹，告訴他們那不是小蝌蚪的娘親時，弘瑞又問：「娘親，金魚、螃蟹都大眼睛，為什麼——不是娘親？」

「弘瑞，每個人都有自己的娘親，像曼姨不是弘瑞的娘親一樣，金魚和螃蟹只是長得跟小蝌蚪的娘親相像，但並不是小蝌蚪的娘親。曼姨也只是跟弘瑞的娘親長得像，弘瑞的娘親是生了弘瑞的人，是弘瑞最親的人，所以弘瑞以後不要叫曼姨娘親好不好？要不然你也和小

蝌蚪一樣找錯娘親了。」秦曼耐心的跟弘瑞解釋著，如果不糾正弘瑞的叫法，會讓人有不好的想法，還是少惹麻煩的好。

「娘親，妳不是——瑞兒娘親，那瑞兒——娘親呢？瑞兒要——娘親。」說著說著小傢伙又要哭了。

秦曼怕弘瑞哭，於是趕緊指著桌上的小動物對他說：「你看，小蝌蚪也一直沒找到牠的娘親，牠的娘親去哪兒了？我們去幫牠找好不好？」

「好，瑞兒幫找！娘親快講！」弘瑞一聽小蝌蚪的娘親還要他幫著找，又轉過心思來了。

最後秦曼講到，小蝌蚪找到一隻青蛙，青蛙說是牠娘親時，弘瑞高興得跳了起來。「小蝌蚪——娘親找到了！瑞兒也要——找娘親。」

秦曼開始頭痛了，這下可好，得給他找娘親去，她去哪兒找呀？而且弘瑞娘親的這個話題在這個家裡很禁忌似的。

想了想，便對弘瑞說道：「弘瑞也很想找娘親對不對？弘瑞的娘親去打大老虎了，一時還不能去找呢。」

「為什麼要去打大老虎呀？」弘瑞又問了，娘親為什麼不帶他去打大老虎呢？

「在很遠的地方有一隻很厲害很厲害的大老虎，牠很喜歡咬小孩子，很多娘親不想自己的孩子被大老虎咬，就自己去打大老虎。但是大老虎很有本事，很多娘親都打不死，所以你的娘親一時才回不來。」秦曼繼續說著。

「那怎麼辦呢？瑞兒——娘親回來！」弘瑞帶著哭腔說著。

「弘瑞真的要娘親回來嗎？」秦曼問道。

「嗯，瑞兒要娘——回來！」弘瑞一臉堅定的說著。

「那好，如果弘瑞想娘親回來，那弘瑞聽曼姨說，只要你以後好好的吃飯、認字、練武，等你長到你爹爹那麼高、學到很多本領後，一起去幫娘親把大老虎打死，那樣娘親就能回來了。弘瑞能不能做到？」秦曼盯著弘瑞問。

「能！瑞兒吃飯、瑞兒認字、瑞兒練武！幫娘親——打大老虎！」弘瑞揮著拳頭更加堅定的說。

「那以後弘瑞一定每餐吃得飽飽的，不會不愛吃飯了？」秦曼引導著。

「瑞兒一定會吃得飽飽的！」鬥志昂揚的弘瑞彷彿像個勇士馬上要去戰場。

三個人正玩得開心，一道尖銳的女高音從門外傳來。「瑞兒，不要跟這個土包子玩，來，到琳姑姑院子裡玩。小心她把你帶壞，她在騙你。」

「瑞兒不去，娘親講故事！」弘瑞一甩手，掙脫了李琳的手，掉頭不理她。

李琳見弘瑞甩開她的手，還不理她，生氣了。「瑞兒，你看這壞女人根本就不是你娘親，她冒充你娘親，她是騙你的！」

秦曼聽見李琳說她冒充弘瑞的娘親時，笑了。真是可愛的小姑娘，直爽，不過她真沒有要做弘瑞娘親的心思。

為了澄清自己的意圖，秦曼沒有理李琳，只是一步步的引導弘瑞。「弘瑞，剛才曼姨講故事你聽懂了嗎？來，叫曼姨，弘瑞有自己的娘親，只要學好本領就能去救自己的娘親。」

弘瑞想了想剛才的故事，他知道每個人都有自己的娘親，曼姨不是自己的娘親，只是自己的娘親還沒有回來前，他想讓曼姨做自己的娘親。

想到這兒，弘瑞趴在秦曼耳邊輕輕的問道：「娘親——曼姨，瑞兒娘親——沒回來，瑞兒——先叫妳——娘親，好不好？」

秦曼有點哭笑不得，引導半天，小傢伙還是想叫自己娘親。可她並不想當他的便宜娘親，有了便宜兒子就會帶來一個一臉不悅的便宜相公，現在看他一臉的傲慢與不屑，萬一哪天為了兒子把自己給賴上，還真划不來。

秦曼想到後果很嚴重，於是她故意嚴肅的說：「弘瑞，如果讓別人知道你叫錯了娘親，別人會笑話你的。你是男子漢，那可多沒面子。」

弘瑞一聽，怎麼辦呢？隔壁的小虎子，還有村頭的小花兒都有娘親，他自己心裡也真的很想讓曼姨先當自己的娘親，然後一起等真的娘親回來，可又怕別人笑他認錯人。

他想了一會兒，又趴在秦曼的耳邊輕輕的說：「娘親，沒人時——瑞兒叫妳——娘親好不好？有人，瑞兒叫——曼姨，行不？」說完弘瑞興奮的眨了眨眼，一臉希冀的看著秦曼，急切的想要得到她同意。

秦曼知道孩子小，一時不能完全放下，因此說：「好，這是我們倆的秘密，不能告訴別人。」看著可愛的弘瑞，秦曼心裡一角不知不覺融化，再也沒有力氣說不好。

李琳看他們兩人完全不理她，一把拉過弘瑞。「瑞兒，這個女人又在給你講什麼？一定不是好事情，別被這個女人騙了！」又對著秦曼叫道：「我告訴妳，不要看弘瑞小，妳就花言巧語騙他，承宣哥哥一定不會聽妳的，我要告訴他，妳在帶壞弘瑞，叫他把妳趕出去！瑞兒，我們走，姑姑給你講好聽的故事。」

弘瑞甩開李琳的手，一轉身躲到了秦曼的後面。「姑姑——不會講——故事！」

李琳氣得跺腳，急忙說：「誰說我不會講故事？我馬上講一個給你聽！」

「妳不會講。」弘瑞對她做了個鬼臉。

「姑姑講一個給你聽，聽完你就跟我走好不好？好瑞兒，姑姑那兒有好多書，書上有很多的故事。你想不想要聽呀？」李琳引誘著弘瑞。

「你跟姑姑走吧，不要跟這個女人在一起，她會把你教壞！我現在就講，你聽著。」李琳開始說了起來。

李琳講的是一個古代女子相夫教子的故事。本也是故事，只是講給弘瑞聽，可就成了對牛彈琴，弘瑞聽沒幾句，便拉著秦曼就要走。

李琳一看弘瑞要走，更生氣了。「瑞兒，為什麼不聽完？我也會講故事，這是很好的故事呀！不要走，聽我講完，我帶你出去玩。」

「不要——不要姑姑——姑姑壞！瑞兒不聽！」弘瑞被李琳拖著不讓走，只會用壞人二字來罵人，並氣得直跺腳。

正在鬧得不可開交時，凌嬸走進院子。這時弘瑞看到凌嬸，委屈的大聲叫道：「凌奶奶——姑姑罵人！」

凌嬸一看李琳神色不對，原來真的吵架了，立即上前來對著李琳說：「琳姑娘，妳找小少爺嗎？小少爺別哭，琳姑姑來帶你去玩，不生氣啊。茶花，妳帶小少爺與琳姑娘去大門外柵欄那兒，小虎子的娘給我們送了幾隻小鴨子來，你們快去看。」

弘瑞今天才聽娘親講鴨娘親帶小鴨子散步的故事，現在真的小鴨子來了，他好奇得不得了，馬上拉著茶花就往外走，李琳一看，馬上帶著香米也跟了出去。

看弘瑞等人都出去了，凌嬸坐在凳子上，秦曼有點不好意思的道：「嬸，對不起，讓琳姑娘生氣了。」

「唉，不怪妳，我知道的。這琳姑娘姓李，是少爺一個鐵兄弟的妹妹，這孩子也是個可憐人，兄妹二人從小父母雙亡，跟著伯父、叔叔長大，家裡倒也過得去，只是沒有父母照顧，受到的委屈和冷漠對待也是說不完的。」凌嬸嘆息一聲。

秦曼問：「那她的兄長呢？」

凌嬸說：「她兄長李昶與少爺一塊兒參軍，那時李兄弟十五歲，少爺十六歲，同在一塊兒的還有王漢勇、趙強、劉虎、蘭令修，那時都是血氣方剛的少年，幾年來一起訓練、一起抗敵的日子裡，六個人結成了金蘭之交。三年前在一次抗北戎蠻子的戰爭中，李昶帶了十個探子去偵察敵情，但不幸被敵人發現，他一個人拚死回來送信，重傷不治。死前把唯一的妹妹託付給少爺，請少爺幫他把妹妹撫養長大，然後幫她找一個好人家嫁了。」

秦曼點點頭說：「這李姑娘有個好哥哥。」

凌嬸一臉感激的說：「這李昶拚死帶回來的情報十分重要，經過少爺多方布置，帶領他的部下一舉殲滅了北戎的大半勢力。他們幾個人都記了功，李昶也得到了嘉獎，但是人沒有了，加之朝廷並不富裕，因此給予的獎勵也不多。一年半前少爺與其他幾兄弟退役後落戶在這裡，就把琳姑娘接過來，為的是完成她兄長的遺願。」

秦曼說：「那是應該的。只是這琳姑娘好像年紀並不大？」

凌嬸說：「琳姑娘下個月就滿十四歲，還有一年要及笄了，少爺也開始給她物色人家。我們都知道琳姑娘的心思，但也知道少爺不可能娶她，一來年紀差別太大，二來少爺根本不願意再娶。」

秦曼納悶的問：「這不是很好的一對嗎？男人越大越疼媳婦呢，我們村子裡的人都這麼說。」

凌嬸笑著說：「這話說得好！不過我們可憐的少爺也是個苦命人，連帶著小少爺也受了連累。」凌嬸嘆息了半天，但她還是沒有說姜承宣不願再娶的原因及弘瑞親娘的事情。

凌嬸接著說：「曼兒，如果琳姑娘再找妳麻煩，妳讓讓她，她還小，不懂事。」

秦曼爽快的說：「嬸子，您放心好了，我哪會計較這些？能留在這兒，已經很好了。再說我只是傭人，怎麼也不敢去跟主人計較什麼。」

凌嬸又說：「妳留在這裡也不是什麼下人。我知道妳留下也是為了治好小少爺，不會跟她一般見識。雖然妳只是小戶人家出身，但我看妳的教養並不比大家閨秀差，如果我有一個妳這樣的女兒，我就滿足了。」

「嬸，您別難過，我聽說過，您的兩個孩子都因各種原因沒帶大，但是您和叔盡了你們的力量去救過他們，他們在天上也會想著您兩老的。如果您不嫌棄，以後曼兒就是您的女兒。我留在這裡一年幫助弘瑞，一年後我會離開這裡，然後想去做點事，等曼兒有能力了，一定回到這裡來接你們回家養老。」真不真心，只要看這個人在你失意的時候是不是真的對你好就知道，這不是秦曼哄凌嬸的話。

凌嬸激動得老淚縱橫。「好、好、好，嬸子能有妳這麼一個好閨女，那是前世的福分。但是不要總想著離開，一個女子最重要的是找一個好婆家、好夫婿，那才是出路。」

秦曼笑道：「嬸，也只有您兩老不嫌曼兒不乾淨。林家的人都說曼兒是瘟神，一進門就把林家老三給剋死了，哪裡還會有人要。」

「呸、呸，哪個不知道這林家是害人家閨女！他家那小子到處惹是生非，上次不知是惹上了哪個大人物，被人家打得快沒命了，林家那惡婆娘怕兒子死了到陰間還是單身，投不到好胎，才買妳來給她兒子當媳婦。哪是妳剋夫，是那小子本來就快要死的，鎮上最好的大夫都說沒得救了，真不是好東西，臨死還害人。」凌嬸激動的為秦曼憤憤不平。

看來這林家老三真是人人喊打，她記得連他的小堂妹都說她為民除害，看來自己一不小心還當了回英雄。

「謝謝嬸子，以後不管曼兒去了哪裡，曼兒都記著嬸子的恩情。」秦曼給凌嬸鞠了一躬。

來到這個陌生的世界，秦曼感覺到了孤獨的滋味。現代的社會人與人之間雖然很冷漠，但那裡有自己的親人。她在這陌生的世界，凌叔凌嬸是她所接觸的對她最親近的人，當然還有弘瑞，讓她在孤單中享受了親情，他們沒有嫌棄她，沒有害怕她，這在古人中是很難得的。

秦曼記得曾經聽過一句話：人要學會感恩，以一顆感恩的心對待生活，生活才會美好！凌叔、凌嬸、弘瑞都是跟她沒有任何血緣關係的人，因為他們的善良，給她這麼大的幫助，以後有機會一定要報答他們。

「傻孩子，妳一個女人家，能到哪裡去？在這裡好好住著吧，嬸幫妳打聽打聽，看有沒有合適的人家，女人只有嫁人才是最重要的，哪能一個人去外面拋頭露面？妳別擔心，嬸會幫妳尋個好對象。」

聽著凌嬸嘀咕，秦曼暗自笑了。在這個朝代嫁人？那還真是浮雲。

第八章

兩人又在房間裡嘀嘀咕咕的講了半個時辰，眼看天色晚了，凌嬸站起來說：「曼兒，去吃晚飯吧！晚上爺不在，平時琳姑娘的飯也是送到她院子裡，今天只有小少爺一個人，妳就跟小少爺一塊兒吃。我會把飯菜都給妳留好，等小少爺吃完妳再吃，行不？」

「嬸子安排便是，本來我就不能跟主人同桌的，我在這裡雖然沒有賣身為奴，也是主家的傭人，故沒有與主人同桌的道理，這個我懂的。今天中午確實是曼兒僭越，以後不會了。」秦曼難為情的說。一個受現代教育二十幾年的人，突然來到這個女人、奴才處處受到拘束的年代，骨子裡還真一時轉不過來。

不過秦曼知道，所謂隨鄉入俗，以後得各方面注意，要不然暴露些不合時宜的東西出來，那就不妙了。

跟隨凌嬸來到飯廳，意外的是李琳卻在座。

原來中午秦曼一起與姜承宣用餐的事，傳到她的耳邊，所以才有下午那氣勢洶洶的介入。

秦曼看著李琳不善的眼神，這小姑娘看來把自己當情敵了。

雖然秦曼覺得她真的找錯對象了，姜承宣大了她十多歲，有點老牛吃嫩草的味道，但人家嫩草樂意，秦曼也不好說什麼。

還沒走到桌邊，坐在炕上的弘瑞見到秦曼走來，大聲的叫：「娘親——曼姨，快來吃飯！」彷彿知道自己犯錯了，聲音越來越小，等秦曼走到他身邊時，更是滿臉的難為情。

「弘瑞坐好了嗎？嗯，曼姨看弘瑞今天晚上是不是個好孩子，會不會好好的吃飯，能不能把那碗飯吃完？」秦曼笑著跟他眨了眨眼睛。

「瑞兒是好孩子，能吃完！」弘瑞大聲的保證。「曼姨坐，陪瑞兒吃飯。」拉著秦曼坐在身邊。

李琳故意對瑞兒說：「瑞兒不知道吧？主人才能一起吃飯的。瑞兒乖，跟姑姑一起吃。」

弘瑞沒有理她，只對著身邊的秦曼道：「曼姨，瑞兒想吃這個。」在秦曼的幫助下，他一會兒就把飯吃完，並喝光秦曼盛給他的小半碗湯，讓李琳看呆了。

秦曼侍候弘瑞吃完飯，拿著淩孅端上來的飯菜吃罷，然後坐了一會兒喝了茶，便帶著弘瑞和茶花在走廊上玩飯後百步走的遊戲。

弘瑞玩得滿頭大汗。看看天已經很晚，小孩子應該休息了，秦曼便送他回宣園，幫助茶花一起給弘瑞洗漱好後，回到自己的房間。

秦曼回房時，張嫂已把熱水送到她的房間，她把自己清洗了一下，點了根蠟燭，拿出自己裁好的內褲縫了起來。
做完之後，秦曼發現有點腰痠背痛，這硬板凳坐著連屁股也痛。用剛才餘下的水清洗內褲，然後再洗了手和臉，秦曼躺到床上，覺得很累，看來這個身子底子還真差，做了這麼一點，就累到不行，以後還得鍛鍊一下才行。
一夜無夢，睜開眼，發現窗外已經亮了，秦曼伸伸懶腰，她知道這個樣子只能在沒人的房間裡才能做，這古代對女子——尤其是未婚女子的要求太高，如果這些動作讓別人看見，那太不雅了，還會被人指責為沒教養。
伸個懶腰人也清醒了很多，天不早了，得起來了。這裡一般是早上辰時一刻吃早飯的樣子，現在大約是卯時末左右。這不是能隨心所欲的時代，秦曼只得叫自己認命吧，以後有機會再享受。
張嫂已經把水放在了房門前。廚房裡平時有兩個婆子，張嫂約三十出頭，是小廝洪平的娘，據說是當時姜家在這兒落戶時買進的一對母子。
王嬤是本地人，有四十出頭了。
拿水來到內室，用柳枝和青鹽刷牙漱口後，再倒水洗臉，看著銅鏡裡的小臉，秦曼才知道，自己看著還真像個未成年人。巴掌大的小臉，尖尖的下巴，眼睛很黑、很亮，鼻子不是太挺，嘴唇也不薄不厚，皮膚白皙，但沒有一點氣色，綜合以上特色，不是傾國傾城，卻也是個中上的相貌，做紅顏禍水是不夠，可一旦完全長開，也很誘人。

洗漱好，走出房間，院子裡沒有一個人，秦曼站在天井裡開始做廣播體操，這是在任何情況下都可以完成的動作。伸伸手，壓壓腿，彎彎腰，左右搖擺後，靜心一分鐘才開始做操。

「曼兒，妳起來了？」凌嬸走進院門，好奇的問秦曼。「妳在做什麼呀？」

「嬸，這幾天睡得太多了，全身感覺很緊繃，我動動，可能會舒服點。」秦曼馬上回答道，這動作在這裡可不合適。

凌嬸一聽她不大舒服才動動，想想也是這麼回事，這幾天她睡得多，是會覺得不大好過，連自己坐久了站起來都會覺得不舒服呢，便笑笑說：「妳是要多動動沒錯，不過今天天候不大好，可能要下雨，等天氣好了，妳可以到外面去多走走，這樣子妳就會好起來。」

「嗯，嬸，小少爺起來了嗎？」秦曼問道。

「起來了，茶花在給他洗漱呢，還要我來叫妳過去吃早飯。少爺昨天沒有回來，妳和小少爺一塊兒吃吧。」凌嬸說道。

「好的，嬸，我洗一下手就來。」秦曼應道，剛才做了一套操，還出了點薄汗，再洗個臉比較好。

「好的，我先去接小少爺。」凌嬸轉身去宣園。

等秦曼進飯廳，弘瑞高興的叫著。「曼姨小懶豬！瑞兒起得早！」

秦曼笑了起來，昨天跟他說早上賴床的是小懶豬，今天就學到了。

「哇，弘瑞取笑我，明天我一定要早點起來。」秦曼故意掩著臉叫道。

一頓早餐在開心愉快的氣氛中結束。茶花跟秦曼說：「姑娘，奴婢帶小少爺去書房寫字，昨天少爺交代小少爺寫的字還沒有完成，少爺下午回來要檢查的，不快完成，怕小少爺又要挨揍了。」

秦曼皺著眉頭說：「他這麼小，哪能要求這麼高？還動不動就打人？」

茶花又說：「上次淩嬸也說小少爺還小，不要打他。可少爺說了棒子底下出孝子，孩子不打是不會好好讀書的。」

就算知道姜承宣這教育方法太落後，可對於父親教兒子，她沒權力去說什麼，只得對茶花說：「那妳帶小少爺去吧。」

可是弘瑞不想去書房寫字，但又有點害怕被爹罵，於是露出一副很委屈的神色，茶花拉了半天也拉不走。

秦曼一看，這樣不情不願的學習也不會學得進去，因此對茶花說：「茶花，妳去把小少爺的筆墨紙硯等都拿到我住的院子裡來，我和弘瑞一起學寫字。到時看誰寫得好、認得好，又最記得住，我做一隻小兔當獎品，誰能得到牠呢？」

「我能，我能！」弘瑞一聽到跟秦曼一起學寫字又能得到小兔子，便推著茶花說：「快去拿！瑞兒要寫字！」

把凳子放在靠牆的一邊，秦曼又拿了一床被子墊在凳子上，天還不是很暖和，凳子又比較硬，弘瑞人小，坐在凳子上有點低，墊被子讓他坐正合適。

茶花很快就把東西拿來，並開始磨墨。秦曼幫他把紙鋪好，並沒有讓他描紅，而是問弘瑞是不是認識上面的字。

弘瑞遲疑的回答。「爹爹教了，瑞兒——有的認得。」

秦曼一看都是日常用字，學過了卻不能全記住，因此決定先考考他，指著字一個一個問過去，發現一頁字中有三分之一的字不熟悉。

秦曼把字描了下來，叫他先寫著，然後拿了一張紙和一枝筆，在字的旁邊畫了起來。

約半個時辰後，弘瑞輕輕的說：「娘親，我寫完了。」

秦曼誇讚他說：「嗯，寫得真好，弘瑞最能幹！」此時秦曼也已畫完，站起來把弘瑞抱下來，給他喝了點水，又給他吃了點心，然後叫茶花帶他去小解。

等他們兩人回來後，按弘瑞的要求把昨天那個小故事再講了一次，邊講邊引導弘瑞說話，還引導他思考。「小蝌蚪有沒有找到娘親？」

弘瑞高興的說：「找到了！」

秦曼又問：「是不是一下就找到了？」

弘瑞想了想說：「不是的，找了好多次。」

秦曼又問：「牠們在找錯娘親之後有沒有放棄呀？」

弘瑞說：「沒有，牠們一直找。」

一個上午就在這麼一問、一答、一想之中過去。

吃過午飯，秦曼帶他到房間，讓他坐在上午寫字的凳子上，拿出上午自己找出來弘瑞還不熟悉的字，先讓他看旁邊的圖，問過他是什麼，再教他認這個字。

現代的直映教育是經過許多教育專家，教學摸索研究總結出來的經驗，小學一年級的課本上日常用字都有配圖。秦曼直接借用了這方法，有圖、有問、有讚揚，上午認不全的字，不到半個時辰，小傢伙已全學會。

字能認了，秦曼再要他按要求每個字寫十個，好記性不如爛熟於筆尖，這樣一來，弘瑞愛上了認字。

得讓他午睡了，睡眠利於孩子的生長發育，想到此，便對茶花說：「茶花，帶小少爺去午睡吧。」

茶花趕緊過來要帶弘瑞去午睡，弘瑞不想去自己的房間睡，便對秦曼道：「曼姨，瑞兒在這兒睡，爹爹不在，瑞兒怕！」

哄了好半天，弘瑞就是不答應，一副眼淚就要流下來的樣子，看得秦曼很是心疼，沒娘的孩子真敏感，便開口道：「弘瑞能不能答應曼姨一個要求？」

弘瑞睜著眼看著不回答，怕秦曼的要求就是要他回去睡。秦曼只好笑著問：「弘瑞今天是真的因為爹爹不在害怕，才想在曼姨這裡睡？」

含著眼淚的弘瑞點了點頭。

「那弘瑞能不能答應曼姨，如果爹爹回來了，弘瑞就回去睡？」秦曼認真的問他。

弘瑞一聽，因為爹爹沒回來，今天可以留在這裡睡，急急的點頭。「瑞兒答應，不聽話，是小狗！」

孩子的心目中，小狗是最不好的，所以有了這承諾。

秦曼無奈，但說心裡話，她是真的喜歡這個孩子，從她來到這個世界，這個孩子無條件的對她親、對她好，她內心很感動。

不管是因為一個美麗的錯誤，還是因為孩子太小不懂事，但她心裡確確實實的感激他。

聽了弘瑞的保證，秦曼對茶花說：「今天就讓小少爺在這兒休息一會兒，茶花，妳去拿兩塊點心餵他吃了。」

茶花餵完點心後，又給弘瑞喝了兩口水，最後又讓他方便過後，秦曼才給他脫了外衣，躺在自己的床上睡。

這裡都是以炕為床，等弘瑞睡著後，秦曼叫茶花去拿自己的被子過來，讓她在旁邊的榻上睡。這也還是一個孩子呢，放在現代，有的十幾歲孩子被嬌寵長大，甚至還要餵飯，真是窮人的孩子早當家，這麼小就得為養活家裡人來做保母。

等兩個孩子睡了，秦曼拍拍痠痛的腰，也只在床上瞇了一會兒，打了個盹就起來了。

她找出昨天拿來的布頭，答應弘瑞字寫得好、認得好，就給他做隻小兔子，大人可不能失信，要不然對孩子的教育可不利。

用兩塊白色的絨布裁成了小兔子的身子，又找了一塊淡粉的絨布做小兔子的臉，然後再用兩塊小小的毛皮給小兔子做耳朵和尾巴，材料準備好後，秦曼找出針線動手就做。

秦曼做好後，看看時間還早，便拿過弘瑞的描紅本，翻到後面一頁，從上到下從左到右，在抄好的十個字旁畫好圖，準備明天沒事時再幫他複習他爹爹教過的字。

弄好這些，秦曼去洗了把臉，看看太陽的方位，大約申時左右，不能讓弘瑞再睡，要不然睡過頭，晚上就不願意睡了。

茶花聽到腳步聲，馬上驚醒，趕緊出門去打水。秦曼走到床前，見弘瑞還沒有睡醒，她輕輕的拍了拍弘瑞。「弘瑞睡醒了沒？小兔子來了。」

本來還想賴床的小傢伙一聽小兔子三個字，立即張大眼睛。「瑞兒醒了！」一骨碌起身，乖乖的穿好衣服和鞋子下了床。

這時茶花把水端來，秦曼給弘瑞擦臉，帶他走到外間，一看到桌上的小白兔，小傢伙一聲歡呼。「瑞兒的，小白兔！」抱在懷中滿臉笑意。

「曼姨，瑞兒想出去玩。」弘瑞滿臉希望的看著她。

第九章

秦曼到弘瑞家好幾天，還沒有出去過，正想去外面看看。

原身對這個世界的認知真的太少了，看的也就是一些《百家姓》、《千字文》、《女訓》、《女孝》等書籍，後來親爹去世後，書更是讀得少，只有在教她親弟認字才接觸書。

可她並沒有空去看別的書，一天裡不是做飯洗衣就是做女紅，秦曼真無語，要了解這個世界，還得靠自己。

秦曼牽著弘瑞、帶著茶花出了院子，找到凌嬸問：「嬸子，小少爺說要去外面玩，能不能去？」

凌嬸笑著說：「去吧，孩子總需要一些玩伴，妳帶他出去認識幾個也好，只是不要走得太遠，小心安全。」

秦曼點頭說：「嗯，曼兒知道，我們就在旁邊走走，要是能有幾個孩子朋友，弘瑞會活潑開朗很多。」

凌嬸說：「是的，今天天氣好，你們去吧。」

得到凌嬸同意後，秦曼低頭問弘瑞。「弘瑞，我們去哪兒玩？」

弘瑞站在門外想了想，然後指著不遠處的大樹說：「曼姨，我們去大樹下玩好不好？小虎子他們一定在那裡玩。」

秦曼順著弘瑞手指的方向看去，不遠處空地中間有一棵大樹，像一把大傘豎立在大地上。

秦曼點了點頭，帶著兩人來到樹下，見有四個小孩子在玩泥巴和小石子，這可能就是弘瑞說的小虎子他們。

這個時代的孩子沒有玩具，就算幾隻小螞蟻也能成為孩子的小寵物。可能是他們看到了弘瑞手中的小兔子，所以幾個孩子圍了過來，弘瑞有些害怕，可見平時跟其他孩子玩得較少。

「弘瑞，你手中是什麼呀？」一個頭紮沖天辮，約五、六歲的小女孩問道。

「這是——小兔子，妳沒見過吧？」弘瑞一見小朋友問他手中的玩具，便很驕傲的回答他們，並說：「這是——我——曼姨做的。」

「真好看，可不可以給我摸摸？就摸一下好不好？一會兒我和你玩小石頭。」小女孩問道。

弘瑞畢竟是個孩子，和孩子玩在一起才有樂趣，但是又有點不捨得讓他們摸，便抬頭看了看秦曼。

秦曼蹲下來摸著弘瑞的頭問：「弘瑞是不是也想和小朋友一起玩呀？」

弘瑞想了想，點了點頭。

秦曼又對四個小朋友說：「你們是不是也願意和弘瑞玩？很想摸小白兔？」

四個小傢伙小雞啄米似的點著頭，秦曼說：「那好，你們先告訴我名字，哪個先告訴我，一會兒就能先摸。」

四個小孩子一聽說可以摸那稀奇的玩具，便爭先恐後的報上名來。「我叫花兒！」頭紮沖天辮的女孩說道。

「我叫虎子！」看起來虎頭虎腦，名副其實。

「我叫墩子！」還真有點小胖子的樣子。

「我叫學文！」唯一一個名不對人，又黑、又胖沒有一點書生氣質的男孩叫學文。

看到四個可愛的小傢伙，秦曼微笑著並沒有說話，然後看了看他們的雙手，小傢伙們不明白這個阿姨為什麼看他們的手。

秦曼知道他們沒有明白過來，摸了摸弘瑞手中的小兔子問道：「小朋友，你們看小白兔漂亮嗎？」

四個人齊聲答道：「漂亮！」

「可是你們的手太髒了，你們這樣摸牠的話，會把牠弄髒，牠會不高興的。」

小傢伙們再看看自己黑乎乎的手，都不好意思了。秦曼又說：「跟茶花姊姊去把手洗乾淨，再來跟小兔玩好不好？」

「好，茶花姊姊，快點，我們去洗手，洗完手就可以跟小兔子玩了！」四個人飛快的拉著茶花到小河邊洗手去了。

弘瑞看了看自己的雙手，見四下無人便摟著秦曼的脖子。「娘親，瑞兒乾淨，瑞兒玩小兔子。」

秦曼看著弘瑞這可愛的模樣，捧著他的臉「啵」的親了一口。「弘瑞最講衛生，是個最乾淨的小孩子。」

四個孩子洗完手，團團圍著弘瑞，伸手輕輕的去摸小兔子，秦曼怕他們去拉小兔子的毛和摳小兔子的眼睛，便對大家說：「小兔子是姨姨今天剛剛做好的，如果小兔子的尾巴和眼睛弄壞就不好看了，我們輕輕的摸摸牠好不好？一會兒姨姨給大家講小兔子的故事。」

這裡的小孩從來沒有玩過絨毛玩具，更沒有聽過童話故事，聽了秦曼的話，大家都小心的玩著小兔子，果然沒有把牠弄破。

秦曼看大家都玩得起勁，就把幾個人拉到了大樹下的長凳上坐下來，然後開始講起故事，聽得小傢伙們一動也不動的看著秦曼。

太陽快下山了，秦曼跟大家說：「天快黑了，小朋友也要回家了，天黑不回家，大灰狼會來找不聽話的小朋友。」

「姨姨，明天妳再來給我們講故事好不好？」花兒拉著秦曼的衣服問道。

「姨姨也不知道能不能來，如果我們來了就去叫妳，好不好？」秦曼知道不能輕易的答應，萬一沒有做到，那就不好了。

「好，姨姨，如果你們來了，一定要來叫我們幾個人喔，我們還想聽妳講故事。虎子、學文、墩子，你們想不想？」花兒問其他三個孩子。

「想，我們等姨姨叫。」三人齊聲回答。

「姨姨，妳真的會叫我們嗎？還會帶著小兔子嗎？」花兒眼睛直勾勾的看著弘瑞手中的小白兔問道。

秦曼再三保證，只要大家不打架、不罵人，下次有空一定來給大家講更好聽的故事，才得脫身帶著兩個小的回去。

當天晚上下起了雨，因姜承宣沒有回來，弘瑞就要求跟秦曼一起睡。

這幾天上午，秦曼教弘瑞學過十個字，中間休息一下，又叫他每個字都臨摹了十遍。下午依舊是讓他認一下以前學的字，對沒有把握的字，又拿出前一天畫的字加畫給他認，小傢伙真的很聰明，很快就掌握了。

今日天氣總算轉晴，上午仍舊按老規矩教他學字寫字，吃過午飯三人一起玩了一會兒才讓他們午睡。

秦曼也趁著他睡覺稍稍休息了一下，起來後就給自己裁了兩件古今結合版的胸罩，那肚兜可真不適合少女胸部的發育，常穿的話，年紀不大就會像婦女一樣胸下垂。

秦曼發現在這個時代沒有釦子，秦曼只得做了件側繫帶子的。下次畫個鈕釦的圖樣，問問凌叔鐵鋪裡能不能做，如果能的話，叫他找人做點回來，弘瑞那褲子穿來拉去的實在麻煩，夏天也這麼弄條腰帶綁著，那可得生痱子。

秦曼想想這個時代繡花針都能做出來，這麼簡單的鈕釦肯定能做得出來。對，先畫好樣子，等看到凌叔就問問他。

秦曼又想要不再畫一個熨斗的樣子，叫凌叔一塊兒到鐵匠鋪裡打好？說動就動，拿好紙筆和木尺準備畫，但這毛筆畫東西可真不大順手，秦曼又想了想，去廚房找了幾根沒有燒完全的樹枝，用剪子削尖試了試，果然比用毛筆方便了很多，不一會兒就畫好了鈕釦和熨斗的樣子。

走到內室洗好手，秦曼想著，小傢伙得醒了，走近床前一看，果然他眼睛張開了，正在找人呢。

叫醒茶花給弘瑞洗漱好後，在小傢伙的要求下，帶上了那天畫的那幅小蝌蚪找媽媽的畫，和幾種紙摺的小動物以及小兔子，來到了大樹底下。

樹下只有兩個男孩子在玩，看到弘瑞來了，大聲叫著。「弘瑞，我們每天都來等你，我去叫花兒和學文啊，你們不會走吧？」原來是虎子。

「我們不走，你去叫吧，我還有帶其他的好東西。」這兩天一直玩遊戲、說故事，弘瑞說話似乎更順暢了一些。

虎子一聽，轉身就走，還邊走邊喊：「花兒、學文，你們快來，弘瑞和他們家的姨姨來了，還帶了好多好東西。」

聽到虎子的叫聲，花兒和學文還有幾個不認識的小孩子一起跑過來，花兒還說道：「我說弘瑞和姨姨會來的吧，大人不會騙人的！」

隨著花兒一起來了四人，加上這兒的四人，秦曼讓弘瑞坐在長凳上，讓孩子挪了幾個大一點的石頭圍著圈坐，弘瑞坐在她右邊，花兒就占了左邊。

秦曼把帶來的東西和弘瑞一起攤在中間的大石凳上，先讓孩子們看圖和認小動物，然後再講故事。

這時秦曼還發現有一個年約六歲的男孩子偷偷的躲在大樹後看他們，便拉著花兒問道：「花兒，那個小朋友是誰啊？為什麼他不過來？」

聽到秦曼的問話，小朋友都轉頭去看，花兒看了後回答說：「阿姨，那是劉小狗，他爹死了，他娘不要臉。我們都不和他玩。」

秦曼一聽，看來是孤兒寡母過日子的人，這樣的單親孩子在古代更是可憐。因此她問小朋友。「小狗子的爹沒了嗎？小狗子自己是不是做了很多壞事？」

大家搖了搖頭，沒有看過小狗子做壞事。小狗子的娘不要臉也是大人說的，只是大家都不明白，他娘的臉不是好端端的嗎？怎麼說小狗子他娘不要臉呢？反正大人這麼說，那就是不要臉吧，所以大家也不跟小狗子玩。

秦曼又引導孩子們說：「小狗子沒有做壞事，那他就是好孩子對不？你們也都是好孩子，好孩子要一起玩，人多也好玩，是嗎？」

虎子說：「是的，有小朋友一起玩才開心。去年別人送墩子家一條小狗，我們大家一起跟小狗玩，很開心的。只是小狗現在長成大狗，不能玩了。」

「嗯，是的，我和花兒一起玩過家家，才有意思呢，一個人都不好玩的。」學文也爭著說。

「那好，我們今天請小狗子一起來玩好不好？」見孩子們點頭，秦曼對小狗子招了招手。「小狗子，快過來，小弟弟、小妹妹都在等你一起玩，過來吧。」

小狗子似乎不相信，以前小夥伴們都不願意跟他玩，說他娘是壞女人，他回去問他娘，娘不回答還打了他。聽到秦曼和大夥兒一起叫他，他還是有點害怕。

慢慢的走過來，小朋友們在秦曼的示意下，留了個位子給他，他站到石凳前看到畫和小動物，眼睛都直了。

弘瑞和茶花一起當起小老師，告訴大家這是什麼、那是什麼。幾雙小手不停的摸著那些小動物。

過了一會兒，秦曼問道：「這些動物大家都認識了嗎？」

「認識了，姨姨，我知道我家門口的池塘也有小蝌蚪和青蛙。」

「姨姨，我家池塘裡有小金魚呢。」

「阿姨，我家有小鴨子。」大家七嘴八舌的爭著告訴秦曼。

弘瑞一看小朋友們都爭著跟秦曼說話，拉著秦曼的袖子說：「曼姨，講故事。」

「好，大家以後跟弘瑞一樣叫我曼姨好嗎？今天我給大家講故事，認真聽故事的，可以在這些小動物裡選一個當獎品。」

大家一聽，便大聲回答。「好！」還按秦曼的要求端端正正的坐好。

講完故事，秦曼讓大家自己玩，她坐在大樹下的石上看著風景，這時一位老人家走過來坐在她旁邊。

秦曼朝老人笑笑。「老奶奶從哪兒來？」

老人和煦一笑說：「去山上採了些野菜回來。」

秦曼又問：「這野菜好吃嗎？」

老人說：「不好吃，只是肚子餓了，什麼也得吃。」

秦曼又問：「怎麼稱呼您老人家？」

老人說：「老嫗姓姚，孤寡老太婆一個。姑娘是誰家新來的親戚嗎？」

秦曼笑著說：「我是姜家請來帶小少爺的女夫子。」

老人驚喜的說：「哦，姑娘還是個識字的，只是怎麼會來做傭人呢？」

秦曼說：「姚奶奶，我爹爹過世，娘改嫁，家裡也沒人了。」

姚奶奶說：「妳也是個可憐的孩子。不過這姜家雖然來這兒時間不長，但他們家的人好像還不錯，對人最客氣。」

秦曼說：「我剛來幾天，我也感覺到了，這東家對我很好。」

姚奶奶說：「嗯，那姜府的孩子可得好好帶。」

秦曼笑笑說：「會的，這孩子很可愛，我很喜歡他。」

姚奶奶嘆息說：「這小少爺真的是個很可愛的孩子。早聽人說了，這孩子沒有娘，沒娘的孩子真讓人心疼。」

秦曼笑笑說：「沒娘也只是暫時的，以後會有的。」

姚奶奶道：「那倒是真，這姜家看來不像窮人。」

那邊孩子玩得開心，秦曼與姚奶奶聊著，見天色晚了，告別姚奶奶，帶著兩人回到姜家大院。

剛進大院門，剛好碰到凌嫿來找他們。「我正要找你們呢，少爺回來了，已洗漱好在等小少爺吃晚飯。」

玩過頭了。秦曼難為情的把弘瑞交給凌嫿，然後回去院子，正準備洗手吃飯，她才發現飯已經送到房間桌上。

秦曼在心中喝采著——「真是太好了！」

一個人在這裡吃，比在別人的眼光下吃，或等別人吃完，吃別人剩下的好太多，便愉快的吃了起來。

飯還沒吃上三口，房門口傳來腳步聲，聽見茶花說道：「秦姑娘，小少爺要妳陪他吃。」

秦曼不想過去，她不想在姜承宣的眼前晃來晃去，能少打照面總是好的，要不然李琳又要來吃無名醋。

她並不是怕李琳，只是覺得煩。她還真不想跟這種幼稚的女孩打交道。不理她吧，她總是在妳面前語帶挑釁；理她吧，說實話秦曼覺得有失身分。

想了一會兒，秦曼跟茶花說：「妳低聲告訴弘瑞，就說如果他以後自己認真吃飯，明天我就給他做他想要的小動物，要不然，我就給花兒、虎子做。」

茶花看著她問：「姑娘，這真的行嗎？」

秦曼一推她。「去吧，不過妳要這麼做。」輕輕的在茶花耳邊說了自己的辦法。

茶花眼睛亮了亮，馬上就跑了出去，果然後來茶花沒有再來叫她，看來弘瑞妥協了。

吃過晚飯，弘瑞被姜承宣帶去書房考核功課，茶花過來拿了弘瑞的描紅本和弘瑞這幾天寫的字。

秦曼也拿著自己畫的那兩幅圖找凌叔，並問他這些東西是否能做。凌叔說明天他正好要去鎮上，他會到鐵鋪裡去問問。

書房裡，姜承宣正在考校著弘瑞的功課，他出去四、五天，小傢伙可能把字都忘光了。快五歲的孩子，現在認的字還不足一百個，自己五歲的時候都開始唸《論語》了，瑞兒卻是

《千字文》都還沒有開始學。

翻開第一頁，一個個點著字叫弘瑞讀，弘瑞倒是他點一個答一個，頓時姜承宣有點驚奇了。

又翻到自己還沒有來得及教的那一頁，弘瑞也全部認了出來。這讓姜承宣更加驚訝，看來這幾天他不在，還真有點不同尋常。

考完認字，姜承宣又拿弘瑞描的字來看，前幾張寫得不大好，下筆還很生嫩，但他發現後面的越寫越不錯，不但字跡端正，而且還有了一點筆鋒。

姜承宣的心中有了不同的想法。稱讚弘瑞後，就叫茶花把他帶下去洗漱就寢。

姜承宣朝門外說了聲。「洪平，看凌叔忙完沒，去把凌叔叫到書房來。」

「是，爺，小的馬上去。」洪平應道。

不一會兒，凌叔隨著洪平一起來到書房門口，洪平叫了聲——「爺，凌叔到了。」

「凌叔，進來吧。」姜承宣還坐在桌前看弘瑞寫的字。凌叔見到姜承宣，馬上行了一禮道：「小的正想跟少爺回報這幾天家中的事。」

「凌叔，你知道我一直把你們兩夫妻當自家長輩看，這麼多年了，你再這麼客氣，我會很難過的。」姜承宣不大高興的說。

不說那十幾年，奶娘把他當自己兒子一樣疼愛長大，當年在那種情況下，一無所有的出了那個家，娘親也丟下自己去了，可是他們夫妻卻一直跟著自己，特別是凌叔，多少次受傷徘徊在生死邊緣都是他一直守護著，他與他們的感情比親人還要近。

凌叔也知道少爺是真的不把自己當下人。當年自己只是姜家裡一個普通的家生子，父母早逝也沒有人能拉自己一把，如果不是夫人的知遇之恩，讓他學習認字和醫術，還把最信任的陪嫁丫鬟嫁給了沒有任何地位的他，他哪會有今天的地位。

可憐的夫人受人陷害時，他不在家中，等他回來時夫人已投河，生不見人死不見屍。少爺也被老爺關在柴房幾天都沒給他吃喝，看來真的想把他給餓死！凌叔越想越難過，這麼多年過去了，他還是在自責。

如果不是老太爺心軟，偷偷給自己那些銀票，把他和少爺放走，可憐的少爺也得跟著夫人去了。

自己沒有能力幫助夫人伸冤，但是好在這麼多年來，護著少爺長大了，如今又有了小少爺，心中也有了安慰，總算能報答一點夫人的恩情。

所以凌叔在心中發誓，不管少爺對自己怎麼樣，自己一生都是姜家的下人，絕不跟少爺平起平坐！

凌叔抬頭看著姜承宣開始彙報。「少爺，這幾天家中都很平靜。自您離開後，琳姑娘也沒有去找小少爺和秦姑娘，都在自己的院子裡繡花和看書。」

姜承宣問：「這幾天瑞兒都是秦姑娘帶著？」

凌叔照實回答他。「是的，爺，這幾天小少爺都和秦姑娘在一起，白天秦姑娘教他認字和寫字，還有就是您出去的第一天和今天下午，秦姑娘帶著小少爺去大樹下和花兒、小虎幾個孩子玩，小少爺回到家後很開心，飯也吃得多。」

姜承宣皺皺眉頭問：「到大樹下去玩？」

凌叔說：「是的，爺，秦姑娘說孩子要有孩子同伴，才會玩得很開心。」

姜承宣沒再在這事上說什麼，岔開話題問：「我叫你打聽的事怎麼樣？這個女子說的話可真實？」

凌叔頓了頓又接著說：「我已請蘭少爺派人去秦姑娘的娘家探聽一下她的情況，前天也回了消息，打聽回來的情況跟秦姑娘說的一樣，並沒有什麼相異之處。」

姜承宣點點頭說：「看來她沒有說謊。」

凌叔說：「聽蘭少爺派來的人說，這秦姑娘一直是個很乖巧的孩子，只是命有點苦。」

「林家打探過沒有？」聽了凌叔的回報，姜承宣又問他。

「林家本來還想讓秦姑娘給林老三守孝，聽說是遇到一個道士，說秦姑娘與林家相生相剋，要他們放她離開，這樣才能保住林家。出來的那天正是倒在我們家大門口的那天，那頭上的傷也是被林家所傷。」

凌叔回憶了一下這幾天的情況，接著說：「從這幾天來看，她還是很穩重的。琳姑娘找了她幾次碴，她都沒有說什麼，平時很安靜，小少爺也很喜歡她。但日子畢竟太短，她品性如何，還要繼續觀察。」

「嗯。」姜承宣聽完凌叔的回報，對凌叔說：「凌叔，你再仔細看著她，時日太短也不能斷定什麼，她的來歷沒有什麼可疑的，那就讓她先待著。琳兒還小也很聽話，我會跟她說的。你先下去吧，以後有變化再回報給我。」

「是，爺。」凌叔彎腰低頭退下。

姜承宣拿著弘瑞寫的字在手中半天，他並沒有在看字，透過字他的思緒飄得很遠……

第十章

十年前母親出事他一點都不知道，父親關了他三天沒給他任何吃的，當他以為他快要死了，是凌叔和奶娘帶著他逃了出來；後來奶娘才告訴他母親被人陷害，壞人還想要他的命，是在祖父的幫助下才能帶著他逃跑。

明知道母親是被陷害的，但是沒有證據，他無法為母親翻案。父親，那個給予他生命的父親，竟然不相信結髮十幾年的妻子和親生兒子，在離開那個家後，他就跟父親沒了任何關係！

雖然凌叔與奶娘告訴他，是三姨娘害了他們母子，但沒有讓他生起討厭所有女人的念頭。直到認清那個為了姦夫來害親夫的女子，才讓他徹底覺得，這世上沒有好女人。

邊城的生活歷來都是辛苦的，他娶朋友的妹妹為妻，他一直以為她會是個賢良淑德的女人，要是沒有那場大雪、要是他不是去剿匪失去蹤影一個月，他也許不會知道女人都這樣見異思遷、可惡可恨！她以為他不會回來了吧？可是他就是這樣活著回來了！

姜承宣握緊雙拳，十年了，所有一切都將要結束，經過這幾年的布置和查探，就差最後的證據了，他要為母親討回公道，讓那個沒人性的父親後悔一生！

姜承宣從沈思中回神時，已經三更天，洗漱後他並沒有睡意，想起凌叔對秦曼的評價，嘴角浮起了冷笑。

自己不再是當年那個毛頭小夥子，越是表面溫柔嫻淑的女人越不是好女人，從溫柔親切的三姨娘到秀麗溫柔的弘瑞娘親，哪個表面上不是一等一的好女人，可實際上都是賤人！

隔天，吃過早飯，姜承宣站起身，天已經大亮。大門口一陣馬蹄聲響起，幾聲吁聲後，幾個男人邁步進來，其中一個高個子黑皮膚的男人一看到弘瑞就道：「乖瑞兒，有沒有想勇叔？」

一個書生模樣身材修長的男子打趣道：「瑞兒才不想你這個大老粗呢！要想也是想風度翩翩的修叔叔，對不對，小瑞兒？」

不要怪他們，誰叫這麼一群大老爺們只有這麼一個小傢伙可以玩呢？

如果不是去年終在姜承宣的命令和凌叔的操持下，說不定王、趙、劉三個二十幾歲的大漢子還是光棍一個！但是要製造小寶寶還得有段時間，所以一見到弘瑞，所有的父愛都想體現一把。

姜弘瑞看著一群怪叔叔直皺眉頭。誰會想一群大老爺們？他要想也想他的曼姨還差不多。七、八聲大嗓門問得瑞兒直翻白眼，這群叔叔伯伯們又來了，每次來不是這個抱就是那個捏，還直逼問想不想他們，趕快走，要不然又要被煩死了，弘瑞嫌惡的想。他們全身都硬硬的，哪有曼姨身上香香的、軟乎乎的好聞和舒服。一看到這群人，他就一邊走一邊喊：

「曼姨，曼姨，抱瑞兒！快快！」

這一呼喊，這眾人可驚奇了！這府裡除了琳兒外，何時多了一個曼姨？難道承宣納妾了？昨天他都沒說啊？有問題！

聽到瑞兒的尖叫聲，秦曼急忙跑了過來，看他衝得那麼急，趕緊叫道：「弘瑞慢點！小心摔著，牙會沒了！」

一聽摔跤會把牙齒摔沒，弘瑞總算慢了下來，當秦曼走到他身邊時，弘瑞趕緊摟著秦曼的脖子，急著說：「曼姨，快進去，叔叔伯伯們來了！」

秦曼抱緊他說：「弘瑞怎麼了？不喜歡叔叔伯伯們嗎？」

弘瑞告狀。「曼姨，他們好壞，老捏我的臉，用鬍子扎我，臭臭的！曼姨妳香香的！」

秦曼啞然失笑。看來這群大男人，對孩子表達喜愛的方式有問題。

不說秦曼抱起弘瑞進了院子，卻說這一群大男人們，滿臉驚訝，無法形容。

弘瑞摟著那個女子那麼親熱，一定有問題！那女子遠遠看去容貌清麗，身材瘦弱，皮膚有點蒼白，是一個算不上大美人的小美人。

不過見到一群男人卻一點也不緊張，臉色還是平靜如水，當真讓人驚訝，這女子不一般，就憑這分鎮定，做個妾還是可以的。

聽到大家的說話聲，姜承宣走出院子，把大家迎進了左廂的起居室。

大家圍桌坐定，這裡是他們每次來議事的地方。凌嬸帶著王嬤拿了茶水上來，並給每人倒上一杯，與大家問過好後便退下，這群人跟姜承宣的交情可是過命的，所以也把凌嬸當親人看待。
凌嬸剛退出去不久，急性的賀青可忍不住了，他與李亮都是十四歲，李亮還比他大兩個月，他是這群人中的小弟，性子也最直。「大哥，剛才瑞兒叫曼姨的那個女人是誰？是不是我們的新大嫂？」
「對呀，大哥，那是不是我們的新大嫂？」李亮也叫起來。
王漢勇、劉虎、趙強都睜著一雙好奇的眼睛，滿臉都是八卦的樣子齊聲問：「大哥，是不是呀？」
三人都是粗人，性子很急，大字不識幾個，但是對姜承宣的事，那可是字字認真。
王漢勇、劉虎、趙強三人都是無父母的人，姜承宣有父也跟無父母的人一樣。他們幾乎把姜家當成了老家一般，姜承宣年紀最長，自然就是家長了。成親的幾人，都在這林家村挨著姜家不遠處住著，一有事就全聚在了一起。
幾兄弟中只有蘭令修不一樣，他是蘭家的嫡次子，因讀書上一直沒有長兄優秀，總被父親責罰，因此一氣之下投筆從戎。
這次回到蘭家後，母親才四十幾歲卻因擔憂他而兩鬢白髮，見到他後更是老淚縱橫，讓他不敢再次離去，留在家中，目前打理家中的財產。
二十一歲了還不成親，讓他的老母很著急，下最後通牒，如果今年內不成親，她就不活！最後只得點頭同意母親去給他相看姑娘。

看過姜承宣的婚姻，得知他的經歷，蘭令修一直對成親沒有意願，如果不是為了父母，他是不打算成親的。

秦曼出現在姜府，蘭令修有點意外，如果這個女人真的能讓大哥上心，也許真的是件好事。畢竟從瑞兒對她的態度，以及剛才她平靜的模樣，讓他覺得有點意思。

父母不是想讓他成親嗎？年底能一塊兒成親會不會熱鬧一點？想到這兒的蘭令修便一臉戲謔的看著姜承宣。

其他三位年紀較大的人也看著姜承宣。他們三個人因為戰亂家中已無人才投軍，為的是混口飯吃，這些年下來，他們心中清楚什麼人有義、什麼人無情，從戰場上活下來後，乾脆生死都跟著姜承宣了。

姜承宣看著這幾個生死兄弟，知道他們的心事。笑笑的回答說：「一個撿來的女人。不過不要驚訝，不是我撿來的，是瑞兒撿來的，不值得一說。」

「瑞兒撿來的？」賀青沒明白，瑞兒怎麼會撿得到這麼大的人呢？

看大家很疑惑，姜承宣就把這過程講給了大家聽。

蘭令修又問道：「大哥，也就是說她在你這兒待一年是為了幫助瑞兒，報答瑞兒的救助之情了？既然瑞兒喜歡她，難道大哥沒有打算再給瑞兒找個娘親？」

「瑞兒的娘親？那是什麼女人都能做的嗎？如果以後瑞兒真的捨不得她走，那就留下她好了。」姜承宣不以為意的說。

「留下她，用什麼名義？她不可能無名無分的跟著你一輩子吧？」蘭令修又問道。

「如果真的這樣，那就納了她。當然她願意給我暖床，我也不反對，男人總是需要女人的，哪個女人暖床不都一樣？」想起那天那個裝得如一隻孔雀般驕傲的女子，姜承宣用手轉著茶杯，一臉不屑的答道。

如果她真的是一個虛偽的女人，給她妾的身分，還高抬了她。

自己的大哥這麼說，當小弟的覺得也對，姜家的主母，哪是什麼樣的女子都能擔當得起的？

大家放下女人話題，說起春播之事，最後商定最先幫姜承宣做完再幫王漢勇，然後是趙強，最後是劉虎。才出院子來到飯廳，不知不覺已是中午，凌嬸叫張嫂和王嬤燒了一桌子他們愛吃的菜，打發洪平來叫大家吃飯。

這時，弘瑞已坐在炕上等大家，手上端著一碗飯，看到大家來了，馬上叫起叔叔伯伯，等大家都開動後，自覺的吃起飯來。

「瑞兒，你自己會吃飯了？」李亮驚訝的問。

弘瑞白了李亮一眼。「我是男子漢。」

弘瑞的表現，讓大家覺得很驚奇，眾人左瞧瞧、右看看，相互擠眉弄眼，看來這個叫秦曼的女人還真有兩把刷子。

午飯後，大家都休息了一會兒，接著到外面的倉庫裡準備明天要用的工具，然後把它們都放到田裡去後，還做了一些準備工作。

吃過晚飯，王漢勇、趙強、劉虎就準備先回家，畢竟都住在附近，再說三個人均新婚不到半年，抱著新媳婦遠比跟幾個臭男人擠一窩要好得太多。

蘭令修看著急切回家的三人打趣說：「你們這麼急著回去，是怕新媳婦要睡著了吧？」

王漢勇回擊他說：「要是羨慕我們，那就趕快成親吧，抱媳婦睡覺，可比跟幾個男人擠一塊兒舒服多了！」

趙強、劉虎也回應說：「就是！以前沒媳婦不知道，自從有了媳婦才知道有媳婦的好處。小六，你可別浪費時間啊。」

姜承宣看著自家幾個兄弟離開的背影，他拍拍蘭令修的肩膀說：「小六，幾個哥哥可沒說錯，看把你娘愁得，回去了就馬上去相個媳婦吧。」

蘭令修半真半假的問：「大哥你為什麼不替瑞兒再找個娘親？這個女人怕不是你所說的那樣簡單吧？」

姜承宣笑著說：「沒想到小六才見秦姑娘一面就記上了心，要不哥哥給你問問，她願不願意跟了你？」

蘭令修立即說：「大哥，這玩笑開不得，我哪能搶了瑞兒喜歡的女人。」

姜承宣拍了他一掌。「說什麼呢。瑞兒這麼小，能知道什麼叫女人？」

蘭令修大笑著說：「可他爹知道呀！」

第十一章

第二天，天剛矇矇亮，外院裡已經人聲鼎沸，秦曼也被吵醒了。看看天色還很早，她想還是不要起來吧，一院子的男人，碰上了也不好。

等秦曼再次醒來，天已大亮。梳理好自己之後，秦曼來到廚房，張嫂見秦曼過來，便說：「秦姑娘起來了?您先回房，我馬上把飯給您端過去。」

秦曼見她正忙著，便道：「張嫂，妳別客氣，我自己來吧，我也不是客人，哪能要妳侍候呢。」說著就把張嫂弄好的飯菜放進托盤端了出去。

秦曼吃完飯，弘瑞還沒有起床，她便把碗筷送到了廚房。見張嫂還在忙著，便問：「張嫂，現在就開始準備午飯？」

「不是午飯，是上午的點心。他們很早就去田裡了，上午要送點心，做重活易餓。」張嫂回答說。

「妳一人弄嗎？」秦曼又問她。

「王嬸跟凌叔去鎮上買菜，凌嬸先去田裡送茶，一會兒就來拿點心，我得趕緊弄好，要不然他們都餓了。包點水餃送過去，好吃又止飢。」張嫂笑著說。

「我幫妳吧，小少爺也還沒有醒來，今天有很多人來幫忙吧？」秦曼問道。

「不用的，秦姑娘。」張嫂客氣的說，這秦姑娘是小少爺專用的，受的也不是傭人的待遇，若叫人看到她做這粗活可不好。

「張嫂，小少爺還沒有起來，我這會兒也正沒事，我先幫妳包餃子，等小少爺起來了，我再走。」秦曼邊說邊挽起袖子，走到案板邊幫忙。

秦曼見張嫂在剁餃子餡，有肉有菜，便叫張嫂在餡裡加了點調味料，然後一起包了起來。

秦曼會包餃子還是受劉姓好友奶奶的影響，她是南方人，家裡根本不會自己包餃子吃，要吃也是超市買幾包現成的，後來到北方後，雖不是每個星期，但只要不能回家的假日都在好友家過，劉奶奶可是包餃子高手，除了包餃子，她烙的韭菜盒子、燒的土豆燉牛肉，也都是一絕。

經過三年的薰陶，劉奶奶硬是把自己這個南方做菜生手，培養成一個北方菜餚高手，還一直誇她有做師傅的水準。

秦曼邊擀皮邊做，動作很快，張嫂看了很驚訝，拿起秦曼包的餃子一看，見包得肚圓邊緊，一陣誇獎。「秦姑娘，您這餃子包得可真好看。」

秦曼回道：「張嫂，好看不好看都沒關係，要好吃才行。」

張嫂笑著說：「這識字的人說話就是能說到重點。」

十幾個人吃的餃子在兩個熟手的合作下，很快就包好。

秦曼還問了張嫂煮水餃的方法，然後告訴她，不要蓋著一直煮，要邊煮邊加冷水，加上三次冷水後再煮上一會兒，等餃子全浮上來就可以了，這樣不會爛。

果然，張嫂按秦曼的法子煮了一大鍋水餃沒有一個爛的。她感慨的說：「秦姑娘，我做了二十來年的水餃，還真不知道這煮水餃的法子這麼好呢。」

秦曼安慰她說：「我也是聽別人說的。」

巳時初李亮見張嫂送來了上午點心，拉著賀青就上了田邊。「張嫂送什麼好吃的來？」

張嫂笑著說：「李少爺、賀少爺，老奴也做不出什麼好吃的，是主子家的材料好，給大家做了點水餃。」

伸手接過張嫂手上的碗，李亮拿起筷子就把水餃往嘴裡送，剛吃一個，便大叫：「今天的水餃真好吃，大哥你們快來吃！賀青你是不是也覺得今天的水餃好吃？」

賀青塞得滿嘴是水餃，使勁一嚥才回答。「嗯，今天的水餃皮薄餡多，這餡的味道很好呢。」

聽到兩小子的叫喚，田裡的人都過來，老關走近在李亮的頭上拍了一下。「小子，好像沒吃過水餃似的。」

同行的幾人不約而同的點頭，看來長久不做重活，這兩人早上沒吃飽，這會兒餓著了才會覺得水餃好吃。

姜承宣把碗遞給了蘭令修，然後自己也吃了起來。他仔細品味了一下，確定今天的水餃不大一樣。

蘭令修也有同樣感覺，馬上問張嫂。「張嫂，今天的餃子是不是加了什麼？」

張嫂茫然道：「蘭少爺，就是按往常一樣做的，沒加什麼……哦，老奴想起來了，今天的餃子餡是秦姑娘調的，皮也是她幫忙擀的，然後按她告訴老奴的法子煮餃子，今天的餃子沒有一個破的。」

聽到張嫂提到秦姑娘，蘭令修看了看姜承宣，而姜承宣則無任何表情，一點也看不出他有什麼想法。

李亮聽了張嫂的回答，他又問：「張嫂，這秦姑娘是不是很會做吃食啊？」

張嫂說：「這老奴倒不知道。李少爺您也知道的，秦姑娘主要是帶小少爺的。不過，老奴倒是聽說了，秦姑娘講的故事很有趣，這村子裡的孩子每天都圍著她轉呢。」

賀青眼睛一亮。「張嫂，這秦姑娘會講什麼故事？是不是真的很好聽？」

蘭令修噗哧一笑。「小青子，要不你也跟在瑞兒後面，每天去聽秦姑娘講故事？」

賀青紅著臉說：「我才不去呢，我又不是小孩子。」

李亮一副大人似的口氣說：「賀青，瑞兒喜歡聽的故事，還不是一些幼稚的故事嗎？這還要問。」

賀青露出訕訕的表情。「我這不也是因為好奇嗎？瑞兒都不喜歡跟我們玩了，我看他昨天一看到我們，就忙撲到秦姑娘身上去，才想知道她有什麼好故事吸引他了。」

奶。

張嫂送點心去後，弘瑞才起來，秦曼給他吃了幾個水餃和一點稀飯，又讓他喝了一杯牛奶。

第一次給弘瑞喝牛奶他不願意喝，因為羶味很重。秦曼想起以前看的穿越小說中提到過牛奶要去羶味的話，可以用杏仁煮過再加點白糖，就會很好喝。

秦曼按記憶的方法試過後果然不錯，弘瑞也愛上了喝牛奶，他每天都會喝上兩、三杯。現在每天早上秦曼自己都會喝一大杯，只要每天不超過五百克就不會過量。

這個身子太瘦了，一點肉都沒有，現在有食補就儘量讓自己也長點肉，一副乾癟的身材是無法展現女人魅力的。

牛奶有很多，秦曼讓茶花跟著喝，但是三個人也喝不完很浪費。秦曼就讓凌叔和凌嬸一起喝，兩老起初也不願意喝，說是不用喝也喝不慣。

後來秦曼對凌嬸說：「嬸，曼兒曾經在一本書上看到過，說人長到四十歲以後骨頭就易斷，是因為骨頭裡少了一種營養，牛奶中含了很多這種營養，還說長期喝牛奶，老了腿腳會健康很多。」

凌嬸訝異的問：「書上真的是這麼說的？」

秦曼說：「書上確實是這麼說的。凌叔本身就懂醫，您肯定知道人老了腿腳就不好，我不知道是不是可以相信，但喝了總比不喝好吧？」

凌叔盯著她問：「人老了骨頭確實容易斷，真的喝牛奶會變好？」

秦曼自信的點點頭說：「長期喝才會有效果，反正牛奶很多，不喝也浪費，要不兩老試試？」

好在凌叔兩人沒有再堅持問為什麼，要不然秦曼還真說不清。

上午秦曼教了弘瑞十個新字，按照現代的教育方法三步驟——預習、學習和複習。

果然弘瑞學得很快也記得很牢，半個小時左右就完成教學任務，後面的時間就讓他描紅，順便提點了一下坐的姿勢和握筆的方法。

看到茶花在旁邊認真的看著畫和字，秦曼便問她——「茶花也想學認字嗎？」

茶花不好意思的說：「秦姑娘，奴婢不是有什麼心思，只是看小少爺學的字好像很容易。」

秦曼見她很有興趣，便笑著說：「想學字那是好事，要不妳也來認認？」

茶花一愣，馬上問道：「姑娘，您說奴婢也可以學認字？是真的嗎？」

秦曼說：「只要妳想學，就可以學。」

茶花激動的說：「真的嗎？姑娘，是真的嗎？奴婢也可以學認字？少爺會不會不同意？」

秦曼認為奴婢學了字以後也可以幫助主家，因此點頭說：「我教妳認字吧，只要不影響做事就好。學會了就在地上學怎麼寫。」

茶花一臉感激，頭點了又點，在秦曼的指點下，把弘瑞學的幾個字也認了個全。

秦曼除了畫認字的圖外，還整理了幾個小故事配上圖。特別是男孩子最愛聽的聰明孩子的故事，像《小馬過河》、《烏鴉喝水》、《司馬光砸缸》、《狐狸和烏鴉》、《聰明的阿凡提》等。

秦曼還想把自己記憶中那些培育孩子聰明、睿智、謙虛、勇敢、好學的故事都回想起來，到時候一個個故事弄成一本本現代漫畫的形式，弘瑞一定會愛看的。不過得慢慢來，每天畫一點，畫上一年應該可以畫出不少，等她走了以後，留給弘瑞做紀念。

吃午飯時凌叔拿了一包東西給她，是那天請凌叔去鐵鋪幫她做的。拿到房間打開一看，秦曼笑了，還真行，竟然都做出來了。

鈕釦做得沒有現代的精細，但一樣好用。熨斗底下還打磨得很平，真是太好了。可以動手做自己的衣服了，馬上天要熱了，弘瑞的夾衣也得換下，就先給他做兩條不用褲帶紮來又紮去的褲子。

吃過午飯，秦曼找到了凌嬸。「嬸，曼兒想找您要兩塊布料，想給弘瑞做幾套衣服。」

她也正在想這事呢，凌嬸一臉開心的說：「太好了，小少爺的衣服都短了，嬸年紀大，眼力也不大好，有曼兒幫著做，嬸就省很多工夫。來吧，我們去庫房挑布料。」說著拉著秦曼去了庫房。

等弘瑞醒了後，第一件褲子已成功做好，趁著小傢伙剛醒還沒給他穿外褲，秦曼拿出新褲子給他試了試，還不錯，寬鬆了一點。小傢伙穿上以後感覺很新鮮，就不願意脫下來了。

秦曼哄著他說：「曼姨還要照著再給你做一條，你不脫下來，曼姨就做不出來了。」這才同意脫下。

在弘瑞的要求下，三人又去大樹下，走過田邊，秦曼發現田裡一片熱鬧，很多人都在各自的田裡收麥子了。

秦曼是南方人，南方是不種麥子的，所以對它的收割季節不是很了解，但對農村卻很熟悉。

小時候她和妹妹因爸爸媽媽搞什麼調查研究、什麼田野工作，根本沒時間管她們，從五歲那年開始，她倆基本上每年暑假都在外婆家過。

外婆家最忙最熱鬧的時候是暑假，家家戶戶都忙著「雙搶」，那個時段天氣很熱，外公和舅舅以及請來的幫工也是天剛亮就下田打禾了，大一點的孩子不會打禾，就幫著把稻草拖到田埂上，方便打好禾後馬上翻地種第二季。

外婆怕她們兩姊妹中暑，總不讓她們往外跑，外婆的口頭禪是：我的兩個小祖宗欸，送好東西快點回來，別給我中暑我就謝天謝地了！

可是外公家的西瓜就在邊上，那時候在農村就是有錢也買不到好吃的，外公家那新鮮的西瓜就成了她們最饞的零食了，所以總是在外婆沒有看牢的情況下往外跑。

看到這一片豐收的景象，秦曼彷彿回到了自己的童年，只是此景已成追憶。

樹下花兒和小夥伴敏兒在玩，幾個孩子都還小，秦曼帶他們一起玩了一會兒，又教他們唱了一首〈拔蘿蔔〉的兒歌。幾個小傢伙唱罷蘿蔔歌，花兒一手拉著秦曼就嚷嚷道：「曼姨，我帶妳去拔蘿蔔，我家菜園裡有種蘿蔔。」

秦曼一呆，現在是種蘿蔔的季節？雖然小學的課外教學學過種菜，現在早還給了老師。

秦曼牽著敏兒，跟著弘瑞和花兒來到了花兒家的菜園。咦？還真有蘿蔔，不過好像還是蘿蔔菜呀，蘿蔔還沒有長起來。幾個小孩子正要去拔，秦曼趕快叫住。「現在蘿蔔還沒有長大，還不能拔。」

幾個人瞪大眼睛看著秦曼，這菜都這麼高了，怎麼沒長大呢？特別是花兒不相信，昨天娘還說蘿蔔長出來要曬蘿蔔乾呢。

「曼姨，是真的沒有長出來嗎？」花兒不信的問，弘瑞也一臉疑問的看著她。

「花兒、弘瑞，你們兩人在菜地邊上拔一根來看看好不好？不要踩上去，要不然踩壞了就長不成大蘿蔔。」秦曼引導他們說。

兩人一聽，捏著菜葉就要拔，秦曼趕緊制止，並示範給他們看，要怎麼樣才能拔起來。

兩人按秦曼的方法，用力拔起一看，果然沒有長成大蘿蔔，還是一根小蘿蔔，兩人又問：「曼姨，蘿蔔什麼時候會長大啊？」

秦曼想了想，算了算時間大約要一個月左右，然後告訴他們一個月後要花兒先問過她娘親，拔蘿蔔的時候再叫大家來。

菜園裡還有幾種蔬菜，秦曼把認識的都跟他們講過一遍，還告訴他們小孩子多吃蔬菜會長得很高，女孩多吃會長得漂亮。從古到今從大到小，沒有女孩擋得了美的誘惑，所以幾個孩子齊說：「我以後要多吃蔬菜。」

轉到菜園裡面靠山的地方，秦曼發現了很多棵茶樹，嫩嫩芽尖已長了出來，秦曼眼睛一亮，這裡有茶葉嗎？

第十二章

秦曼很興奮，來到這裡以後她還沒有喝過好茶。姜府的茶也不知是什麼茶，泡出來又黑又濃，苦得要命，想起自己是在龍井茶的故鄉長大的人，她立即有一種想立刻做龍井茶的衝動。

走到茶樹邊，發現樹有點高，她在周邊的樹枝上採下了一些，發現新茶已經二葉二芯了，正是好炒的時候。

秦曼心情很激動的採了一把，準備拿回去問問凌叔和凌嬸這裡有沒有製茶的技術？說不定，自己還真能在這裡製出綠茶呢。

就算不能發財，那自己喝總可以吧？

見秦曼採起樹葉，幾個孩子都覺得很奇怪。「曼姨，妳為什麼要採樹葉，這也能做菜吃嗎？」

「不是做菜吃，曼姨想做一種你們沒吃過的東西，但不知能不能做得成。」秦曼解釋說。

一聽能做好吃的東西，孩子們全來了興致，都叫道：「我也來採。」

一來怕他們把茶葉採壞，二來秦曼想起這是花兒家的菜地，可不能亂採。因此說：「夠了，曼姨也不知做不做得好呢，先拿一點點回去問凌奶奶就好。」

「好呀，曼姨我們回家。」弘瑞一聽要問凌奶奶，就急著要走。

「弘瑞，不急，凌奶奶到田裡去，我們慢點走，一會兒凌奶奶就回來了。」秦曼勸道，小孩子都是急性子，自己小時候也一樣。

眼見天色漸晚，秦曼帶著弘瑞和茶花，採著一把茶葉回來了。

一進門就見凌叔正要出門，見三人進來，笑咪咪的問：「小少爺出去玩回來了？」

見到凌叔，弘瑞馬上問好。「凌爺爺好，凌奶奶回來了嗎？」

「找凌奶奶有事？她在飯廳擺碗筷，一會兒你爹爹他們要收工吃晚飯，老奴就去叫她。」說著凌叔就要放下手中的東西進廚房。

「凌叔，不急，你看，今天我帶弘瑞小少爺在花兒她娘的菜園子裡採了一把茶葉。」秦曼伸手把茶葉給凌叔看。

「哦，茶葉已長出來了？不過還太嫩，十天以後採才行。」凌叔一看秦曼手上的茶葉，又道：「你們是想去問茶葉的事嗎？現在採太嫩，做不出來。」

十天以後去採？秦曼大吃一驚，十天以後這茶葉不能再叫茶葉了吧？都成樹葉了。

秦曼按捺著激動，看來這個地方不會做綠茶。這個程度的茶葉在家鄉做綠茶都已經不能算頭茶，更不用說明前茶。真等茶葉那麼老再採的話，還會好喝？怪不得這裡的茶喝起來那麼難喝！

看秦曼把茶葉當寶貝一樣捂著，凌叔笑說：「姜家菜園裡靠山處有不少的茶樹，過幾天叫妳嬸去採，妳跟著去看看怎麼弄，以後妳就會做了。」

秦曼心裡笑了，自己的家鄉可是產龍井的地方，雖然不是生長那十八棵貢茶的田地，但也是龍井茶出產地，家家戶戶炒茶，手工炒、機器炒，一年的收入十來萬，炒茶的工序不用想都能背出來，她還要學炒茶？

但她沒有多提，只說：「好，凌叔您先忙，晚上忙完之後我找您。」秦曼見凌叔這會兒忙，不是談話的時候，於是帶著弘瑞回院子。

吃飯的時候沒看到秦曼，回到書房姜承宣吩咐洪平。「去叫凌嬸與秦姑娘一起過來。」洪平在門外答道：「是，爺。」

秦曼跟著凌嬸到了姜承宣的書房，他盯著秦曼說：「秦姑娘，雖然妳說的話我都去證實過，可是我怎麼都不覺得妳像個小戶人家出來的人。說吧，妳來我姜家到底有什麼目的，妳還是老實說來得好！」

自己正在想著製綠茶的工具，哪知竟然被人叫來問話！秦曼鬱悶得半死，這個男人怎麼有這麼重的疑心病，我不就為了找個地方先過渡一下，你怎麼就這麼頑固的追究呢？

見秦曼不說話，姜承宣冷酷的說：「妳自己老實說出來，我可以放妳一馬。要是被我查出……」

秦曼見他越來越猖狂，懊惱的說：「我看您也不像是個種田的，人生難得糊塗一點不行嗎？反正我對你姜家一沒企圖、二沒興趣。」

沒企圖、沒興趣？突然跑來一個大活人，姜承宣不得不多想。

姜承宣被秦曼的話逗得嘴角一揚。「妳有沒有企圖這個話說得還早。不過爺就是專業種田人，妳不信的話，要不妳那塊田租給我種試試？」

再沒經驗，她好歹也是二十一世紀的新新人類，秦曼突然明白這話的涵義——此田非彼田！

生眼睛也沒見過比這更不要臉的人！秦曼脹紅著臉說：「我看您還是別光顧著想種別人家的地，卻荒了自己家的田！大爺，還是請您別亂種田得好。」

姜承宣突然間笑了。「看在姑娘這麼有趣的分上，就再留妳幾天。不過不要讓我發現妳有什麼不對勁的地方，不然的話，妳知道會有什麼結果。」

秦曼覺得姜承宣要是去學京劇變臉的話，怕是不用請師傅了，明明一張笑得明朗的臉，瞬間變成了一張可惡的惡魔臉。

秦曼實在是忍受不了他的陰陽怪氣。「大爺，您可得睜大眼睛好好看著，最好連晚上睡覺也不要閉上，否則一不小心就會錯過了抓我把柄的機會。」

蘭令修的笑聲從門外響起。「大哥，我看還是得把人放在身邊才能看得仔細。」

秦曼氣惱得瞪了蘭令修一眼，他並沒有停止打趣。「秦姑娘，我大哥什麼時候又變成妳的大爺了？」

秦曼氣嘟嘟的說：「動不動就扣帽子，動不動就威脅人，他不是大爺難道我是大爺？」

蘭令修笑得差點岔了氣，他對姜承宣說：「大哥，瑞兒從哪兒給你撿來這麼一個有趣的人？」

見蘭令修不停的打趣，姜承宣知道沒辦法再說什麼威脅的話了，只得對秦曼說：「希望妳記得我說的話。」

秦曼鄙視的看了姜承宣一眼。「你這兒還沒有值得我覬覦的東西！」

回到院子天已經黑了，想著自己的計劃，再想想今天姜承宣那仗勢欺人的模樣，這製茶大計可一定要成功才好。秦曼看凌嬸與凌叔正在起居室裡喝茶，她拿過下午採的那把茶葉，來到門口問道：「叔、嬸，你們還沒有休息嗎？」

凌嬸一聽秦曼的聲音，馬上說：「是曼兒呀，快進來，我跟妳叔還沒有休息。」

秦曼進門給他們見了個禮，凌嬸急著說：「曼兒，不用見禮，上來說話。」

秦曼自然的坐了下來，把茶葉攤在桌上對兩人說：「沒什麼要緊事，只是想知道這裡茶葉多不多，做好的茶葉又是長怎麼樣的，能給我看看嗎？」

凌嬸聽秦曼問的是茶葉，便說：「這桌子上的罐子裡就有，妳看。」說著便把罐子推到秦曼前面。

秦曼從罐子裡拿起幾枚做好的茶葉，放在燭火下看了起來，發現這茶葉在現代可見不到，便問了凌嬸這茶葉的做法，一聽炒了以後得把茶葉的汁擠掉，秦曼才知道怪不得這茶喝起來只有苦和澀味，沒有一點茶葉的香和甘味。她嘴裡喃喃說道：「難怪這麼難喝。」

凌嬸一聽秦曼說茶葉難喝，便笑著說：「茶不都是這樣的？又不是為了好喝才做的，而是為了解渴。農村裡的人喝茶也不是為了品茶，品茶那是老爺們才做的事。茶有什麼好喝難喝之分，真是個傻孩子。」

秦曼聽凌嬸這麼說，便不好意思的笑了。想了一下便對凌叔說：「叔，我不知您是否了解過我的身世？我家幾代都是讀書人，我曾祖那一代還中過舉人。家裡雖不富有，但是書很多，我從小就跟父親讀書。很多年前，我爺爺有一本藏書叫《天工物談》，那裡記載一種茶葉的做法，我試著做過，做出來的茶很好喝。」

凌叔感興趣的問：「曼兒會炒茶？那樣做出的茶葉真的好喝？」

秦曼說：「凌叔，我會做，也真的好喝。」

凌嬸在一邊聽了立即說：「那我們去多採點茶回來，明天曼兒來做？」

「茶葉倒是可以採一點，說多也不是很多，這裡的茶葉都是野生的，後山上也有一些，是現在就採，還是長一點再採？」凌叔問道。

秦曼說：「書上說上好的新茶最好二葉一芯時採，但炒製的要求很高，我不一定能炒出來，我看現在二葉二芯，可能好做一點。我想明天去採一點試試。」

凌叔想了想。「那麼這樣，一會兒我去跟少爺說一下，問問明天能不能早上叫上王爺、劉爺、趙爺家的婆子來幫忙，一起把園子裡的新茶採下來，讓曼兒試試能不能做出來。曼兒妳順便看一下還要準備什麼，我給妳找去。」

秦曼想了想又道：「叔，這個茶在鍋裡炒就行了，生葉子採下後在太陽下曬過，新葉有曬到就行，接下來炒製成乾茶。但是叔這裡有沒有蜜蠟？」

「是蜂蜜上結成的蠟嗎？」凌叔問。

「是的，就是蜂蜜上結蠟，您這兒有？」秦曼問。

「這個有的，放藥的庫房裡就有幾塊，要得多嗎？」凌叔問秦曼。

秦曼一聽有這個，眼睛一亮，馬上回答說：「不用多，有一小塊就可以了。」

「那好，我去一下少爺的書房，請示一下少爺。妳再坐會兒。」凌叔一骨碌下炕就走了。

凌叔到了書房後，發現姜承宣與蘭令修還在說話，於是在門邊請示。「爺，您在忙？」聽見是凌叔，姜承宣立即問：「凌叔你進來吧，這麼晚有什麼事？」

凌叔走進房門，見到蘭令修立即行個禮。「見過蘭少爺。」

蘭令修急忙回禮。「凌叔，你再這麼客氣，令修都不好意思了。」

凌叔走進門立即說：「是這樣的，剛才秦姑娘跟我說，想去採點新葉回來，她有一個炒新茶的法子，說那樣炒出來的茶跟現在的不一樣。」

姜承宣問：「是不是需要什麼？」

凌叔說：「秦姑娘說炒這茶，最好要嫩，所以明天老奴想請劉爺幾家的婆子來幫忙。」

姜承宣覺得現在農忙，怕秦曼是為了弄點新鮮事來讓人注意她，於是說：「她是不是真會炒呀？要不讓她先炒點試試？算了，還是明天去叫人幫吧，由凌叔你作主就好。」

凌叔從未想過先親眼確認那秦姑娘會不會炒茶之事，但聽得自己主子吩咐便恭敬的退下。「老奴聽爺的，這就下去了。」

凌叔退下後，蘭令修揚揚眉說：「大哥，你說這個女人到底有什麼目的？又講故事、又包餃子，還要炒什麼茶葉，真讓人摸不透。」

姜承宣冷酷的說：「我看她就這點小手段，也翻不出什麼花樣。」

蘭令修又打趣著對姜承宣眨眨眼睛說：「若她真不是京城派來的人，你不覺得弘瑞撿了個寶回來？」

姜承宣扯了扯嘴角，滿眼的不屑終於說出了自己的懷疑。「誰知道是個寶還是根草？做新茶，誰又知道她是不是看今天這麼多人，想引起你們的注意？她打的什麼主意要她才知道。不過我是不相信的，能做出新茶來才怪。」

蘭令修知道，當年弘瑞的娘也是一直為引起大哥的注意，做了很多小動作。看來要提醒大哥家裡人，注意秦曼，可不能讓她害了大哥。

凌叔出門去請示姜承宣有關做茶的事，凌嬸在屋內問她。「曼兒，小少爺的衣物是不是已有做好的了？」

秦曼說：「只做好了一條褲子，只是跟以前做得不大一樣。」
凌嬸說：「哪兒不一樣？妳拿過來給我看看。」
秦曼說：「嬸您稍等，我這就去拿。」說著就起身去把弘瑞的新褲子拿了過來。
凌嬸看到這怪模怪樣的褲子，有點不解。「這樣子可真是不大一樣呢。」
秦曼解釋說：「褲子這樣做，穿著時方便些。」
凌嬸笑了。「省了布料不說，還會方便很多？曼兒哪天有空時給我和凌叔也裁幾條試試？」
秦曼說：「那還不容易？只是怕嬸笑話呢。」
凌嬸樂呵呵的說：「妳這孩子，這麼謙虛。」
待凌叔回來，得知姜承宣同意炒茶之事，想著第二天要早起，秦曼便回去休息了。

第十三章

天一亮秦曼也醒來了，昨天晚上凌叔說安排了幾個人跟她和凌嬸一塊兒去採新茶，王、劉、趙家果真派了三個婆子過來，加上姜家兩個管灑掃的婆子，一行七人到後山開始採茶。

一個上午七個人就把新茶全部採好。秦曼把大家採回來的新茶倒在篩子裡放在太陽下曬，這樣一來新茶不倒苗，二來早上採的茶露水很多，曬乾才合適新茶的炒製。

小時候外公就說，那炒茶是要有技術的，她不明白，後來外公就跟她說怎麼炒會太老、怎麼炒會太嫩、怎麼炒茶葉易碎、火候要怎樣才最合適。

前世外婆家最出色的就是外公的綠茶、外婆的穀酒，那是祖傳手藝。自小在外婆家長大的秦曼姊妹，從小就被當作接班人強行培訓。

把茶集中在一起，秦曼看看青葉也只有三、四斤的樣子，炒不出多少，可能只能炒個八、九兩了，怪不得明前茶這麼貴。

下午沒有炒茶，因為沒有合適的地方炒。凌叔按秦曼的要求在廚房門外的屋簷下砌了一個和現代相似的炒茶爐灶，但沒有現代那樣深的炒茶鍋，所以順道裝了一口現有的。新的爐灶還有點濕，所以就沒有開始炒。

申時左右，弘瑞又拖著秦曼去找花兒他們玩，這天她教大家玩了一個老鷹抓小雞的遊戲，秦曼也跟著做了半天的老鷹，孩子們玩得樂不思歸。

眼看太陽快下山了，再過半個時辰也該吃晚飯了，弘瑞還不願意回家，可是玩太累的話，小傢伙會累得飯也不想吃的。想了想，又給大家改玩個丟手巾的遊戲，這比剛才那遊戲輕鬆很多，也剛好可以舒緩一下體力。

剛一進大院門，秦曼發現滿院子都是人，原來大家已經下工回來吃飯，有的在放東西，有的在洗手臉。

秦曼見人這麼多，牽著弘瑞低下頭快步往裡走，正準備跨進大門。砰的一聲，秦曼撞上一堵人肉牆，她一手摸上自己的鼻子，心想，沒撞掉吧？

「噗」的一聲，一個低沈的男聲傳來。「大哥，魅力不可擋呀，你看有人投懷送抱了！」

秦曼一聽，真想開口罵人，抬頭一看，原來自己撞的是姜承宣的胸膛！

秦曼原本下午玩得紅撲撲的臉，在蘭令修的調侃下更紅了。秦曼狠狠的瞪著他，自己疼得快要掉眼淚，還有人在嘲笑。她氣得罵了一句——「你真無良！」

蘭令修見秦曼撞了姜承宣還敢瞪他，覺得這女人還真有個性，身為秀才女兒不都該很嫻淑溫柔嗎？這個女人還真大膽。他笑得更加厲害。

姜承宣一臉厭惡的看著秦曼，他心想，果然女人溫柔嫻淑的樣子都是裝出來的！

這時被她牽著的弘瑞見秦曼撞到了爹爹，不停地摸著鼻子，就知道她撞疼了，立刻說：

「曼姨，爹爹撞妳了——疼嗎？妳蹲下來，瑞兒呼呼，不痛！」

立時秦曼才反應過來，自己在這兩個男人面前撞呆了，拉著弘瑞的手馬上說：「曼姨沒事，謝謝弘瑞，你跟茶花去洗手吃飯，曼姨先回房。」

說著秦曼彎了彎腰對姜承宣道：「請恕秦曼先行告退。」然後錯過身快步往內院走去。

秦曼邊走邊想，剛才被撞痛了不說、被人嘲笑不說，姜承宣的那一臉厭惡讓她徹底難過，她竟到這種惹人厭惡的地步？

姜承宣還沒來得及說什麼，秦曼就走了，他想這個女人真是不可理喻，只管自己撞痛了鼻子，竟沒問問被她撞上的人有沒有事，用手摸了摸，這麼一個瘦瘦小小的女人居然有股蠻勁，想著臉又黑了。

蘭令修沒看到秦曼眼底的悲哀，他以為她是害羞才跑了，立即哈哈大笑的抱著弘瑞去吃飯。邊走邊想著剛才秦曼那紅撲撲的小臉、尷尬的表情、惡狠狠的眼神，心裡產生了一絲興趣，這個女人還真有意思。

見人都走了，姜承宣摸了摸還有點隱隱作痛的胸口，皺起眉，剛才那一絲絲清香傳進鼻子，他竟然覺得很好聞。

姜承宣懊惱的想，看來自己是很久沒有女人了，才會覺得這麼個低下的女人身上也有香味。

不想讓人看不起，秦曼進了院子就沒再出來。

隔天下午等弘瑞睡起來後，見家中的男人都出去幹活了，秦曼準備帶他在廚房後的院子裡炒茶。昨天他一再要求，他也要看炒茶，他沒起床不能先炒，所以等他起來後，秦曼才來炒茶。

凌叔知道秦曼要來炒茶，他和凌嬸也等在那兒，見秦曼到來，叫張嫂拿出準備好的上等炭，在新爐裡燒了起來。她不停的擦著鍋，用抹布再三擦乾淨，又在鍋上塗上蜜蠟。

見炭火已燒起來，鍋也有點熱了，秦曼趕緊又叫凌叔弄點冷灰把炭蓋了一大半，然後試試鍋內溫度，抓了一小把茶葉倒在鍋內。

秦曼知道不能一次多炒，那樣炒是炒不好的，加上自己沒有真的炒過，雖然見過外公炒過無數次，也玩過幾次，但從來沒有完整的炒過一回，萬一一次炒壞，那就白累了。

幾個人正圍著炒茶的爐子說著問著，這時院子外傳來孩子的叫喊聲。「弘瑞、曼姨！」凌嬸聽到叫聲走了出去，一會兒領著四個孩子來到炒茶的地方。秦曼一見，是花兒帶著敏兒，還有虎子和學文。

一見到秦曼在後屋，虎子開口問：「曼姨、弘瑞，花兒說你們昨天玩了很好玩的遊戲，今天你們怎麼不來？」

弘瑞神氣的說：「今天我們——要炒茶，做好吃的！」

大家一聽炒茶還能做好吃的，馬上一堆孩子都追著秦曼問：「曼姨，炒茶也能做好吃的嗎？」

秦曼見弘瑞那神氣的樣子，立時心中快樂起來，心道：「一群好吃鬼！」見大家很好奇的樣子，秦曼不吊大家的胃口。「這茶炒好後，大人都能泡著喝，小孩子就可以吃到用茶葉做的茶葉蛋、茶香雞，還可以喝到奶茶。」

茶葉蛋、茶香雞、奶茶那是什麼東西？小孩子們瞪著大眼睛，口水都快流下來了。

「瑞兒要吃！」弘瑞一聽是吃的，不管好不好吃，先要了再說，曼姨說的東西一定好吃！

「好，小少爺要吃，我們明天做，但是我們不會做呀。」凌嬸笑道。

「嗯，如果今天曼姨的茶炒得出來的話，明天曼姨就教凌奶奶做茶葉蛋、茶香雞、奶茶，包你吃個夠。」秦曼關愛的對弘瑞說。「大家都坐好，曼姨教你們唱一首採茶歌，哪個學得快、唱得好，明天我讓他第一個吃。」

聽到有吃又有得玩，幾個人乖乖的坐好，一臉認真的等著秦曼教採茶歌。

秦曼在教大家唱歌前，把這首採茶歌的由來用孩子懂的方式講了個清楚。講完後秦曼輕輕的唱了起來。「溪水清清溪水長，溪水兩岸好呀麼好風光，哥哥呀，你上畈下畈勤插秧，妹妹呀，妳東山西山採茶忙……」

孩子們就來回的唱。「哥哥呀，你上畈下畈勤插秧，妹妹呀，妳東山西山採茶忙……」

今天是收割的第三天，酉時剛過，所有麥子都收好拉到打穀場，明天留兩、三人，用牛馬拉碾子，把麥粒碾下來，準備曬好收起。

剛一走進大院，賀青和李亮叫道：「這是哪裡來的歌聲？唱得真好聽！」

大家仔細一聽，好像是從廚房後面傳過來的，兩個小夥子放下手中的農具就往裡面跑。這時李琳也帶著香米正好往裡面走，賀青與李亮一下沒煞住腳步，差點把她倆給撞上，猛地一個急轉才避開兩人。

李琳一見賀青與李亮這麼急急忙忙往裡竄，知道他們可能也是聽到歌聲而來，見他們活兒都不做便跑來聽歌，一時心中大妒，想著，真沒出息的傢伙！「跑什麼跑？一點樣子都沒有，小夥子往廚房跑什麼？」

賀青和李亮知道是自己不對，因此不好意思的說：「對不起，妳先請。」

李琳哼了一聲。「香米，我們進去。」

姜承宣與蘭令修等人也聽到唱歌的聲音。凌叔聽到腳步聲傳來，才知道大家收工了，正好兩鍋茶也炒好了。秦曼與孩子們的歌聲停了下來，她叫幾個孩子先回去，明天給他們做茶葉蛋和奶茶。

眾人發現他們進來後歌聲就停了，全部都擠進廚房的後院，好在院子夠大，十幾個人站著也不見擁擠。

急性子的賀青先嚷道：「怎麼不唱了？再唱給我們聽，真的很好聽，從來沒有聽過這樣的歌。」

李亮也說：「是呀，真好聽，再唱一次。」

在眾人的眼光下，秦曼真的不好意思了。本來是想讓小孩子一起唱唱玩玩，省得他們動來動去被燙著，哪裡想到會引來這麼一大票人。

大家知道秦曼不好意思，但剛才的歌還真是好聽，因此看著她的眼裡都充滿著冀求。

秦曼左右為難，本想說就唱吧，就算對著這麼一群陌生人也沒關係，不過一看到姜承宣進來，她立即就說：「對不起，都是登不上檯面的東西，讓大家笑話了。」

賀青本就是個孩子愛熱鬧，便道：「秦姑娘，上不上檯面有什麼關係，好聽就行，妳再唱一遍嘛。」

這兩個小子從來就是只對自己客氣的人，這姓秦的一來就把他們給拉過去了？李琳冷哼一聲。「戲子才在眾人面前唱戲，弘瑞不要跟秦姑娘在一起，她真會把你帶壞的，下賤的人才唱這樣的歌。」

她一個成年人，在眾多陌生人的面前，真沒有必要與一個小姑娘起爭執。再說秦曼知道這李琳為什麼非得把她說得這麼低下——因為她的姜哥哥在場。

其實，她剛才真的只是一時興起，想著馬上能喝到那熟悉味道的綠茶，一瞬間忘記她的處境罷了。

反正她從未對那姜大爺起過興趣，別人當成寶她只當根草，何必掉了自己的價？

秦曼淡淡的掃了李琳一眼，轉身朝賀青笑了笑。「對不起賀小爺了。」

本來是熱熱鬧鬧的情景，因為李琳的無禮而變得尷尬，蘭令修便故意抓起旁邊已炒好的茶葉問秦曼。「秦姑娘，這是茶葉？令修可從來沒見過這樣的茶葉，這樣的茶好喝嗎？」

對這令人頭痛的琳姑娘，凌叔也是無奈，聽到蘭少爺打破僵局，他馬上接過話。「蘭少爺，這是今天秦姑娘試炒的茶葉，說這叫綠茶，老頭子我也還沒有喝過，吃過晚飯後，再請秦姑娘給大家泡一杯喝喝，嚐嚐秦姑娘的手藝。現在請大家到飯廳先稍坐，老奴馬上去準備晚飯。」

蘭令修聞了聞這香噴噴的茶葉，雙眼發亮。「我很期待這茶呢。」

李琳氣嘟嘟的說：「令修哥哥，你喝過不少的好茶，琳兒可不大相信這茶真的有那麼神奇。」

自己只是一個過路人，這裡只不過是一個暫時落腳的旅店，她沒有必要與一個小姑娘計較。秦曼見蘭令修打破了剛才尷尬的氣氛，就笑著回答說：「蘭少爺，一會兒請您品嚐。」

大家吃過晚飯後來到了宣園的起居室，因為要嚐秦曼的綠茶，所以王、劉、趙等人都沒有走，人人的心裡都對秦曼的綠茶起了興趣。

李琳回到自己的園子吃過晚飯，也拉著香米來宣園，她很不喜歡秦曼，她覺得秦曼留在這裡會影響承宣哥哥對自己的喜歡。

李琳今天一定要看秦曼出醜，從來都沒有見過茶葉是這樣炒的，她一定是想出風頭引起承宣哥哥、令修哥哥的注意才這樣亂弄。

李琳更不相信，秦曼一個鄉下土包子能炒出什麼好茶來？在京城，喝茶是文人雅士的事，秦曼能有什麼見識？

等李琳兩人來到宣園進入起居室後，才發現秦曼已經來了，正在準備茶杯。

凌叔按秦曼的要求，拿了一個火爐和一壺開水放在門邊，秦曼先在每個杯裡倒了小半杯的開水，把杯子都燙了一遍，接著拿出今天炒的綠茶放入每個杯子，又倒了小半杯水把茶杯搖了搖，然後蓋上蓋子再倒掉，如此重複著每個茶杯。

王漢勇和賀青性子比較急，見秦曼這不緊不慢的動作，王漢勇開口說：「秦姑娘，泡杯茶要這麼麻煩嗎？茶本來就是用來解渴的，照妳這麼泡茶，還不得給渴死？」

賀青也忙點頭。「就是。」

秦曼看著兩人笑笑說：「王大哥說得對，茶的一大作用就是用來解渴，但是茶還有一個作用就是用來品的，叫品茶。這是我第一次炒綠茶，也不知道好不好喝，但大家現在都不是太渴的時候，我就想用書上說的方法來泡茶，供大家品嚐。」

李琳撇了撇嘴。「妳這是故意裝模作樣吧？」

秦曼沒有理她，接著說：「書上說，品綠茶還要講究泡法，第一步是要燙杯，第二步是洗茶，茶已經洗好了，第三步我就開始給大家泡茶了。泡茶也有講究三沖，俗稱鳳凰三點頭。」

劉虎大笑。「秦姑娘，不管妳這茶好不好喝，這泡茶的名字可好聽。」

李琳又說：「劉虎哥哥，這名字再好聽也沒用，還是要茶好喝才行。」

秦曼沒理她，邊說邊示範三點頭的泡茶方法後，在每個人面前放了一杯，然後舉起杯子，放在鼻子下聞了聞，又說：「現在可以開始品茶，不過現在茶水很燙，喝是不能的，只能先聞聞。大家不要笑，聞茶也是很重要的一步。」

大家聽她說喝茶之前還要聞，覺得很有意思，因此都端起茶杯放在鼻子下聞，才發現，一股茶的清香盈滿鼻子。

茶已經泡開，秦曼帶頭小口的喝了起來，茶杯不大，幾口就沒了。

這時李亮也說話了。「還真香呢！喝起來還有點苦，然後又有點甜，只是沒幾口。」

秦曼見大家都喝光了，開始給大家加水，並輕輕的說：「這茶第一道水並不是最好喝的，喝這茶有講究。」

蘭令修感興趣的問：「秦姑娘說說，這茶有什麼講究。」

李琳則問：「不是秦姑娘妳胡編的吧？」

秦曼慢慢的說：「這茶講究的是，一道湯二道茶三道四道是精華。也就是說這茶一共可以喝四道水，今天是晚上，茶喝多了會走睏，所以給大家的茶杯很小，茶也不多，只是想讓大家試試，像書上所說的那樣泡茶是否好喝。以後大家白天有時間品茶時，可以用一個大一點的茶杯再試試。」

李琳也喝了茶，又聽了秦曼的解釋，雖然她很不服氣，但是也不得不承認這綠茶確實比以前的茶要好喝。聽著秦曼緩緩道來泡茶品茶之道，她也只好沈默不語，怕別人笑她不懂茶。

蘭令修真沒想到，這茶還真如秦曼所說的清香甘甜，心中有個想法，便對秦曼說：「秦姑娘，這茶製作容易嗎？如果可以的話，放到店裡去出售可能會受歡迎。」

「蘭少爺，製作倒也不是太麻煩，只是這裡不是專業出茶的地方，要炒這種茶，對於新茶品質要求比較高，因為茶芽很小，所以炒成以後得到的茶就更少。昨天我們七個人採了一上午才製作了這麼幾兩茶，如果做生意的話，可能成本太高。」

蘭令修一聽也對，成本太高，利潤就不會太多，做生意講究掙大錢，看來這麼做划不來。

蘭令修又對秦曼道：「秦姑娘，蘭某有個不情之請，我叫人到附近收一些新茶，妳能不能幫我製作一些？家父最愛品茶，蘭某想送一些給他老人家，行嗎？」

多個朋友多條路，秦曼想了想說：「蘭少爺，製作這茶對採茶也有一點要求，要不這樣，這幾日有空我帶人再去採一些回來，炒好讓你帶回去好不好？」

蘭令修說：「不好如此辛苦姑娘，明天我叫幾個婆子跟著妳，妳教她們採好了。」

沒人知道姜承宣在想什麼，他一聽蘭令修要回去叫人，馬上說：「老六，不用回去叫了，凌嬸和王嬤以及灑掃的兩個婆子，這幾天聽秦姑娘的安排。凌叔，隔壁幾家的園子裡也有一些茶葉，看能不能跟他們說一下，讓我們收過來。」

凌叔一聽姜承宣的吩咐，立即說：「是，少爺，明天老奴就去辦。」

眾人下去後，姜承宣端著茶杯，放在鼻下細細的聞，他腦子裡不時浮現出秦曼泡茶的從容、優雅，他心中越發覺得秦曼不是個普通的女子。

可是姜承宣完全不解，從蘭令修和自己查探的訊息中，這秦曼的身世沒有一點差錯，但她的行為舉止又有許多讓他無法釋懷的地方，他一直搞不清楚到底哪個環節出了錯。

坐在書房裡，姜承宣拿了個大杯，自己按秦曼講的步驟泡上了一杯，拿在手中，靜靜的聞著茶香陷入沈思。

第十四章

第二天王、劉、趙幾家聽說姜家要去別人家找新茶，都說自己家園子裡和後山也有一些，要凌嬸帶大家去採摘。

時令已經四月天，到處已經春暖花開。這幾天來，秦曼和凌嬸帶著兩個婆子每天上午都去採茶，三天左右炒一次，十幾天下來，炒製成的茶也有三斤左右。

一茶已過，昨天開始採二茶了，茶葉也比較大，後山的茶長得慢，現在也長出來了。

這一天一大早，男人們全都到劉虎家的麥田裡去收尾了，秦曼她們也來劉虎家後山採茶，中午就可以在他家吃午飯。

這裡的茶樹全是野生的，山上也長滿了雜草，秦曼正在不停的採著茶葉，忽然腳上一痛，低頭一看，一條比大拇指粗一點的黑蛇，咬了她一口後就窸窣的溜走。

在上面一棵樹邊採茶的凌嬸見她跌坐在地上，馬上跑過來問她怎麼了。發現秦曼雙手圈在腳踝上正在擠血，看來是被蛇咬了！

秦曼急著說：「嬸，我被蛇咬了，妳用妳的頭巾幫我把腳綁住，然後再把我頭上的銀簪拔下來。」

凌嬸看著已經呈黑色的傷口，雙手抖著把頭巾拉下交給秦曼，秦曼咬著牙把腿綁緊，然後接過銀簪說：「孀，妳按住我！我得把毒血放了，要不然毒氣會上行。」

秦曼其實心裡很害怕，上輩子都沒有被蛇咬過，但是知道被蛇咬了來不及就醫的話，是會要命的。秦曼捨不得死，在這山上的都是幾個女人，如果不能自救的話，可能就會把命扔在山上。

凌孀見秦曼模樣也嚇得臉色發青、手發抖，急忙按秦曼的指示做，然後馬上叫一起來的婆子到山下叫人。

在田間的眾人一接到消息，蘭令修就騎馬去鎮上叫大夫，凌叔馬上去田邊找解毒的草藥，姜承宣跟著婆子就來找人了。

當姜承宣趕到山上時，秦曼已經陷入昏迷，她雖然在凌孀的幫助下把大部分的毒液都逼出來，但還是有不少的毒素留在體內。

姜承宣沒有時間顧及什麼男女授受不親，一把將秦曼抱起來，他發現她的臉色非常蒼白，應該是失血的緣故。

不知為什麼，看到她這模樣，姜承宣彷彿覺得她就要離開似的，心中一急，只匆忙跟凌孀說了一聲，就抱著秦曼往山下跑去。

山上離劉虎家也有一段距離，但姜承宣抱著秦曼一口氣也沒有歇，就進了劉虎的家門。他突然害怕這個認識僅一個月的女人再也醒不過來，一瞬間也來不及細想自己為何生出這種情緒。

一進門姜承宣就大聲的叫著凌叔，這時凌叔也很快就尋了幾株草藥回來放在鍋裡煮，等姜承宣把秦曼放在床上後，凌叔去看了秦曼的情況，發現腳腫得很大，情況的確很危險。

大家七手八腳，不一會兒草藥就煎好了，並加上了涼開水，把藥端過來後，凌嬸在凌叔的指揮下，給秦曼泡腳並給她推宮過血，除去毒血。

姜承宣一看凌嬸的力道太小，來不及生出男女有別的觀念，及對女人的厭惡感，便接過秦曼的腳，用內力開始幫忙往外推血，一股黑得發臭的毒血流了出來，最後還按住傷口用嘴把毒吸出來。

驚得凌叔大叫：「少爺，您不能這樣！讓老奴來吧！」

吸完毒血的姜承宣說：「凌叔，我不會有事，秦姑娘腳上的毒血大都擠出來了，就剩這最後一點點餘毒，沒事的，你去忙吧。」

凌叔複雜的看了姜承宣一眼才說：「少爺，以後不管有什麼事都讓老奴來做。」

姜承宣一時感動，對凌叔說：「凌叔，你在我心中的分量，並不比我自己輕。」

凌叔不放心。「少爺，您現在去清洗一下，老奴會再確認秦姑娘是否還有餘毒。」

姜承宣點頭剛出去，蘭令修請的大夫也到了。當時他到鎮上下馬就抓了幾個人問，哪裡有治蛇咬的最好的大夫，一到醫館就拖著大夫上了馬背飛奔而來。

一下馬就拉著大夫往裡走，老大夫給馬顛得頭都暈了，老大夫急著說：「公子，您慢點，老夫都快要散架了！」

蘭令修這才發現自己竟然這麼著急，四月的天氣雖然很暖和，但也不到這麼一身大汗的地步，這種緊張的情緒還是在戰場上才會有。

為什麼聽到她出事的消息會那麼緊張？蘭令修一想到前幾天還在他面前侃侃而談茶經的小女子出事時，便什麼也顧不得；不過後來一想，秦曼還是應他的要求才到處採茶的，他擔心著急也是應該。

蘭令修緊張的對著大夫說：「快、快，大夫，只要你救得了她，什麼條件都可以答應你！」

大夫在蘭令修的催促下，進去給秦曼看過之後，說蛇很毒，好在救得及時，如果當時不清掉毒血，事後又沒有用草藥泡洗的話，可能會傷及性命。

大夫開了兩張方子，一內服一外敷，交代了用藥的方法，然後才說，這幾天可能會發高燒，要有人日夜守著隨時注意，只要燒退下來，就不會有問題。

大夫走後，姜承宣叫婆子把採來的茶和東西收拾好，先拿回姜府，留下凌叔和凌嬸看守秦曼，等晚上一起回去。

然後眾人又一起去把麥田最後收拾一下，今天結束後，四家人的麥子就都收好了，等過幾天雨水下了，田濕透後再翻地播種，就完成這一季的收播。

劉虎的媳婦安排好晚飯過來看秦曼，發現她沒有醒過來。叫了一個婆子來守著她，然後換了凌叔和凌嬸去吃晚飯。

戌時一刻，大家吃過飯，收拾妥當正待回姜家，姜承宣把秦曼抱上馬車時，才發現馬車上的墊子都已拿掉，車廂也是換了輕便簡易的，秦曼還在昏迷中，看來她自己無法坐車了。最後叫賀青把自己的馬騎了回去，他則抱著秦曼一同乘車回家。大家的眼神似乎有點異樣，可他管不了這麼多，凌嬸抱不動，總不能讓凌叔抱吧？

姜承宣想秦曼是他雇用來的，弘瑞很喜歡她，要是她出了什麼事，這孩子才剛剛有所好轉，怕是又會回到原樣，看在弘瑞的面子上，也只能為難一回。

蘭令修怔怔的看著姜承宣抱著秦曼的身影，不知為什麼，他的心裡隱隱的有種說不出的滋味。於是蘭令修上前一步說：「大哥，讓小弟來抱吧。」

姜承宣一怔。「不用，我來吧，你先騎馬回去，讓張嫂先煎藥，一會兒還得喝一次。」

蘭令修聽他這麼一說，也只得應道：「好，大哥，那我先走了。」

當天回到姜家後，姜承宣放下她，叫張嫂守在秦曼的身邊，然後吩咐凌嬸到廚房煎藥給秦曼餵下，便回宣園。

蘭令修回到宣園梳洗後，便又來看了秦曼兩回，但她沒有醒來。聽張嫂說也沒有發燒，看來是個好現象。

他和姜承宣都是從戰場上退下來的漢子，性格相對來講都有點粗枝大葉，可是秦曼這次受傷，他們倒是有志一同的關心起來。

凌嬸回來後，叫張嫂去休息，明天她還得準備早飯，王嬤是回家住的，一早的熱水什物也還要張嫂準備，所以凌嬸叫她先去休息，自己守在秦曼的屋子裡。

半夜時分，秦曼果然發高燒，凌嬸叫凌叔去打了一盆冷水來給秦曼敷毛巾，可是溫度一直降不下來，到凌晨秦曼一直都在高燒中。

姜承宣每天都會早起練武，起來後想了想去看一下秦曼是不是有好轉。來到院門口才發現房門大開，姜承宣走近一看，凌叔、凌嬸都還一直給秦曼敷毛巾，才知道秦曼發了一晚的高燒。因此問道：「凌叔，秦姑娘這樣要不要送到城裡去？」

凌叔自己也是懂醫的人，知道秦曼這高燒是一定要發出來的，所以道：「少爺，城裡倒不必送，昨天大夫也說了，秦姑娘這燒是一定要燒出來的，只是要想盡辦法給降下來，怕燒久了成肺症。所以老奴兩人一直在給她敷冷毛巾，您就不用擔心了。」

姜承宣一看兩位老人家一臉的倦色，知道他們一晚沒睡，便道：「凌叔，你先去休息，凌嬸和我在這裡照顧一會兒，等天亮再叫婆子們來。凌嬸也先在這榻上休息一下，我來替妳幫秦姑娘退燒。」

凌叔慌忙說：「少爺，哪裡行呀，老奴吃得消，還是老奴來吧。」

姜承宣打斷他說：「凌叔，這裡是鄉下，沒有那麼多講究，聽我的，等婆子來了後，再叫她們來換。」說著就叫凌叔出門休息，又安排凌嬸在秦曼房間休息，畢竟他一個大男人，一個人待在女人的房間裡也不合適。

姜承宣此時沒有去理自己是什麼心情，現在的他就把秦曼當成了他的小兵一樣照料。拿起臉盆裡的毛巾擰乾，然後敷在秦曼的額頭上。

明亮的燭光照著秦曼通紅的小臉，姜承宣才想起抱秦曼下山時，她的臉色很蒼白，現在卻是滿臉通紅，比之前好看很多，紅豔豔的小嘴雖然很乾燥，但他忽然覺得很誘人，看著看著姜承宣喉嚨突然乾了起來，不自覺的嚥了嚥口水。

姜承宣察覺了自己的想法，他打了自己一巴掌。在想什麼呢！難道想女人想瘋了嗎？這麼一個瘦小無貌的女人還能引起自己的興趣？他馬上集中自己的精神，開始不停的給秦曼換毛巾。

當蘭令修過來見秦曼時，看見正在給秦曼退燒的姜承宣，心裡有了種怪怪的感覺。他問過姜承宣之後，才知道秦曼發了一晚的高燒，現在剛剛退燒，異樣的心情才緩和許多。

蘭令修的腦子裡，一直都是秦曼蒼白的樣子，這個為自己採茶的女子，差點就沒了命！他的心裡突然很難過。

凌叔凌嬸照顧了一夜，剛換他們去休息，姜承宣叫蘭令修去叫來王嬤照看秦曼，然後和蘭令修去小樹林練武去了。

第三天秦曼才完全清醒過來，這兩天白天，弘瑞和茶花幾乎都守在她的房裡。得知自己被蛇咬後被這麼多人照顧著，秦曼的內心很感動。

特別是凌嬸告訴她，在山上是姜承宣把她抱下山，而蘭令修去鎮上幾乎是強拖著老大夫過來給她治傷，她才能夠活過來。能讓人扶著下床後，她就特意去給蘭令修和姜承宣道謝。

見秦曼好了很多，蘭令修笑著說：「秦姑娘跟我不用客氣，妳是為了幫我採茶才被蛇咬的，應該是我要負全責，我去叫大夫也是應該。不過，妳可得好好謝謝大哥，是他把妳從山上抱下來，又及時幫妳把毒血給吸出來，要不然神仙也救不了妳。」

蘭令修的一番話，讓秦曼感到很有壓力。人情債最難還，聽說是姜承宣給她吸毒後，她很震驚，如果這蛇很毒的話，吸毒的人也會有生命危險的，這個人情欠大了！

秦曼走到姜承宣面前行了一個禮，真誠的對他說：「秦曼謝謝姜大爺的救命之恩。如果有機會，秦曼一定報答。」

姜承宣抬了抬眼，看了看秦曼冷冷的道：「妳是我雇用的傭人，在我家出事，救妳是應該的，並沒有什麼恩情，再說也是舉手之勞。妳在被蛇咬之後就知道把毒擠出來，看來妳還知道挺多的。」

秦曼見姜承宣冰冷的樣子，在內心苦笑，她哪裡就這麼惹這男人厭惡了？要是知道他會救她，她感覺還是死了算了，這種變態的人的人情債她要怎麼還？

秦曼轉身告退下去了，蘭令修見姜承宣又回到了以前的樣子，打趣著說：「大哥，我覺得秦姑娘不錯呀，你是否考慮給瑞兒再找個娘親？」

感覺被人道破了什麼心思一般，姜承宣睨了他一眼，臉色更冷了。「老六，女人哪裡沒有？她就算不錯，但做瑞兒的娘親還不夠格。再說了，你從哪兒看出她不錯？不會是你看中她吧？」

蘭令修哈哈大笑。「大哥，你不是一直都在勸我成家嗎？你總還是要成家的，瑞兒也喜歡秦姑娘，也許她真的不一樣。再說了如果你一直不成家，琳兒可不會對你放手，除非你願意讓她成為瑞兒的母親。」

姜承宣想了想。「你說的也許是對的，但是琳兒只能是我們的小妹妹。我是不會再娶親的，瑞兒喜歡她也並非只有娶她一途，如果她願意留下來照顧瑞兒，不作怪的話，讓她暖床倒也不是不可，這樣瑞兒有人照顧，琳兒也不會再固執，也許這是個辦法。」

蘭令修調笑的問：「大哥，你是真心的？我看你昨天那麼急切的樣子，可不是這麼簡單。」

姜承宣淡淡的說：「只是當時情況緊急，再說我是為瑞兒著想。」

蘭令修又問：「大哥，你不覺得這秦姑娘真的不錯嗎？也許她跟別的女人真的不一樣呢？」

姜承宣冷漠的說：「女人不能看表面，沒有得到她想要的東西前，裝得賢良淑德，當得到她想要的之後，嘴臉就露出來了。女人麼，還是玩玩哄哄就好，不要太認真，你以後成親了也不要太較真，小心傷了自己。」

蘭令修說：「可我覺得這秦姑娘真的有不一樣的地方，聰明、溫柔、有學識，這樣的女子並不多，要是瑞兒喜歡，給他當娘真的不錯。」

姜承宣冷笑著說：「像她這樣一個小家小戶出來的女人，哪有資格做瑞兒的娘。她現在裝得像個好女人，是因為她無路可走、無家可歸，她打的是什麼主意，你我心裡清楚得很。」

蘭令修知道姜承宣是被女人傷得太過了，他再三被女人傷害，讓他失去了親娘，又讓自己的兒子失去了親娘，如今女人對他來說都是毒蛇猛獸，不值得一提。

蘭令修感慨大哥是個這麼優秀的男人，文韜武略才華橫溢，如果不是碰到了壞女人，這輩子肯定前途無量。

秦曼並不知道她在姜承宣的心中，也成了為利益而不擇手段的女人。要是她聽到這兩人的對話，怕是會把契約扔到姜承宣的臉上，就是去討飯，她也不會再留在姜家！

第十五章

秦曼醒來的第二天，蘭令修要回城，為了感謝蘭令修的幫助，秦曼送了他兩斤新茶，並承諾以後有機會再給他炒好茶。

蘭令修上馬前，笑著對秦曼說：「秦姑娘好好保重身體，下次我來的時候，希望還能喝上這好茶。」

秦曼真心的說：「救命之恩，不是幾杯茶能報答的，如果有需要，秦曼能做到的，儘管說。」

蘭令修一抱拳說：「秦姑娘可別談什麼救命之恩！這次可是蘭某的罪過，萬一妳有什麼不妥，蘭某也會負疚的。」

秦曼眉頭一皺。「蘭少爺這麼說，小女子可不敢當。」

蘭令修說：「蘭某可不是調戲姑娘，這是蘭某的真心話，妳其實是應我的要求才去山上採茶葉的，當然責任在我。」

聽他這麼一說，秦曼舒展開了眉頭。「蘭少爺可不要這麼說，並不是我採的茶都歸了您，再說您就是沒提出請求，我也會上山採茶的，千萬不要自責。」

蘭令修笑笑說：「好在姑娘沒事，好好休息，蘭某告辭了。」

蘭令修走後，香米私下對李琳說：「小姐，您說這秦姑娘怎麼就這麼命大呢？被這麼毒的蛇咬了，還讓少爺替她吸毒，蘭少爺為她找大夫，幸運撿回了一條命。」

李琳惡狠狠的說：「她不會永遠都這麼好命的，我會想辦法讓她滾出姜家，也不知是從哪兒滾出來的下賤女子，竟然敢來擋我的好事！」

香米看著李琳惡毒的臉色，有點害怕，她覺得自己的小姐越來越有主見，只不過她不敢多說，要不然小姐會遷怒於她。

李琳看著秦曼的院子沈思許久，突然臉上有了詭異的笑容……

秦曼沒有想到，這琳姑娘還會來看她。這天一早李琳帶了一籃子的水果，笑逐顏開的進了院子，一見到弘瑞就說：「瑞兒，你看姑姑給你帶什麼好吃的來了？」

弘瑞正在描紅，聽到李琳叫他，只是抬了抬頭看了她一眼，然後理也不理她，繼續自己手中的描紅。

李琳不在意的又接著說：「秦姊姊，妳好點了嗎？」

秦曼很愕然，這李琳發什麼瘋？伸手不打笑臉人，於是她客氣的說：「謝謝李姑娘關心，我已好了很多。」

李琳笑咪咪的說：「秦姊姊，這是承宣哥哥給我買的水果，很新鮮呢，他一下就買這麼多，我吃也吃不完，想送點給妳嚐嚐鮮。」

秦曼笑了。「這是姜爺給李姑娘買的，我哪好意思吃。」

李琳故意嗲嗲的說：「沒關係的，秦姊姊，只要吃完了，承宣哥哥就會再給我買回來。妳看，今天這早桃，真的很不錯，妳試試吧。」

秦曼覺得跟一個小孩子鬥氣很沒意思，於是只好說：「那就真的謝謝李姑娘了。茶花妳去洗幾個來，我跟弘瑞、李姑娘一起吃。」

茶花響亮的答道：「是，姑娘。」

秦曼朝李琳笑笑說：「看我這不懂禮節的，李姑娘來這麼久，也沒叫妳坐，李姑娘請這邊坐，我腳受傷不方便，失禮了。」

李琳也沒客氣，走到弘瑞描紅的桌邊問：「瑞兒，這是你寫的字呀？寫得真好！」

孩子都愛聽人誇獎，弘瑞驕傲的說：「我已經——會寫很多字了。」

李琳接著說：「就是，咱們家的瑞兒最能幹。」

弘瑞高興的說：「所有的小夥伴，都沒有我認的字多。」

李琳又問：「你寫完了嗎？要不要姑姑帶你出去玩？秦姊姊不能出去，我帶你去好不好？」

弘瑞想了想說：「等我寫完字，我就去。」

秦曼要近一個月才完全恢復，這段時間她很少出門，白天在院子做做手工、曬曬太陽，給弘瑞畫些畫，有時也看看書。

李琳也不知發了什麼瘋，每天都會來這兒說說話，然後想著法子逗弘瑞，直到弘瑞覺得跟她出去真的不好玩，拒絕她後，才來得少了點。

香米覺得近來她的小姐變得有點異常，這天從秦曼的院子出來後，香米禁不住問：「小姐，您怎麼對秦姑娘這麼好？」

李琳瞄了她一眼。「妳不知道承宣哥哥喜歡心地善良、賢良淑德的女子嗎？」

香米眼睛一亮。「對呀，這樣少爺就會看到小姐您的好了。」

李琳冷冷的笑著。「我不僅要讓承宣哥哥知道我的好，還要讓瑞兒親近我，更要讓大家知道這個姓秦的是怎樣下賤的女人！」

姜承宣這段時間都在家中，早上帶弘瑞練武後，再到地裡幫忙，整整一個月沒有外出。

秦曼幾天後就恢復了工作，每天定時陪孩子玩和學習，因為她很少出院子，與姜承宣幾乎不見面。只是聽說第一次弘瑞練武回來後，便說他不要練武，因為他覺得不好玩。

孩子學什麼都得有興趣，秦曼畫了一把木劍和一桿木槍讓凌叔給他做好，果然小傢伙喜愛得不得了，在秦曼的多次鼓勵下，從此弘瑞不再對練功感到抗拒。

經過一個月的時間猛補這個世界的知識，再藉這個身子對這個世界的了解，秦曼終於知道這個國家叫龍慶國。

龍慶國現已傳承到第十四代，當今國主龍鄢，國號泰平。

秦曼自己所在的這個小村屬於並州所轄的豐台縣的城關鎮，從這鎮到縣城只要半個時辰的馬車，到州府需要一天左右。

了解現況後，秦曼對自己的未來開始打算。

契約沒有完結之前，她準備好好的完成自己的工作，等工作快完結的時候，她再託凌叔到鎮上找間屋子，尋機會找個合作者，開一家成衣店。

反正她有的是時間，一切都慢慢來，等資本積累後，她再去外面看看世界去。

天氣越來越熱了，弘瑞換上了她這幾天才做好的新裝，這小褲子讓他有點得意，因為方便時再也不用找茶花解褲子。

吃過早飯，秦曼正在消食，凌嬸在門口問道：「曼兒，妳有沒有空？」

秦曼立即回道：「凌嬸，我沒事呢，閒得發慌，您有什麼事只管安排。」

凌嬸笑著說：「那天看了小少爺穿的褲子，那做法真新奇，穿著也方便。少爺的幾條褲子也舊了，我想給他也照那樣子做幾條，要請曼兒幫嬸畫個樣子。」

秦曼立即進了凌嬸的廂房。一直以來秦曼就想為姜承宣做點什麼，畢竟這一次他救了她，就算他瞧不起她，可是被救了總是事實。人要知道感恩才行，再說欠人情欠多了那債就重了。因此問凌嬸道：「嬸想給姜爺做的褲子是平常下地穿的，還是騎馬出門穿的？」

凌嬸問：「這還有區別嗎？」

秦曼點了點頭。「如果是下地穿的，襠不宜太深，否則褲腳容易掉；如果是騎馬出門穿的，襠不能太淺，那樣上馬的話會破縫。」

凌嬌抱了好幾疋布料過來，有棉有緞有綢，秦曼給姜承宣裁了兩條純棉布的衣褲，又裁了兩條綢緞的褲子和兩件綢緞的長袍。這裡的男人外出都是褲子加長袍，只有下田才把長袍換成短袍。最後她還給姜承宣裁了幾條純棉的內褲。

凌嬌見秦曼裁的內褲不大明白，她問道：「曼兒，這是什麼褲子？」

秦曼不好意思的說：「嬌，新式的褲子如果穿老式的內褲，我怕他不舒服。我現在裁的內褲褲管比較短，不會因為新式外褲而捲曲在大腿內，您看是不是這樣？我把褲腰也縮小了一點，這樣穿起來腰裡就不會裹得太多，特別是夏日是不是涼爽一點？」

凌嬌誇讚著說：「曼兒的腦袋比秀才還聰明，不過這新樣式可得曼兒教嬌縫，要不然我還怕弄不好呢。」

秦曼遲疑的說道：「嬌，曼兒吃姜家的住姜家的，教小少爺的事也不多，做些事本是應該。我也真的想感謝姜爺救命之恩，雖然說不是做點事就能報答得了，但做一點總比不做強。只是曼兒是個女人家，也不是姜家的家人，做男人的貼身衣物不大合適，衣物歸我做，但嬌別跟人說是我做的行不？要不然姜家的人會認為曼兒太輕狂。」

凌嬌再度讚許的看著秦曼說：「曼兒真是個懂禮的姑娘，嬌明白妳的難處。這樣吧，少爺的衣物大都先由嬌做，其餘的歸妳做，這樣就沒什麼問題了，妳說是不是？」

秦曼笑著點了頭。「嬌才是真正的聰明。」

一老一少一個下午又裁了兩套凌叔的、兩套弘瑞的、兩套凌嬌的和兩套秦曼的布料。秦曼一一分清放好，兩人花了五天才完成。

端午節前夕，一大早，姜承宣就起了床，今天答應帶瑞兒騎馬，算是提前給他的生日禮物。

姜承宣翻開了床頭奶娘準備好的衣物，他的衣服基本上都是奶娘做的，只有少部分到城裡買成衣。

抖開床頭衣物一看，可能是天熱了，奶娘又給他做新衣。他發現還真是從裡到外都新，有長褲、長袍還有一條內褲，奶娘還當是他過生日呢。

穿上內褲，姜承宣發現它跟以前的有點不一樣，內褲腰用的是接腰管式，內有一條長帶可以根據自己的喜歡隨意調整鬆緊。穿上外褲更是覺得不一樣，外褲的褲腰上接了個兩寸不到的腰帶，與腰的大小差不多，前面還有一個褲門，穿好後發現有幾個以前沒見過，可以扣起來的東西，仔細一看，像是鐵片做的，腰的左邊一個布環，右邊兩個鈕子，能調整大小。

這做法倒是新奇，也很方便，穿著很舒服，姜承宣開心的想，奶娘又到哪兒去學這種既簡單又方便的新方法了？他心情舒暢的穿好了衣服，帶上弘瑞去了小樹林。

這段時間姜承宣覺得自己太閒了，於是弘瑞的教學工作又歸了他，書房裡弘瑞嘛著嘴說：「爹爹，我不要你教，我要曼姨教認字。」

姜承宣瞪他一眼說：「我親自教你，你還敢嫌棄？」

弘瑞一臉的委屈。「曼姨教認字，畫畫認字，瑞兒喜歡！」

姜承宣說：「哪能只畫畫不認字？畫要學，字也要認！你老老實實的給我坐下來學。」

弘瑞哭著說：「爹爹壞！曼姨畫畫認字！」

姜承宣被弘瑞弄得不耐煩了，他發火說：「什麼畫畫認字！再不聽話，小心我打你！」

「哇」的一聲，弘瑞哭得更大聲。「爹爹壞！瑞兒不要！」

凌叔正要進書房跟姜承宣稟事，見弘瑞哭得厲害，急忙進門安慰。「小少爺乖，不哭不哭！」

弘瑞似乎找到了救星似的。「凌爺爺，瑞兒不要爹爹！」

姜承宣頭痛的說：「這沒良心的小子，一直不都是我教你的嗎？這才多久，就不要你爹了？」

凌叔笑著說：「爺，您哪能跟個孩子較真呢？秦姑娘跟這孩子投緣呢，小少爺不哭，凌爺爺去幫你把曼姨叫來。」

弘瑞委屈的點點頭說：「凌爺爺快去！」

凌叔一笑。「好好好，老奴這就去！爺，您就不要生孩子的氣了，等秦姑娘來了，讓她跟您說說這孩子認字的事？」

姜承宣一臉的無奈。「算了，還是我帶他過去吧，看看什麼是畫畫認字。」

秦曼正縫著衣服，聽到門口弘瑞的叫聲，立即說：「弘瑞小少爺，我在屋裡呢。」

姜承宣抱著一臉淚水的弘瑞進了屋，秦曼愕然的問：「弘瑞小少爺怎麼哭了？」

弘瑞掙扎著下來跑到坐在桌邊的秦曼身邊，嘟著嘴看著他老爹說：「瑞兒認字，畫畫認字。」

秦曼恍然大悟，原來他老爹按原來生硬的辦法教他認字，他不依，要用她教的方法認字。

秦曼難為情的對姜承宣說：「姜爺，我……」

姜承宣冷淡的說：「我也來看看這小子說的什麼畫畫認字，到底是怎麼回事。」

秦曼站起來，走近抽屜拿出放在裡面的字畫，說：「我只是在字旁邊畫了一些畫，讓他加深印象，這樣他就容易記住一些。」

姜承宣靠近拿過秦曼手上的紙看了看，再用一種奇怪的眼光看了秦曼一眼，最後說：「那以後還是由妳教他認字好了。」

弘瑞聽老爹說讓曼姨教他認字，立即狗腿似的抱著她的腿說：「曼姨教瑞兒認字！畫畫認字！」

秦曼拍拍弘瑞的頭說：「那好，弘瑞坐好，你把今天要學的這十個字先看看。」

弘瑞認真的趴在桌上看起來，姜承宣臉上肌肉抽動了兩下，他不得不承認，這秦曼的認字法子確實是好。

秦曼在一邊給姜承宣泡了一杯茶，然後才說：「姜爺您請喝茶。我雖然是個女子，但您放心，給小少爺當個夫子還是不成問題的。孩子還小，讓他生硬的學字，會讓他很辛苦，所以我就想了這個法子。」

姜承宣怔怔的看著秦曼，秦曼被他看得很不自在，可是她又不敢說讓他別看，她只得難為情的低下頭，直到弘瑞的聲音打破這片寧靜。「曼姨，瑞兒看好了。」

秦曼立即笑著指著其中一個字問：「弘瑞，這個字讀什麼？」

弘瑞想了想說：「草。」

秦曼誇獎。「弘瑞真行！哪裡有草呢？」

弘瑞說：「花壇裡。」

秦曼又說：「花壇裡有什麼草？」

弘瑞說：「青草。」

秦曼朝他眨眨眼說：「真棒！這個草字就是我們花壇裡青草的草，來，跟著讀。」

姜承宣看著眼前互動的兩人，突然有了錯覺，這不是夫子與學子，完全就是母子之間的互動。

晚間躺在床上，姜承宣滿腦子都是秦曼教弘瑞的樣子，而且他發現，認真教弘瑞的秦曼，小嘴一張一合，讓他有想要親吻的感覺！

姜承宣越想越煩躁，於是一個翻身披上衣服，出門躍上屋頂飛奔出牆，幾個縱身就到了高寡婦的窗外，一粒石子彈進窗戶後，後門「吱呀」一聲就打開了。

第十六章

秦曼自己對端午節的印象就是吃粽子和鹹鴨蛋，鹹鴨蛋自己一點也不喜歡，但是老家的粽子可是有名的。今天是端午節，也是弘瑞五歲的生日，除了給他做一套新衣外，她還想紮幾個老家的粽子給弘瑞過生日。

秦曼來到廚房，張嫂和王嬤正在準備包粽子的材料，這裡一年三個大節是很隆重的，一是端午節，二是中秋，三是過年。

今天劉、趙、王三家都會一起來過節，家宴安排在晚上，一大早凌叔凌嬸就去買菜，弘瑞也被關在書房裡唸書。秦曼想起記憶中的粽子，就對張嫂和王嬤說：「張嫂、王嬤，是不是準備包粽子呀？能不能讓我也來包幾個？」

兩人一看是秦曼過來，因為弘瑞很黏她，所以兩人對她也很客氣，王嬤立即說：「秦姑娘自便，我們也正準備包呢。」

秦曼走到案板前，發現材料還很充足，她拿了一個湯碗，用勺子弄了點米在裡面，然後走到另一邊，又在碗裡加了一點鹽和醬油攪拌了一下，拿過粽子葉包了起來。一個上午她包了二十來個才罷手，有肉餡、蛋黃餡、紅豆餡和豆沙餡等口味。

下午帶著弘瑞和茶花到外面走了走，等三個人回來時，其他三家都已經到了，大飯廳裡熱鬧異常。

秦曼送弘瑞到門口，正準備回院子，凌叔見了馬上說：「曼兒，少爺說今天過節，又是小少爺過生日，要妳在飯廳一塊兒用餐，王爺、劉爺、趙爺的夫人都來了，叫妳一起陪陪客。」

秦曼洗了手臉，馬上就進了飯廳，飯廳裡擺了兩桌，四個男人和四個女人加一個弘瑞坐在大桌邊的炕上，上面堆滿了大家送的各式禮物，茶花站在弘瑞的身邊照顧著他。

幾個男人秦曼都認識，而女人們除了李琳外，秦曼都不認識。不過大家看見秦曼都打了招呼，因為她受傷時曾到過劉虎家，所以大家都見過。弘瑞見到秦曼進來，立即叫道：「曼姨，快過來，坐瑞兒這邊！」

秦曼不好意思的站在弘瑞身邊，哄著弘瑞說：「曼姨不坐，這麼多叔叔嬸嬸在，曼姨給弘瑞挾菜。」

李琳見弘瑞要秦曼跟他們同桌，很不高興的說：「瑞兒，秦姊姊是我們家請的下人，怎麼能跟主子一桌呢？你快坐好，姑姑給你挾你愛吃的菜。」

李琳一句話，讓秦曼很不舒服，自己又沒賣身進姜家，怎麼就成下人了？可這麼多人在場，她什麼也沒說。

姜承宣見弘瑞不依，非要秦曼坐下，開口道：「今天瑞兒過生日又是過節日，妳坐下來吃吧。琳兒，秦姑娘不是我們家的下人，是瑞兒的先生，以後妳要尊重她。」

李琳一聽姜承宣的話很不高興，香米拉了拉她衣服，她才噘著嘴沒說話。

見姜承宣發話了，王漢勇站起來說：「秦姑娘，坐下來吧。來，我幫妳介紹認識一下。」

說著王漢勇指著坐在自己右邊，一個相貌端正身材較高大的女人說：「這是我媳婦，叫來弟。」

又指著趙強身邊一個長相有點嫵媚，身材中等的女子說：「這是趙強媳婦梅花，那是劉虎媳婦小莉。」秦曼發現劉虎媳婦肚子有點大，看來是有小寶寶了。

秦曼一一給她們見了禮，並對劉虎媳婦說：「恭喜劉夫人，劉爺就要做父親了。」初次做父親，把劉虎這個二十幾歲的大男人樂得不行。「託福託福！」

秦曼細看這三個女人，劉虎的媳婦倒不像個村姑，皮膚白淨，五官秀氣，王漢勇的媳婦跟他倒是很相配，長得大剌剌的，但不難看，濃眉大眼，五官端正。趙強媳婦長得最好，一張鵝蛋臉，一雙柳葉眉，但整體給人的感覺有點過於嫵媚。

三個女人在秦曼觀察她們的同時，也不停的打量她，見她只梳了一個簡單的墮馬髻，插一根銀髮釵，齊眉的頭髮讓人覺得臉小眼大，膚色有點蒼白，讓她略顯憔悴，穿的衣服較好但寬大，給人感覺很瘦。

可是秦曼的大方有禮，三個女人倒也表現得喜歡，便禮貌的請她坐下一起用餐。

秦曼跟大家都不是很熟悉，所以總是別人問得多，她答得少。來弟性格比較直爽，便問道：「秦姑娘，上次妳炒的那個茶味道可真不錯！只是我是粗人，我當家的總說我不是品茶，而是牛飲。」

秦曼笑著說：「王夫人就是客氣，茶本來就是用來解渴的。」

梅花笑著說：「我當家的說，這茶要泡出味來，還得秦姑娘妳呢。」

秦曼說：「趙夫人這是在笑話我了。其實我也是個農家女兒，哪有什麼見識。」

小莉倚在劉虎身旁嘻笑著說：「可惜我不能嚐了，聽我當家的說，是秦姑娘提醒，這茶有身子的人不能喝。」

秦曼笑著解釋說：「這茶性涼，對有身子的人來說，喝了不大好。等夫人把寶寶生下來不餵奶後，再喝這茶可以減肥。」

來弟一聽便感興趣。「秦姑娘，這茶真的可以減肥嗎？」

秦曼笑著說：「王夫人用不著減肥的。」

來弟笑著說：「我多想跟秦姑娘一樣纖瘦細腰呀，我這五大三粗的樣子可沒人喜歡。」

小莉打趣她。「有三哥喜歡不就成了？三嫂難道還想別人喜歡不成？」

來弟越過來要打她，小莉躲在劉虎掌下。「三嫂是怕三哥聽見嗎？」

梅花哈哈大笑。「三嫂，今天晚上三哥肯定收拾妳。」

來弟笑罵道：「兩個小蹄子，不收拾妳們真翻天了！」

幾個男人笑著問：「說什麼這麼開心呢。」

小莉故意說：「三嫂要減肥，說自己五大三粗的怕別人不喜歡。」
王漢勇憨厚的說：「我媳婦這樣就很好，抱著舒服極了。」
眾人笑著說：「三哥說的是真話！」
秦曼見來弟難為情了，於是湊近她的耳邊說：「王夫人，妳現在可不能減肥。」
來弟一怔。「為什麼？」
秦曼輕輕的說：「王夫人還沒生孩子吧？」
來弟點頭說：「這與生孩子有什麼關係？」
秦曼告訴她。「這茶太涼，喝多了身子會呈涼性，女子身子呈涼性，就不容易懷孩子。」
來弟認真的問：「秦姑娘說的可是真的？」
秦曼點頭說：「書上是這麼說的。不僅是說這綠茶，很多涼性的吃食，嫂子也要少吃。」
來弟真心的說：「秦姑娘是識字的人就是不一樣，謝謝妳告訴我這些。」
小莉笑著問：「妳們倆在說什麼悄悄話呢？不管怎麼著，秦姑娘炒了這麼好的茶給大家喝，我們借大哥家的酒敬她一杯如何？」
來弟與梅花端起酒杯說：「好呀！秦姑娘，我們三姊妹都是農村人，沒什麼見識，今天借酒敬妳，可不要推辭。」

秦曼難為情的說：「就這麼一點平常的東西，哪裡值得三位夫人敬我酒，秦曼先乾為敬，謝謝三位夫人看得起小女子。」

來弟也一飲而盡。「別夫人夫人的叫了，秦姑娘不嫌棄我們，就喊聲嫂子吧。」

小莉與梅花都說：「就是，叫夫人聽著都覺得彆扭。」

秦曼立即起身說：「恭敬不如從命。三位嫂子不嫌我是一個被棄之人，秦曼感激不盡。」

姜承宣看了秦曼一眼，心裡有一種釐不清的感情困擾著他，這個女子，看起來很瘦弱，可是她為什麼會有一種讓人看起來卻很可靠的感覺呢？

秦曼洗好澡後躺在床上，她頭暈暈的，內心覺得很悶熱。今天晚上她喝了兩大碗的米酒，酒很甜，當時覺得很好喝，可她沒發現這酒後勁很足，這個身子看來是「一杯倒」的體質。

躺著怎麼也睡不著，上床快一個時辰了，覺得越來越熱，越來越燥，秦曼慢慢爬起來坐在外房門的門檻上，看著天空發呆，天上沒有月亮，只有幾顆星星，看著無盡的夜空，秦曼腦子裡亂七八糟的，嘴裡喃喃唱起了歌。

同樣沒有睡著的姜承宣，晚上吃得有點飽，睡在床上很不舒服，他就起來走走，正當他走到秦曼住的院子門口時，發現院子門是關著的，但門裡傳來一陣古怪的歌聲，像哭又像唱。「天上的星星不說話，地上的娃娃想媽媽……

「娘啊娘啊，白髮親娘，妳在故鄉，兒在遠方……

「媽媽，媽媽我好想妳，奶奶、外婆、爸爸、妹妹……我好想你們呀！嗚嗚嗚……可我再也見不著你們了！

「該死的該挨千刀的傢伙，如果不是你這麼冒失，我怎麼會到這鳥不拉屎的地方來?!你賠我爸爸媽媽，你賠我的米蘭大獎，讓天罰你下輩子變人妖！你這個壞蛋！壞傢伙！」

姜承宣跳上院牆，把坐在院子裡的秦曼看個清清楚楚，秦曼似乎喝多了，坐在地上。一會兒又見她雙手放在腿上，半仰著臉看著天空，但眼睛卻閉上了。這女人看來醉了。

姜承宣怕她在地上睡一晚，明天得生病。於是跳下牆走到她身邊，聽著她還在不停的唱著。「我是一隻小小小小鳥，想要飛卻飛也飛不高，我尋尋覓覓尋尋覓覓一個溫暖的懷抱，這樣的要求算不算太高……」

這樣的秦曼像個什麼?淚流滿面的她，像個迷了路的小孩子，無助、害怕、孱弱！

姜承宣心裡突然疼了一下，他沒有去問為什麼，只是把秦曼抱了起來，準備把她放在床上。

秦曼這時正在作夢，夢到自己正摟著媽媽撒嬌，帶著淚水的小臉上，又嘻嘻笑的說道：「還是您的懷抱最舒服。」

一邊說秦曼一邊往姜承宣脖子上蹭。「我作了一個好長好長的夢，夢見我去了一個很古怪的地方。原來我是在作夢，太好了，太好了……」說著說著脖子一歪，睡了過去。

姜承宣抱著她有點不知所措，這女人是怎麼回事？真醉了？看著秦曼依在他胸前紅撲撲的小臉，讓姜承宣有想狠狠咬一口的慾望！

彎下腰把她放在床上，心想這都養了一個月了，這女人怎麼還是這麼輕？看來得再交代奶娘多給她補補。這時姜承宣並沒有時間考量，秦曼這麼輕不關自己的事。

出了稻香園，姜承宣心裡更煩悶，剛剛平靜的心，又被秦曼撩得火起，他懊悔的躍上牆頭，下了河堤。

就算泡了個涼水澡，姜承宣的內心並沒有平靜，秦曼的影子在他的腦子越發清楚，他覺得自己真出了問題。他想，也許要離開一段時間，才能回到以前冷靜的自己。

一大早秦曼就醒來了，昨天一夜好睡，不過她覺得作了一個好夢，夢中媽媽抱著她，讓她感覺好舒服。她根本忘記昨晚的一切，不過心中有一點點疑問就是——她好像從床上起來過，並在房門口坐了一會兒，但自己什麼時候回到床上去了？

早飯時，姜承宣跟凌嬸說：「奶娘，春播已結束了，我得到京城辦點事，一會兒我到鎮上找人牙子，再買個小丫鬟回來給秦姑娘用。瑞兒就託給妳和她了，瑞兒以後每天早上的練功就交給凌叔，瑞兒住到你們院子裡去，就住在秦姑娘的隔壁。」

為什麼突然去京城？凌嬸驚訝的問：「少爺，難道是京城的事有眉目了嗎？」

姜承宣說：「不是，是別的事情。我這次去可能待久一點，琳兒我準備帶到老六那兒去，前幾天他來信說，他母親為他的幾個妹妹找了兩個教養嬤嬤，教規矩和女紅，讓我把琳兒也帶去。琳兒在這鄉下一是學不到什麼，二是找不到什麼好人家，先把她送到老六那兒，然後託刺史夫人給她找一門好親事。」

凌嬸擔心的問：「少爺，這琳姑娘會願意去嗎？」

姜承宣說：「奶娘，妳是知道我的。她不願意也不行，我不在家時，留她在家也讓奶娘為難。」

凌嬸關心的問：「少爺您也該關心自己的事，這琳姑娘真的不可以？」

姜承宣喊了聲——「奶娘，我……」便再也說不下去了。

凌嬸擦擦眼淚說：「我可憐的少爺！好，奶娘不說了，您放心去辦事，小少爺和家裡，奶娘都會幫您管好。」

當天姜承宣果然買了個十來歲的小姑娘回來，個頭不高有點瘦小，皮膚稍黑，倒是長得濃眉大眼，一雙黑黑的手長滿了繭子，是個從小就做粗活的人。

他把人交給秦曼說：「這是我給妳買的丫鬟。我要外出一段時間，瑞兒就交給妳了。」

秦曼很訝異，不知道姜承宣為什麼給自己買丫鬟，但她沒有問，只是對他說：「我會帶好弘瑞小少爺的，姜爺您只管放心。」才帶著這個小女孩回了院子。

「妳叫什麼名字？今年多大了？」秦曼邊走邊問。

「姑娘，奴婢以前在家叫黑妞，到年底就滿十二歲，請姑娘再給奴婢賜名。」丫鬟低頭，有點害怕的回答。父母死後叔叔嬸嬸就把她當丫鬟用，五歲開始什麼都得做，今年堂弟要上學堂，把她賣了換錢交束脩。

秦曼看著小姑娘害怕的模樣，輕聲笑了下，想了想然後對小姑娘說：「別害怕，我也是給別人做事的，不過這裡的主人很好，妳好好做事就行。妳可以叫我秦姑娘，也可以叫我秦姊姊，小少爺的丫鬟叫茶花，妳冬天生的，就叫冬梅吧。」

冬梅感激的說：「謝謝姑娘。」

秦曼讓冬梅把房間的碧紗廚收拾一下，叫她睡在那兒。

第二天，弘瑞與茶花搬到了秦曼那院子的另一間房，與凌叔的廂房靠近，與秦曼隔著一間臥室。茶花平時睡在弘瑞的榻上，這裡沒有榻，就讓她也睡碧紗廚。

過完節的第三天，姜承宣安排好家中的一切，又再三交代弘瑞的功課，出門前帶著複雜的眼光，深深的看了秦曼住的院子一眼，才帶著李琳和香米一起出發去了並州城。

第十七章

姜承宣進了蘭府，見過蘭老夫人，就去了蘭令修的院子。兩人坐在書房的椅子上，蘭令修泡著秦曼炒的茶說：「大哥，秦姑娘炒的這個茶確實妙！」

姜承宣眼睛一瞄。「怎麼？討得你祖父開心了？」

蘭令修說：「不僅我祖父開心，我祖母也愛極，可惜我還沒學到秦姑娘那一手茶技。只是她那泡茶的法子，也不知她是從哪兒學來的。」

姜承宣問：「這茶就真的這麼好喝？」

蘭令修說：「大哥，你不會說你不喜歡吧？你家裡不是還存有一些嗎？要不都給了我？」

姜承宣說：「我什麼時候說不喜歡了？都給你？你想得美。」

蘭令修又說：「大哥，我覺得秦姑娘真的不錯呢，你難道都沒想法？」

姜承宣說：「要是你有想法就告訴我。」

蘭令修摸摸鼻頭說：「我覺得這秦姑娘不會是個好商量的女子，怕是我有想法，別人還不一定看得上我呢。」

姜承宣覺得蘭令修說起秦曼的樣子，有點讓他不舒服，所以他冷冷的說：「好了，我們不要談她了。近來我們各店鋪的生意如何？」

蘭令修說：「都很正常，大哥要不明天去看看？」

姜承宣說：「有你和老關老李他們管著，我就不去看了。明天我出發去京城了，那邊的事我得去看看什麼時候能了結。」

蘭令修擔心的問：「事情怎麼樣了？」

姜承宣冷酷的笑著說：「他們倆不就是為了謀姜家的產業嗎？還真有耐心，從十幾年前就開始了！我告訴過你，我那三姨娘可是遭人調戲，被退親後才寄住在我家的，原來從遭調戲時就開始布局了。」

蘭令修驚訝的問：「不會吧？那個時候她也才十五、六歲吧？」

姜承宣一臉惡魔般的笑容。「那對狗男女，也不能說不是聰明人。」

蘭令修問：「大哥已經布置好了？」

姜承宣笑著說：「好戲就要開始了，這次我去京城就是讓這戲開始上演。」

十天後京城武正巷的黃昏，李東明搖晃著腦袋從賭場出來，他覺得今天手氣很差，早上進去的一百兩銀子，出來就一錠都沒了，家裡銀子不多了，看來得去表妹那兒走走。

「救命啊！救命呀……」一個女子的身影隨著救命聲向李東明飛奔過來。

李東明眼睛一亮，好一個風姿綽約的漂亮女子！他一把抱著她說：「姑娘，發生什麼事？」

女子抱住李東明瑟瑟發抖。「狗、狗，牠追過來咬我！」

李東明一聽是狗，哈哈笑了。「姑娘，不用怕！牠可能是看到我，早就溜走了。」

女子不相信似的偷偷轉身看向身後，半晌才拍拍胸口說：「嚇死我了！謝謝大哥。」

李東明眼珠轉了幾轉，一臉老好人的模樣問：「姑娘這是要去哪兒？」

女子沈默了片刻才說：「我在找事做。剛才拍了一家主人的門，一隻大狗就追了上來，我還沒來得及見到主人，就嚇跑了。」

李東明笑著說：「女子怕狗是天生的，有我在這兒，妳就不用怕了。不過，妳一個女子到哪兒去找事做？妳的家人呢？」

女子聽到李東明問她的家人，難過的低下了頭說：「大哥，不瞞你說，前不久我跟娘來京城投親，親戚不住在老地方了，我娘得了重病又沒銀子找大夫，就這樣去了。現在就只剩下小女子一個人，也不知道該怎麼辦，便想找戶人家做傭人，也好討口飯吃。」

女子邊說邊掉眼淚，不一會兒雙眼通紅。李東明再一仔細看，這女子果然一身孝。

俗話說，若要俏，三分孝，這女子原本就姿色過人，再加上這一身孝和一張淚臉，只要是男人，沒有一個能逃得過的。

李東明說：「我家裡正缺一個做飯洗衣的人，姑娘要是信得過大哥，妳跟著我回去？」

女子小心的抬眼看了看李東明問：「大哥家裡還有什麼人？」

李東明說：「就只有我一個人。」

女子搖搖頭說：「大哥，謝謝你，但我不能跟你回去。我們倆孤男寡女同處一室，是要被人指責的。」

李東明可不想放過此等尤物，見她不願意上鉤，於是裝出一臉理解的說：「妹子想得也對，只是現在天色這麼晚了，妳一下子到哪兒去找事做呢？要不然又會被狗追上。」

聽到狗字，女子抖了抖身子說：「大哥，這樣會讓你為難的，我不能這樣拖累你。」

李東明聽她話語間有些鬆動，立即熱情的說：「大哥我光棍一個，還怕什麼？」

女子一臉感激。「您真是一個好人。那妹子暫借您處住個一、兩天，給您添麻煩了。」

李東明暗暗歡喜。「有這麼一個好妹子，我才不會嫌麻煩呢。走吧，我家就在前面不遠處。」

女子朝他行一禮。「大哥叫我麗娘就好，麗娘先在這兒謝謝大哥的恩德！」

李東明強忍得意。「哪裡哪裡，麗娘，我們回家吧。」

麗娘道：「大哥請先行。」

李東明腳下生風，他暗暗得意的想，今天怪不得手氣這麼差，原來是今天我有豔遇，還真是情場得意、賭場失意，今天有這麼一個美嬌娘陪著，一百兩銀子算什麼！

興高采烈的李東明走在前面帶路，他並沒有看到麗娘一臉嘲笑。

帶了麗娘回到自己的小院子，李東明又出門去買了一些熟食，就著麗娘煮的米飯、炒的青菜吃了晚飯。

李東明吃飽後正高興的哼著小曲，麗娘一臉的為難說：「大哥，我得出去一趟。」

李東明一愣，他以為麗娘要走，立即問：「麗娘，妳要去哪兒？」

麗娘羞澀的說：「大哥，我的衣服都在城外的破廟裡，現在我……」

李東明怕她去了就不願意回來，於是他出主意說：「這樣吧，現在出城也太晚了，路上也不安全，麗娘要是不嫌棄，晚上就穿大哥的衣服。一會兒妳把自己的衣服洗好，明早就乾了。」

麗娘說：「大哥，這樣不好。」

李東明故意不高興的說：「這有什麼不好的？難道麗娘是嫌棄大哥的衣服太粗糙？」

麗娘忙道：「大哥您誤會了，麗娘哪會嫌大哥，是麗娘難為情。」

李東明一臉大義凜然的說：「這有什麼好難為情的？再說了也就一個晚上，鄰居也沒人會過來，妳不用擔心被人說什麼。」

麗娘一臉感激。「我就會給大哥添麻煩。」

麗娘進了洗漱間後，她故意把沒有門閂的門，用一把小椅子頂上，靠著燭火的微光，對著門開始一件件的慢慢脫衣服。

門是木板做的，縫隙很大，麗娘斜著眼睛瞄了瞄門邊，然後雙手緩慢在胸前擦洗撫摸。

突然頂著門的小椅子「啪」的一聲倒在地上，隨後一個影子倒在椅子上。

「啊！誰？」麗娘一聲驚叫。

李東明尷尬的說：「麗娘，別叫，是我！大哥來看妳水夠不夠用。」流著口水邊說邊走近麗娘。

麗娘一臉驚慌的抱住身子蹲在桶裡說：「大哥，你不要這樣！」

李東明走到桶邊，大手伸進水裡說：「麗娘不要怕，大哥幫妳試一下，看看水會不會太涼。」

麗娘欲拒還迎的推著他的手說：「大哥，我們不能這樣，這真的不對。」

李東明看她沒有明顯拒絕的意思，便淫心一起；原本他還怕她不情願，與其要強上，總不如兩人心甘情願來得好。「傻妹子，大哥我未娶，妳未嫁，跟別人何干？妳放心，大哥會對妳負責的。」

麗娘抬起淚眼問：「大哥，您真的會對我負責嗎？」

李東明連忙點頭。「大哥發誓，一定會對麗娘負責！麗娘不知道，大哥三十五了，才遇上一個心儀的女子，這是上天把妳送到我身邊來了。」

麗娘粉臉含羞的說：「大哥，您不會嫌棄麗娘嗎？麗娘曾經嫁過人，只是相公身子弱，一年不到就走了，留下麗娘和婆婆孤單過日。」

李東明這時已被麗娘妖嬈的身材、嫵媚的粉臉迷失了心志，哪裡管得了她有沒有嫁過人，一把將她從浴桶裡抱起來說：「我哪會嫌棄妹子？是妳相公沒有福氣，拋下這麼個好媳婦走了，以後讓大哥來疼妳。」

京城同一條巷子的一處院子，姜承宣聽著男子的稟報，臉上浮現出一絲不屑的笑意，他揮手讓男子下去，然後對洪平說：「洪平，打水，爺要沐浴。」

日子過得很快，轉眼進入六月天。

這天下午，秦曼與弘瑞、茶花、冬梅在大院子裡玩遊戲。前一段時間央凌叔找木工給弘瑞做了大刀、小刀、木槍、木劍，又跟他玩了一套官兵抓強盜的遊戲，果然這是男孩子的最愛，從三天前開始玩這個遊戲後，每天必玩一次，否則絕不甘休。

由弘瑞扮著官兵、秦曼與茶花和冬梅扮著強盜的遊戲正玩得不亦樂乎，以致大院外有人敲門也沒有聽到。正當進行到遊戲最緊張的部分時，秦曼才發現凌嬸帶了一幫的大人和小孩走進來。

走在最前面的花兒、虎子見著秦曼和弘瑞就叫：「弘瑞、曼姨，你們在玩什麼？你們為什麼不到大樹下去玩了？我們等了幾天都不見你們來，我們能不能到你們家來玩呀？」

秦曼知道小孩子們見他們不去大樹下玩便來找他們，但是能不能讓孩子們到姜家來玩，她不是主人，可不能作主，因此對著他們說：「天熱了，我怕弘瑞中暑，所以我們沒有去。」

這時一個拉著花兒手的三十來歲婦女，跟花兒眉眼很相似，想來是花兒的娘親，走到秦曼面前直爽的問：「妳是花兒說的曼姨吧？這兩、三個月來因為農忙，都沒有空管孩子，聽孩子說有一個叫曼姨的人，經常在大樹下跟他們講故事玩遊戲，他們也聽話了很多，真是謝謝姑娘。」

「大嫂，不必多禮，妳叫我秦曼好了。我是姜家請來照顧小少爺的，帶他們一起玩是小少爺的主意，秦曼不敢居功。」秦曼輕輕的還了一禮。

「曼姨，你們又在玩什麼遊戲呀？弘瑞你手上拿的是真劍嗎？」虎子是男孩，對弘瑞手中的兵器產生興趣了。

「是木劍，是我凌爺爺做的。我們在玩抓強盜。」弘瑞一臉的驕傲。

「我們能不能一起玩？」

「我也想玩，行不？」

幾個女人也問：「弘瑞小少爺，能讓虎子他們和你一起玩嗎？」

虎子娘是一個高大健壯的婦人，嗓門粗大，性格直爽，張著大嘴問：「弘瑞小少爺讓虎子來你家玩吧，他一定聽話的，如果他不乖，你告訴大娘，我會罰他不准來找你玩。」

弘瑞看看秦曼，又看看凌奶奶，然後徵求的問道：「凌奶奶、曼姨，叫虎子他們一起玩，可以嗎？」三個月來，弘瑞說話已流暢很多，一句話也能完整的說出來了。

凌嬸想了想。「如果小少爺想讓他們來玩，那就行，小少爺是主人，可以作主。」

弘瑞眨眨眼又看了看秦曼，秦曼點了點頭。

得到兩人的首肯，弘瑞大聲的對孩子們說：「以後你們就常來我家玩吧，但要聽話喔。」

小孩子一聽今天可以留下玩，以後又可以常來玩，都開心的歡呼著。

秦曼想了想，又提了要求。「每天下午是弘瑞小少爺學習和遊戲的時間，如果大家願意與弘瑞一起學習，那就申時一刻到，來學習的人一定要認真，不能影響弘瑞學習，如果不想學習的話，那麼就要過半個時辰再來。大家有沒有聽明白？聽明白就可以開始玩遊戲了。」

大家一聽可以玩遊戲，不管聽沒聽明白，都異口同聲說：「聽明白了！」

幾個婦人聽秦曼說不僅讓大家一起玩遊戲，還同意教大家讀書，連忙向秦曼和凌嬸再三道謝過才離開。

第二天申時一刻，門外響起了敲門聲，四個小傢伙隨著凌嬸進了稻香園。為了便於孩子們學習，凌叔把中間那間臥室收拾出來當大家的講堂。

五個小傢伙認真的坐在炕上，把從家裡帶來的紙筆放在面前的小桌子上，三張桌子分坐五個孩子，表情很認真。秦曼覺得她升級了，成了幼兒園的園長。

快樂的日子總是一晃而過，轉眼就到了八月，早上秦曼起來後，她發現凌叔在鍋上蒸著一大籠的東西，她覺得真香，於是問道：「凌叔，在蒸什麼呀？好香。」

凌叔笑著說：「糯米飯呀。」

秦曼驚訝的問：「叔，家裡就這麼幾個人，能吃下這麼多糯米飯？」

凌嬸聽到她的話笑出聲來。「傻孩子，這哪是用來吃的，是用來做米酒的。」

秦曼恍然大悟的說：「是不是端午節時喝的米酒？」

凌嬸笑著點頭說：「就是，好喝吧？」

秦曼說：「喝是好喝，但是好像沒什麼酒味。」

凌嬸說：「米酒不都是這樣的？曼兒在哪兒喝過什麼烈酒不成？」

秦曼想了一下說：「嬸，您還真說中了，我喝過很烈的酒呢。」

凌叔說：「哦，曼兒喝過烈酒？難道妳老家釀的酒跟這不一樣？有沒有見過是怎麼樣釀的？」

秦曼說：「是真的不一樣呢。我知道怎麼釀，凌叔，我們要不要試試？只是我不確定穀子和酒麴的分量，可能要多試幾次。」

凌叔說：「要是真能釀出好酒來，多試幾次也沒關係，咱家又不是沒糧食。」

秦曼說：「要釀這酒，要做一個蒸桶。」

凌叔問：「這桶有什麼不一樣嗎？」

秦曼說：「不一樣，凌叔。一會兒我把樣子畫給你，你去叫木匠做出來。然後我們再開始試著釀新酒。」

凌叔答應說：「好，一會兒叔就去找木工，找好木工後，曼兒妳來說叔來釀，也許今年冬天就有好酒喝了。」

凌嬸笑罵他。「這個老頭子，一說起酒，舌頭都長了。」

中秋前五天，姜承宣帶著李琳回到了姜家。

秦曼下午帶著弘瑞去了大樹下，傍晚回來時，弘瑞一眼就看到了站在門口的姜承宣，大聲叫道：「爹爹，瑞兒好想您！」就撲了過去。

姜承宣三個月沒有見到兒子，他發現兒子長高了不少，聽到兒子叫他並說好想他，驚喜的叫道：「瑞兒現在講話這麼流暢了？」

「爹爹，我還會講故事、唱歌、唸詩呢！」弘瑞驕傲的說道，彷彿有了天大的本事。

「真的？一會兒賞月的時候，你表演給叔叔們看好不好？」蘭令修從姜承宣的身後走了出來，幾個月沒有看到弘瑞，沒想到他進步這麼大，接著又說：「看來你曼姨教得好。一會兒要檢查你功課，你不會害怕吧？」

「我才不怕呢，我學得最好，是不是，曼姨？」弘瑞轉頭問秦曼。

「是的，小少爺是最棒的，等會兒好好跟叔叔們表現一下，省得讓他們小瞧你。」秦曼笑著贊同他。

蘭令修對秦曼說：「秦姑娘辛苦了，把弘瑞教得這樣好。令修也替瑞兒謝過秦姑娘。」

秦曼趕緊說：「蘭少爺客氣了，我哪裡敢居功，這是秦曼的本分。再說也是小少爺聰明，雖然他以前說話不大流暢，但他的記性和理解能力都很好，只要耐心教他，他都能學得很好。」

秦曼雖然見過蘭令修幾次，但從沒有仔細瞧過他。夕陽下的蘭令修一身月白色外袍，微笑著的他有月般的清輝，有玉般的溫暖，也許是戰爭的磨練，端正的五官顯得剛毅，但仍然讓人覺得他是一個儒雅公子。

姜承宣趁秦曼與蘭令修說話時，抬眼看了看秦曼的小臉。可能剛從外面回來，紅撲撲的小臉顯得生氣勃勃，靈動的眼神、紅豔的嘴唇，讓他的心猛的跳動了幾下。

姜承宣突然覺得喉嚨乾澀，他不自然的嚥了嚥口水，突然腦中冒出了一句：也不知她長胖了一點沒？

第十八章

姜承宣反應過來後，被自己的念頭嚇了一跳，她長不長胖與自己有關嗎？不過長胖一點也許身體會更好，這樣就不會影響她帶瑞兒的事。對，就是這樣！

想到這兒，姜承宣開口道：「好了，老六，我們進去吧，該開飯了，大家都在等我們呢。」

原來今天回來的不僅是姜承宣，還有很多人也來了，院子裡熱鬧得很。

秦曼沒有去想是哪些人，反正跟她沒關係，等姜承宣與蘭令修轉身進去，秦曼行了個禮。「兩位爺慢走，秦曼告退。」

蘭令修笑著說：「秦姑娘，反正都是熟人，一塊兒見見吧？」

秦曼見姜承宣沒開口，她笑笑說：「謝蘭少爺好意，但秦曼還是不打擾了。」

姜承宣面無表情的說：「又不是什麼大家小姐，不能隨便見人，既然六弟邀請，就一塊兒去吃飯吧。」

秦曼對姜承宣的冷漠態度有點生氣。他剛一到家，自己又是哪裡惹他不高興了？不是大家小姐就不用避開陌生人了？她雖然嫁過人，可還是大姑娘好不好?!

秦曼握緊拳頭站在門口，走也不是，去也不是，正當為難時，蘭令修問：「秦姑娘得先去清洗一下吧？妳快去吧，我們等妳吃飯。」

秦曼感激的朝蘭令修笑笑。「那秦曼暫先告退。」

看著秦曼逃跑似的身影，蘭令修打趣的說：「大哥，姑娘可不能這麼嚇的，否則哪個姑娘會喜歡你？不過秦姑娘是不是在你離家後，做了什麼讓你不滿意的事？」

姜承宣一愣，他才發現自己剛才對秦曼的態度是嚴厲了些，為了掩飾心中的想法，他淡淡的說：「只不過是一個請來帶孩子的女人罷了，用得著注意太多嗎？她要是敢做讓我不滿意的事，哪還會讓她待在這兒。」

蘭令修不解的搖了搖頭。「算了，你要這麼說，小弟我也沒話說了。瑞兒，走了，叔叔伯伯們都在飯廳裡等著呢。」

進了飯廳，姜承宣端著一杯綠茶在手上，他有好幾個月沒喝這茶了，他拿起茶杯，放在鼻下深深的吸了一口，再長長的呼出了一口氣。

凌叔泡好茶後問道：「爺，京城的事不順嗎？」

姜承宣的臉上浮現出笑容。「凌叔，一切都照計劃進行。」

凌叔高興的說：「那就好，這次得好好的出口氣。」

姜承宣陰沈著臉說：「我可不是只想出口氣那麼簡單，我要讓他們把吃下去的都吐出來，讓他們知道惹我的下場，我更要給我娘出口氣。凌叔，近來家裡都好吧？瑞兒聽不聽話？」

凌叔說：「家裡都好著呢。小少爺真是進步得很快，您看看他的樣子，就知道他聽不聽話了。」

姜承宣又問：「那個女人有沒有什麼舉動？」

凌叔思索了一下才說：「少爺，不是老奴吃裡扒外，老奴按您的指示，仔細的觀察了這秦姑娘，可是真的沒有發現她有一點點不對的地方。」

姜承宣問：「那凌叔是覺得這秦姑娘是可信的人了？」

凌叔真心的說：「少爺，老奴不是偏袒秦姑娘，這孩子真的是一個聰明乖巧的女子。」

姜承宣聽了凌叔的話後，若有所思的說：「我知道了，凌叔。但人不可貌相，海水不可斗量，時日太短，還是有勞你和奶娘仔細看著她。」

「少爺放心，不管是誰，老奴都不允許有人對這個家不利。」凌叔認真的回答。

凌叔退下去後，姜承宣喝著手中的茶，一直回想著凌叔的話。這個女子真的如凌叔說的那麼好，還是太會偽裝？

對於女人，姜承宣一想起自己的前妻，心裡就無來由的一陣厭惡！那個用盡手段爬上自己床的女子，最終為了自己的利益，拋夫棄子，本該千刀萬剮。

還有那個害了自己的宣慰使，除非他找不到機會，否則他倒要好好看看這一對姦夫淫婦的下場！

隔日一早，男人都去趙強家幫忙，家裡留下凌叔、凌嬸、秦曼、弘瑞等人。凌叔說前幾天煮的穀子已經發酵，蒸餾穀酒用的桶也做好，今天可以開始蒸酒。

秦曼跟凌叔到放穀子的庫房。因為是第一次，秦曼也不知道穀子與酒麴的比例，參考凌叔說的，做米酒是採三斗米一升酒麴的比例，如果要做酒，就再放少一點酒麴，要苦一點的就再多放一點酒麴。所以秦曼就讓凌叔做了三斗穀配一又三分之一升酒麴，及三斗穀配一升半酒麴等比例，想先試驗一下。

秦曼對蒸酒的過程很了解，對工具也很熟悉，看外婆釀了十幾年的酒，亦幫外婆燒過幾年的蒸酒火。

秦曼看了看凌叔讓木工做的木桶，凌叔見她瞧得很仔細，就問：「曼兒，是不是做得不對？」

秦曼笑著說：「凌叔，做得很好呢。我在看，這木工師傅手藝真不錯！」

凌叔得意的說：「叔可是找了鎮上手藝最好的金師傅做的，哪能不好。」

秦曼真心稱讚。「叔做事就是讓人放心，怪不得姜爺把這麼大的一個家，都放心交給您。」

凌叔說：「少爺可是老奴看著出生的，少爺放心讓我管家，這可是老奴的福氣。」

秦曼笑著說：「那也是您能幹。叔，我們現在可以起蒸桶上穀子了，然後把裝滿冷水的銅盆蓋在蒸桶上，叫張嫂生起大火吧。」

凌叔覺得神奇。「曼兒，這樣真的能蒸出酒來？」

秦曼自信的說：「一定能的，叔您放心，第一壺酒由您來嚐。」

半個時辰後，凌叔看到小銅管裡果真有酒出來，流進連著它的小銅壺內，他高興的圍著小銅壺轉來轉去。

凌嬸打趣他說：「老頭子，這酒又不會跑，你就坐著等好了。」

一桶酒蒸出來後，秦曼分了三個時段接小銅壺，但她不記得要蒸到什麼時辰才能把酒蒸完。

終於等第三段酒也接完了後，秦曼就請凌叔一一試喝，只要凌叔覺得酒味有點淡，就換了一桶再蒸。

一個上午兩桶酒都蒸了出來，分成六個壺裝，凌叔分別試了試，最後感覺最香、最醇的還是三斗穀一升半酒麴蒸出的第二壺。

凌叔喝了後，連連誇讚。「好酒，怕是整個龍慶國都沒有這麼好的酒！曼兒真厲害。」

秦曼謙虛的笑著說：「叔，這是您的功勞呀，我只會紙上談兵。」

凌叔當場臉色一正。「曼兒，妳胡說什麼，這是妳的法子，妳能教給叔來試蒸，那是妳對叔的信任。但是，這功勞是妳自己的。」

凌叔一席話讓秦曼怔住了，難道這就是古代人的義氣？

秦曼誠心的給凌叔道了歉，並承諾以後自己再也不會這樣說了，凌叔才甘休。

得到別人的信任那是對一個人最高的獎賞。徵得秦曼的同意，凌叔當天下午就泡了一大桶的穀子，他說要多蒸點，過中秋好喝。

秦曼看凌叔泡的穀子有點過多，於是說：「凌叔，最好的蒸酒時候是重陽節到冬至時分，這時候做出的酒保存時間最長。」

凌叔訝異的問：「難道這穀酒也跟做米酒一樣講究？」

秦曼點點頭說：「是的，做酒都一樣，有分時段。」接著她還跟凌叔說了很多關於酒的事情，張嫂在旁邊聽得目瞪口呆，佩服的說：「秦姑娘，妳懂得真多！」

秦曼謙虛的說：「張嫂，妳就別笑我了，這些都是我爹爹跟我講的。我爹爹若不是去得早，他一定能夠中個舉人，我爹十二歲就中秀才，如果不是我爺爺病得不行的話，他早就去鄉試了，當時他的文章給很多先生看過，都說他參加鄉試有可能得解元。」

凌叔早就了解秦曼的身世，也知道她爹爹確實有才，據打探消息的人說，秦曼小時候她爹爹很喜歡她，什麼東西都手把手的教，她從小就很聰明，學東西很快，家中那麼一大屋子的書據說都看過。

凌叔聽了秦曼的話後，感嘆的說：「妳真是個聰明的好孩子。這老天也不知道是不是眼力不好，讓好人總是受盡磨難。就像我家少爺一樣，一個這麼聰明的人，如果不是發生意外，恐怕真的也能中狀元，何況他文武雙全。」

秦曼這是第一次聽凌叔說起姜承宣，聽凌叔的口吻，怕這人受的磨難比她是要多得多的，要不然哪會年紀輕輕，成天臉上像裹著一層石膏似的？

秦曼問：「凌叔，姜爺真的受過很多磨難嗎？」

凌叔一臉持重說：「曼兒，主子的事，我不能多說。只是以後少爺有什麼不對的地方，請曼兒多體諒他。」

秦曼苦笑著說：「凌叔，是曼兒沒規矩了。姜爺是東家，我一個傭人還能有什麼不滿的？我能找到這樣的東家，已經算是我的福氣了。」

凌叔認真的對秦曼說：「曼兒，妳也知道我們可從沒有把妳當作下人來看。要不是妳，小少爺哪能像現在這樣？」

秦曼說：「謝謝凌叔謬讚。不過小少爺能好得這麼快，您跟嬸子的幫助也不能忽略。」

凌叔突然問：「曼兒，妳覺得少爺這個人怎麼樣？」

秦曼一愣。

「凌叔的意思是？」

凌叔自己也一怔。「曼兒，凌叔人老糊塗問錯了話，妳別放在心上。」

秦曼理解的笑了笑，再沒問一個字。知道越多是非越多，還是什麼都不知道的好。

秦曼盤算，中秋之後就接近冬季，在她的記憶中，這個世界的冬天是蔬菜極少的，所以每天吃的大多都是肉類，就算有蔬菜也是很平常的兩、三種，多半都是白菘和蘿蔔。

眼見很多菜都快過季，為了讓冬天蔬菜的種類多點，秦曼在凌嬸曬辣椒乾、蘿蔔乾的啟示下，把前世吃過的乾物、醃物做法都回憶起來。

菜園裡掛滿了成熟的蔬菜，秦曼跟凌嬸說：「嬸，您說園子裡這麼多菜，一下子也吃不完，要不我們把它曬成乾？」

凌嬸眼睛一亮。「曼兒這想法好！妳是怎麼想到的？」

秦曼說：「這辣椒、蘿蔔曬乾了都能吃，那這些瓜呀果的，曬乾了也一定能吃吧？」

凌嬸說：「要不我們試試？」

秦曼笑著說：「聽嬸的。」

多次的試驗下，曬出了葫蘆乾、豆角乾、各類瓜乾、蘑菇乾、木耳乾等，又要凌叔請人編了很多的藤籃，把菜乾包裝好放在籃裡，掛在空房的屋頂上。

接著兩人又試著做了泡椒、剁椒、泡蘿蔔、泡包菜等，喜得凌嬸說：「這個冬天就不怕沒菜吃了。」

兩人正在忙著，見冬梅跑過來說：「姑娘，凌大叔在找您呢。」

凌嬸訝異的問：「這老頭子，有什麼事要找妳找得這麼急？」

凌叔遠遠的看到秦曼過來，急著說：「曼兒，明天就是中秋節，上午凌叔去看了看穀子發酵的情況，準備下午蒸兩桶酒出來，晚上好請大家先試酒。然後再把另幾桶酒都蒸出來，明天過中秋好用，妳看怎麼樣？」

秦曼笑著說：「我還以為什麼事呢，這事凌叔作主就行了。」

凌叔說：「這可是妳的法子，叔這是太興奮了。」說完就趕緊蒸酒去了。

前段時間挖好的地窖已乾，凌嬸帶著秦曼等幾個人正忙著把從地裡收起來的南瓜、冬瓜等可以保存的蔬菜放進去。

秦曼知道土豆、芋艿用乾沙蓋好可以保存一個冬天，因此凌嬸又叫人弄了很多沙子在地窖裡，按秦曼的方法保存這些東西。

凌嬸正搬著一個大冬瓜準備往地窖裡去的時候，正好碰到姜承宣從地裡回來，準備再拿點收水稻的農具過去。

他一見凌嬸搬了個大傢伙，便急忙接手，並對凌嬸說：「奶娘，這麼重的東西妳不要搬，一會兒我讓洪平回來搬。」

凌嬸趕忙說：「不用，少爺，大的東西老頭子上午都搬好了，這個是忘了拿的，雜物間裡只剩小東西了，我們可以搬好的。我現在去地窖裡整理一下，一會兒她們把東西送進來就有地方放了。」

姜承宣見凌嬸要下地窖，地窖裡很陰涼，她一把年紀不能總待在裡面，便說：「奶娘，地窖我去整理，妳去幫我叫凌叔再找一擔籮筐，田裡不大夠用，妳先幫我送過去，一會兒我再過去田裡。」說著就下了地窖。

弘瑞與茶花、冬梅在雜物間裡裝東西，秦曼則提了一籮筐土豆往地窖走。她告訴弘瑞這叫分工合作。

剛走到地窖門口，不知被什麼絆了一下，一個趔趄就往下倒。地窖挖在小山下，進去要下三級臺階，秦曼尖叫一聲——「嬸，妳快走開，我怕不小心會壓傷妳。」也來不及抓著什麼，便一股腦兒的跌下臺階。

第十九章

姜承宣聽到尖叫聲立即反應，一轉身一跨步，飛身接住了秦曼。

秦曼閉上眼睛，想要抱住頭讓身子落地。她怕有東西弄到眼睛裡就糟了，摔斷個腿腳還沒大事，如果腦袋摔壞，那就完蛋了！

咦？怎麼沒摔痛？她反應過來才發現自己被人抱在懷裡，那個人瞪著眼睛狠狠的看著她，見她一副傻樣，氣不打一處來，也不把她放下，大聲訓示著她說：「妳這個笨女人，走個路都走不好，哪個叫妳來做這種粗活的？妳想找死呀！」

秦曼呆了，被姜承宣這一陣沒頭沒腦的訓斥弄昏了。

這是什麼情況？這個男人不是在田裡幹活嗎？什麼時候跑到地窖裡來了？再說摔死了也沒說要他負責呀，他氣什麼？

秦曼狠狠的回瞪他一眼。「你以為我想摔呀！都是這該死的長裙，回去我就拿把剪子剪短它。」

忽然秦曼想起，自己還被他抱著呢，這要被別人看見了還不得以身相許了？

「你快把我放下來，再抱著我要讓別人見了就麻煩了，你是想壞我名聲嗎？」

姜承宣一聽，怎麼還嫌他多事了？氣得重重的把她往地上一放。

因為手中的柔軟、鼻中的清香突然離開了自己，讓他很不開心，姜承宣便沒發覺自己口不擇言。「壞妳名聲？我還怕妳賴上我，讓我負責呢！真是沒有教養，救命之恩不謝不說，反倒罵我罵得理直氣壯。」

見姜承宣很生氣的樣子，秦曼不好意思了。他態度就算再怎麼不好，也是救了自己，說什麼也得謝謝人家才是，自己剛才確實沒禮貌。

秦曼紅著臉說：「姜大爺，對不起，謝謝您的救命之恩，小女子無以為報，就讓我給你整理這地窖來作為報答吧。」

看著秦曼揚著一張像討骨頭吃的小狗似的小臉，紅豔豔的小嘴讓姜承宣突然失控，他一把拉過秦曼，狠狠的就吻上了她一張一合的小嘴，一手緊緊的把她抱在懷裡，一手按著她的頭，想用舌頭撬開她的唇。趁秦曼換氣的一剎那，他順勢把舌頭伸了進去，不停的吸吮著她的味道，捨不得放開。

秦曼就像傻子般，瞪大眼睛看著這個像色狼一樣吻著自己的男人。這男人發情了嗎？現在可不是春天。

姜承宣吻罷，見秦曼這個呆樣，鬆開手把她推開自己的懷中，並惡劣的說：「整理一個地窖就能報答救命之恩？妳不是要報答我嗎？要不以身相許？看妳自動投懷送抱的分上，許妳個小妾的名分如何？」

秦曼被這個古代男人打敗了！不是說古代人都很守禮法的嗎？不是做好事都不求回報

嗎？怎麼這男人比現代人還開放和惡劣！許自己做小妾？誰稀罕！

他自以為是什麼人？美國總統？英國王子？真是自大狂！還有，自己的運氣怎麼就這麼背，在古代碰上了一個這樣劣質的渣男！

氣得想咬人的她，舉起手，想都沒想就要賞他一巴掌，可姜承宣一把就抓住她的手。「嫌身分太低？就妳這出身，給妳做小妾還是抬舉妳了。」

她在他的眼中，真的是如此低賤？秦曼直直的瞪著眼前的男人，想海扁他一頓，可是打又打不過他，她能做的，就只有不讓自己的眼淚掉下來。

她前輩子到底做了什麼壞事，讓老天罰她到這個地方來，受這樣的侮辱？

秦曼輕輕抽出自己的雙手，強行讓自己冷靜下來，再看向姜承宣的眼中已沒了半點溫度。「姜大爺，不管我出身如何低賤，不過我要告訴你，像你這種豬一樣的男人，送給我都不要。就算這世界上男人死絕了剩你一個，我秦曼在此發誓——我一定出家當姑子！」

看著眼前孤絕欲走的背影，姜承宣發現自己害怕起來，上前一步伸手拉住就要走出地窖口的身子，他這一生第一次對一個女人有了歉意。「對不起！曼兒，別哭，是我瘋了，妳打我、咬我、踢我都行，就是不要哭！」

說完姜承宣拿起秦曼的手打在自己的臉上，但是秦曼甩開了他的手。哭？她對誰哭？對著一個輕賤她的男人哭？

她秦曼不管哪輩子都沒這麼沒志氣！

「放手！」

姜承宣看著秦曼這冷漠的表情更急了。「曼兒……」

「請叫我秦曼！」

姜承宣見她這樣子更是不放，手一拉，把人抱在懷中。「曼兒，對不起！」

秦曼不再掙扎，只是冷冷的瞪著他動也不動。姜承宣終究沒有再說什麼，懷著複雜的心情放開她，轉身離開地窖。

秦曼的淚水終於在姜承宣轉身後流下來。她很少流淚，身處這個世界後，也就只有醒來的那一刻用哭來發洩自己的不平、不滿和害怕。上次被蛇咬痛得要死都沒哭，今天自己卻哭了。

秦曼也不知道自己為什麼要哭，有人說女人會因男人哭，那是因為在意那個男人。難道自己在意姜承宣的侮辱嗎？哭什麼哭，這麼沒出息，就當被狗咬一口不就沒事了？秦曼狠狠的罵自己。

就他一個古人、一個農民，還是一個二手貨，雖然長得人模人樣，但自己又不是沒見過帥哥，值得這麼在意他？她可是未來的「白富美」。

秦曼坐在地上，一直在問自己，是什麼時候開始，他的影子留在心上了？是那次遭蛇咬後被他抱下山，他給自己吸毒？還是得知他讓凌嬸給自己補身子？還是為了要出門幾個月，專程買下冬梅照顧自己？這樣就對他有了感情？

秦曼有點悲哀，她非常清楚的知道，在這個男權的社會，談感情那是死路一條。果真自己太嫩了，以為憑著自己的聰明、善良、真心，就能改變一個自大的男人。她甚至認為，就算她不能完全改變他，最起碼自己也能入了他的心。

原來，她太過自信了，她在這男人的眼中，依舊是一個貪圖他家財產、地位的女人！

秦曼在地窖坐了很久，直到凌嬸叫她的聲音傳來，才回過神來。她趕緊擦乾淨自己的臉，然後調整了情緒，才應聲回答凌嬸，並跑出來。

凌嬸見秦曼有點怪怪的，她哭了？秦曼故意裝作沒有看見凌嬸的疑問，立即拿了籮筐要回雜物間。

凌嬸懷疑的看著秦曼匆忙的背影，這孩子怎麼了？剛剛都好好的，難道是少爺去地窖時，給她氣受了？

飯廳裡很熱鬧，幾個男人在吆喝著要喝酒，凌叔拿來了一銅壺神秘的說：「今晚給大家喝一碗你們從來沒有喝過的酒，但千萬別喝多，小心醉了。」

趙強見這麼一小壺酒，凌叔還說讓大家別醉了，這麼幾個大男人能喝醉？就笑凌叔說：「凌叔，你是不是沒酒了，怕人喝？大哥，你家斷酒了？不會吧？明天去我家拿，我家媳婦剛釀了新酒。」

姜承宣奇怪的問：「凌叔，難道這幾天你忘記去買酒？」

凌叔笑呵呵的說：「這酒今天只有這一壺了，不過足夠你們喝了。」

什麼酒會這麼厲害？趙強不信，讓凌嬸給他倒滿，等大家滿上後，酒香滿屋，引得大家端起酒碗準備一口喝光。

酒剛一進嘴，眾人都只喝一口就把酒碗放下。劉虎大聲叫道：「好酒！凌叔你從哪兒買來的這麼醇的酒？」

蘭令修剛把酒喝到嘴裡便捨不得往下嚥，這酒真香、真冽、真醇！他很驚訝，這種好酒要去哪裡才買得到。

凌叔在大夥兒的追問下只得說了。「這酒是老奴與秦姑娘一起釀出來的。秦姑娘有一個蒸酒的法子，讓老奴學著做，老奴試做了好幾次才弄成。」

王漢勇大聲問：「凌叔，這酒你試做了多少？」

凌叔笑著說：「今天這壺是昨天試驗成功的酒，加上了今天蒸的放在一起，只做出這麼多。」

王漢勇說：「這酒可真帶勁！凌叔，你把這法子教給我們行不行？」

趙強也跟著說：「這法子我也要學。」

凌叔嚴肅的說：「兩位爺，這法子是秦姑娘的，老奴可不能作主。」

確實，這酒方怎麼能讓人學去呢？頓時兩人臉紅了。

蘭令修聽凌叔這麼說，覺得這個秦姑娘真是個妙人兒。他笑著問秦曼。「秦姑娘，妳這法子賣不？」

自地窖出來，秦曼就想了很多，在姜家的契約只剩半年多，她得為自己好好打算。目前真正能為她將來打算的，怕也就這酒方子了，秦曼淡淡的說：「不賣。」

好可惜，捏著一個發財的法子，竟然不生財。蘭令修問：「那能不能也給蘭某釀一些酒？價錢妳定。」

她想要的就是銀子，既然有人出錢當然好。只是先還了人情再說。「秦曼欠蘭少爺的恩情多著呢，如果釀酒能還您的恩情，那秦曼巴不得多釀一些給您。不知蘭少爺想要多少？」

聽見秦曼口中說起恩情兩字，蘭令修覺得太彆扭了，他立即說：「秦姑娘，我們認識也不是一、兩天了，妳可別張口、閉口說恩情，妳並不欠我什麼。」

王漢勇要的是酒，恩情什麼的他可管不著，連忙站起來急著說：「秦姑娘，妳這酒真他媽的有勁，妳開個價，給我也釀上一些。來個一百斤好了。」

出生入死這麼多年，喝點酒是他們的愛好，劉虎也跟著說：「是呀，秦姑娘，我喝著這酒，真是醉到心裡去了。要不妳開個釀酒作坊吧，幫我們加工，我們出銀子給妳。」

趙強眼珠一轉。「四哥這個主意好，我也來入夥生意。」

確實，並非一定要她賣酒方子，合作做生意豈不是更好？

蘭令修覺得一看秦曼，他的腦子就會遲鈍，於是趕緊說：「秦姑娘，妳看我兄長們提議如何？」

辦酒廠？當然是最好的辦法，她只要分得一成利潤，那麼這一輩子的小康生活是不用愁了。

只是開酒廠，勢必要與姜承宣糾纏一輩子。

秦曼沒有正面回答，而是說：「秦曼來這裡受到了幾位大哥的照顧，你們看得中這酒，也是它的福氣，不要談什麼銀子，雖然小女子很窮，但也不能用它來換你們的銀子。如果你們真喜歡，就把穀子送過來，要蒸多少都跟凌叔說。」

雖然秦姑娘沒有同意開酒廠很可惜，可是能幫忙釀酒他們也滿足了。

劉虎最直接。「那劉虎就不客氣了，秦姑娘，明天我就送穀子來。」

秦曼立即阻止說：「劉大哥可不能著急，現在不是釀酒的最好時候。」

王漢勇追問：「那什麼時候最好？」

秦曼告訴大家。「最好的蒸酒時間是重陽到冬至，到時候一定幫大家蒸上幾桶好酒過年。」

幾人高興得哈哈大笑，並稱讚弘瑞道：「瑞兒，你這個娘親撿得好！」

趙強逗著弘瑞說：「還是瑞兒功勞最大！」

姜承宣聽著大家的調笑，他並沒有去糾正，也沒有說話，他腦子裡一直回想著秦曼下午那張哭泣的臉。當時他站在地窖外，聽到秦曼那壓抑的哭聲，他是多麼想衝進去抱她、親她、安慰她！

姜承宣不知道為什麼自己一見那張想哭的臉便會心痛，見她沒幾兩肉的身子也心痛，這是從來都沒有過的心情，就是瑞兒的娘背叛自己，也只有憤怒，從來都沒這樣心痛過。

一個下午姜承宣的內心很複雜，他後悔自己說了過頭的話，但他並不後悔吻了她。

這天晚上，姜承宣歸咎於酒的原因，兩年來第一次大醉。

第二十章

幾個兄弟都發覺了姜承宣的異樣，只是秦曼沒出門，大家都看不到她，也沒機會打趣。

中秋節這天大夥兒都沒有下地，男人們上午都到鎮上去採購過中秋的物品，弘瑞也跟著去了。

秦曼帶著冬梅來到廚房，找張嫂要了點麵粉、雞蛋、精糖、豬油和瘦肉等，再找出了早上留下的牛奶，她想做幾個前世記憶中的中秋月餅。

鮮肉餅用土辦法做，但煎時要小火慢煎，而且要隨時翻面。

張嫂看著秦曼做著奇怪的餅，問她是什麼，秦曼笑著告訴她說是想做一種新的月餅，自己沒做過，只想試試。當第一批四個小月餅做好後，香味四溢，引得張嫂口水直流。

秦曼拿了一個給張嫂試吃，張嫂邊吹邊張嘴咬著，兩口就把它吃下，並讚賞道：「秦姑娘，妳這月餅真好吃！」

冬梅也饞得嚥了嚥口水，秦曼只給她兩個，不讓她多吃，怕上火。她狼吞虎嚥的把餅吃完，直呼好吃。她打心眼裡佩服姑娘，人又好又能幹，能跟著姑娘，自己真走運。

一個上午，秦曼做了五十幾個小月餅，這種餅很香，但熱量很高，不宜多吃，她自己也只嚐了一個。

秦曼給張嫂兩個，又拿四個裝在盤子裡，餘下的她裝進小罈裡封好，留著晚上賞月吃。

大家在申時都過來了，一起在二進院子的大廳內喝茶。

上半年採的綠茶，凌叔按秦曼的方法保存得很好，在大家的要求下，秦曼給每人都泡了一杯。劉虎媳婦快生了，趙強媳婦也有了，就沒讓她們喝茶，改泡蜂蜜水。桌子上擺滿茶點和水果，幾個男人都在認真的品茶。

看著表情平淡得有點過頭的秦曼，蘭令修沒話找話問：「秦姑娘，妳這茶怎麼還和剛炒出來一樣香？」

既然不準備營生，也就不需要過度保密。秦曼朝蘭令修淡淡一笑，邊泡茶邊指點說：「這茶放在乾燥陰冷的地方保存，到明年也還是這麼香。」

生怕問多了讓人為難，蘭令修又說：「還得秦姑娘泡茶的手藝，才能泡出這麼好的茶來。」

一旁的王漢勇笑著說：「秦姑娘，雖然我這大老粗不懂妳這茶道，可是我喝著了妳這茶，別的茶我都喝不下去了。」

蘭令修也說：「是呀，這茶的味道真的讓人回味無窮。」

「你們誇獎了。」

認識半年之久，秦曼的個性幾家人也了解，於是劉虎開玩笑說：「所以說瑞兒這娘親撿得好。」

趙強也笑著說：「瑞兒真是我們的福星，隨便一撿就撿了個寶貝回來，秦姑娘這手藝可不是人人都有的。」

來弟最直接。「瑞兒，不要叫曼姨，叫娘親算了。我看秦妹子長得天仙似的，配給大哥也不吃虧。」

小莉湊熱鬧。「就是，反正大哥未婚，秦姑娘也未嫁，再說兩人都是人中龍鳳，配著也合適。」

梅花笑著說：「你們莫要亂說，秦姑娘要不好意思了。」

秦曼臉色一沈。「各位嫂子請別取笑我，我秦曼什麼都沒有，但我有自尊和骨氣，這一生我寧願做老姑子，也不會給人做妾。」

蘭令修聽了秦曼的話，認真的盯著她看了很久，他想不到如此一個小小女子，能說出如此決裂的話來。

他已經道過歉，為何還要在兄弟面前讓他覺得難堪？自小就在別人奉承中長大的姜承宣聽了她的話，禁不住火氣旺了。「不想做妾？難道妳想當主母？妳也不掂掂自己的分量。」

這男人真的自以為是二世祖？秦曼冰冷的說：「姜家的主母你以為人人都稀罕？姜少爺，請您別侮辱我。」

幾個人都被秦曼這冰冷的話震懾住了！來弟難為情的說：「秦姑娘，我是開玩笑的，平時跟妳沒大沒小慣了，所以一時嘴碎，別怪嫂子啊。」

秦曼正色的說：「我知道嫂子不把我當外人，我不會記在心上的。雖然我嫁過人，可我還是個姑娘家，有些話真的不合適放在我身上來說，我秦曼還沒有到那種死皮賴臉要嫁人的地步。」

大家都沒有接腔，剛才確實是玩笑開過頭，畢竟這秦姑娘不是他們這一夥人，歷來就沒大沒小的。

一陣急促的腳步聲，夾雜著一聲嗚咽聲傳來，眾人面面相覷，這又出什麼事了？

正當眾人疑惑時，李琳面帶悲色、雙眸含淚走了進來，大家不約而同的看著哭泣的李琳，不知道她發生了什麼事情。

一見李琳進來，姜承宣起身走出去，急著問道：「琳兒，怎麼了？」

李琳一下撲在姜承宣的懷裡，悲戚的哭著說：「承宣哥哥，琳兒的玉釵不見了。這可怎麼辦？那是哥哥留給琳兒唯一的東西。」

「玉釵不見了？會不會留在蘭府沒帶回來？」姜承宣問道。

「不會，回來的那天琳兒插在頭上的，那天回到家，下車時令修哥哥還幫我插緊了一下。」李琳說完就看著蘭令修。

蘭令修回想了一下，那天琳兒跳下車的時候，髮釵鬆了，他確實是幫她再插緊了一次。

那支釵是李二哥留給琳兒的遺物，臨死前交到他們手上，說這是琳兒的娘留下的，是與琳兒聯繫的唯一信物，他們幾個人都很熟悉這支釵。

因此蘭令修肯定的說：「大哥，琳兒那天確實是插了那支釵的，一定帶回來了。」

姜承宣聽蘭令修這麼說，便不再猜測玉釵是否落在蘭家。只是這幾天她哪裡也沒有去，怎麼會不見了？

姜承宣便又問道：「琳兒記得什麼時候妳的釵還在，又是什麼時候發現它不見了？」

「琳兒今天早上還見玉釵在梳妝盒裡，剛才起來想戴它才發現不見了。今天是中秋團圓的日子，我想把娘親留下的唯一東西戴上，這樣就好比娘親和哥哥都陪著琳兒一樣。」李琳在姜承宣懷裡哭得梨花帶雨，嬌柔得讓人看了心生憐憫。

大家都勸說：「琳兒別哭，先到妳的院子裡找找，再想想今天有哪些人到過妳院子裡，一定能找到的。」

李琳抬起淚汪汪的眼睛對著大家說：「哥哥、嫂嫂們，今兒一大早琳兒就帶著香米和承宣哥哥、令修哥哥去了鎮上，中午時分才回來。吃了午飯就午睡，香米守在院子裡，下午一直是沒有人來的。」

姜承宣問：「掃地的婆子呢？」

李琳哭著說：「今天上午兩位掃地的婆婆，在我出門前就打掃好了，那時髮釵還在，我出門時還有看見，但怕出門戴著掉了，所以特意沒有戴它。怎麼辦，承宣哥哥，髮釵不見，我怎麼對得起哥哥和娘親！」

姜承宣見李琳這麼說，並且很難過的樣子，因此跟凌叔和凌嬸說：「奶娘，妳帶著幾個丫頭把幾個院子都搜查一下，我們都去幫忙找找。」

吩咐下去後，幾個大男人都去了，秦曼和三位夫人則留在大廳裡。

秦曼本想回房間，可是來弟拉著她的手說：「秦姑娘，我這人就是有嘴無心的粗魯女人，剛才的事妳可不要放在心上。我們這幫人，自從嫁給他們後，家中無長輩約束，就開始放肆，說話也沒了分寸，對不起呀。」

聽來弟這麼一說，秦曼倒不好意思走了，要不然她準以為自己真的生氣了。畢竟是主家的客，自己這傭人，要是太過托大了，怕是會讓人為難，順帶讓自己也住不下去了。

秦曼輕輕搖搖頭。「三嫂其實是個痛快人，直來直去，也沒有花花腸子。妳真的不用這樣，我哪會真的生氣，只是說的幾句氣話而已，說過也就算了。」

她確實是不必生氣，自己一生氣，豈不是證明她真的在意姜承宣的妻位嗎？

來弟笑著說：「我就是喜歡秦姑娘這大方直接的性格，今天是中秋節，聽說妳做了好吃的月餅，我們都等著嚐嚐好味道呢。」

為了緩和氣氛，小莉趕緊說：「是呀，秦姑娘，我們一進門，瑞兒就跟我們炫耀了，一會兒我得多吃幾個。」

秦曼一聽她說要多吃，立即對她說：「劉四嫂，不是我小氣，只是您這大肚子，可不能多吃。」

小莉不解的問：「為什麼不能多吃？」

秦曼說：「這餅是剛烙好的，很容易上火。」

小莉嘆息一聲說：「真是太可惜了，我只聽瑞兒說就開始饞了。」

小莉的肚子已經很大，還沒有懷上的來弟羨慕的說道：「四弟妹，妳這肚子這麼大，不會是雙胞胎吧？」

小莉很害羞的說：「三嫂，不是的，大夫說是小子，長得很快呢。」

來弟又問梅花。「五弟妹，妳有三個月了吧？」

梅花有點不好意思。「嗯，三嫂，有三個半月了。昨天大夫來看過，說胎象很穩，強哥今天才同意帶我來大哥家。」說著摸了摸自己的肚子，一臉初為人母的幸福。

來弟臉色一暗，大家都差不多時間成家的，她們都懷上了，怎麼就自己懷不上呢？

見來弟難過的神色，小莉和梅花都勸道：「三嫂，妳別擔心，會懷上的，妳和三哥都是這麼好的人，身體也很好，懷上是早晚的事。你們成親也不到一年，哪裡會懷不上呢？秦姑娘，妳才學好，書上一定也是這麼說的吧？」

秦曼原本聽見是有關懷孕的話題，她並沒有插嘴。自己兩世都沒有生過孩子，只是小舅媽懷小表弟時，才從大人們的談話間，對懷孕的事一知半解。

秦曼不好不答。「嫂嫂們，秦曼對這方面確實沒有什麼經驗。我爹死後，我娘為了養活我和弟弟改嫁給我繼父，也是近三年才懷上我二弟，我想王三嫂一定能懷上小寶寶的，別擔心。劉四嫂的小寶寶在肚子裡長得很好，但是要記得每天多運動，聽說生第一胎會有點難，我娘說生我的時候生了兩天一夜才生下來。」

劉虎夫人一聽多走動，生寶寶就容易，立即道：「那從明天開始我要多走動走動。喔，不，今天晚上我就走回去。」

小莉個子長得嬌小，肚子卻有點大，秦曼想如果她不多運動的話，可能會難產，古代這醫療技術可真是女人生孩子鬼門關走一回，因此好意提醒她。

幾個女人正在繼續談論著孩子的話題，其他三個女人都沒唸過書，因此對有才學的秦曼十分佩服。

幾人正談得熱鬧，去搜院子的人已一一回來。

琳兒拉著姜承宣的衣服一起來到大廳，隨後大家也跟了進來。秦曼抬頭看了看大家，立即起身重新泡茶。

忽然她發現大夥兒看她的眼神很奇怪，正在疑惑中，就見冬梅快步走到姜承宣的面前跪下。「少爺，那包裹確實是姑娘的，但奴婢用性命保證，那支釵絕不是姑娘拿的！」

李琳輕輕的拭著眼淚，拉了拉姜承宣的袖子說：「承宣哥哥，琳兒的髮釵找到了就不要怪冬梅了，她一個小丫鬟不敢故意去偷髮釵的，可能是琳兒不小心弄掉了，冬梅撿到的。不要怪她，也不要怪秦姑娘，秦姑娘肯定根本不知道這件事。」

「少爺，冬梅沒有撿到釵，更沒有拿李姑娘的釵，請少爺明查。」冬梅一個勁兒的磕頭。

「那妳說，我姑娘的髮釵是怎麼跑到妳姑娘的包袱裡去的？不是妳撿的，又不是妳偷的，難道是妳姑娘拿的？」香米氣憤的指著冬梅說。

姜承宣一句話也沒有說，由著冬梅在他面前磕著頭。眼睛死死的盯著秦曼，他不相信秦曼會偷琳兒的髮釵，雖然這支釵確實很值錢。

秦曼見姜承宣一直盯著她，又見冬梅一個勁兒的給姜承宣磕頭，聽了半天才知道，原來大家認為這髮釵是她偷的？

「冬梅，妳起來，既然妳沒撿、沒偷，妳磕什麼頭？」秦曼見冬梅頭都磕青了。

「承宣哥哥，你不要怪她們兩個。就算我知道秦曼姊姊手頭很緊，但琳兒也還是相信她的人品，她是絕不會拿琳兒的髮釵的。話又說回來，就算是她一時糊塗拿的也沒關係，她對瑞兒這麼好，拿我一支髮釵又有什麼要緊？只是這支釵意義太大，我不能沒有它，所以要找回來。你不要生氣，髮釵反正找著了。」李琳一副很寬容大度的模樣。

秦曼瞄了李琳一眼，心想這古代的女人還真能演戲，如果放在現代，李琳就是一個演技派天后。

姜承宣看秦曼那副不理不睬的樣子，突然覺得秦曼的鎮定，讓他很不舒服，他故意冷冷的問：「秦姑娘今天一上午都沒有離開過妳的院子嗎？」

「離開過。怎麼了？你的意思是懷疑我偷了李姑娘的髮釵？」秦曼態度很不好的反問。

「妳去過哪裡？有沒有人能證明？」姜承宣又問。

「你是官老爺，審問犯人嗎？」秦曼沈著臉回問。

「琳兒的釵丟了，在妳的包袱裡找到了，妳就不用解釋一下？」姜承宣被秦曼的態度氣到，於是故意冷冷的問。

「除了天知道，還有就是鬼知道，我如何能解釋。」秦曼也冷冷的回答。

見氣氛有點僵，蘭令修急忙打圓場。「秦姑娘，不要怪大哥，他只是想弄清楚到底是怎麼回事，沒有審問妳的意思。好了，大哥，髮釵已找到，琳兒也不怪罪，就算了。」

冬梅今天一直跟著秦曼，見秦曼不解釋，急得直叫：「姑娘，今天上午妳去了哪裡，張嫂和我都可以作證的！妳為什麼不解釋？妳不是會拿別人東西的人。」

見冬梅一副急切護主的樣子，秦曼傲慢的看了姜承宣一眼，然後再看看李琳才說：「君子坦蕩蕩，小人長戚戚，我坦蕩蕩是要解釋什麼。不過，李姑娘，我秦曼要告訴妳的是，妳這支釵就算是送給我，我也怕髒了手！冬梅，我們回院子。」

秦曼的話，讓在座的人都一怔。

蘭令修攔住她說：「秦姑娘，真的不用生氣，大哥他是一時著急了。」

秦曼不屑的看了姜承宣一眼說：「這麼個小把戲我不相信你們看不穿，要真是不明白，請先去醒醒你們的腦子。」

她說完再也沒看眾人一眼，穿過庭院飄然而去。眾人看著秦曼離去的背影，都陷入沈思。

第二十一章

蘭令修靜靜的看了姜承宣一眼，發現他臉上並無異樣，深深的看了李琳一眼才說：「琳兒，以後可得把這麼重要的東西收好，東西找到了，別的就不用追究了。」

大家都聽出了蘭令修話中的意思，一齊看向李琳，李琳小臉脹得通紅，她懊惱的低下頭，最後訕訕的說：「令修哥哥，琳兒知道了，以後不會亂扔東西的。」

來弟見小姑娘很不自在，於是笑著說：「老六，琳兒還小呢，孩子總是有不小心的時候。琳兒妹妹，去把東西放好，來跟嫂嫂們喝茶怎麼樣？」

小莉挺著個大肚子，拉著李琳的手說：「琳兒妹妹，要不坐在四嫂的身邊？」

王漢勇比較直接。「好了，這事就過去了。就是場誤會是不？來，琳兒泡杯茶給三哥喝。」

秦曼回到房間裡，冬梅還在說著——「姑娘，您怎麼這麼硬氣呀！這可怎麼辦？主子都生氣了，會不會對姑娘不利？」

秦曼看著額頭都青了的冬梅還在為自己擔心，她拉著冬梅坐在桌子前。「好了，小丫頭，主子要對我不利，也不是妳能操心的。此處不留爺，自有留爺處，我有手有腳，總能找到活兒幹的。」

冬梅聽了秦曼這句話，噗哧一聲笑了。「您可是個姑娘呢，哪是什麼爺不爺的。」

秦曼也被冬梅的話逗笑了。「好了，就妳小丫頭弄得清。去吧，打水把臉洗乾淨，以後可不要這麼傻傻的用力磕頭，磕痛了也沒人心疼。」

冬梅一臉淚痕，噘著嘴說：「只有您才這麼的不在乎，不把這事當作一回事。好在這家主子還算好的，以前我們村裡有一個做下人的，被人發現偷了主子的東西，都給活活打死了呢！」

秦曼一怔，方才想起這是古代，沒有人權的古代。她內心嘆息一聲，越發堅定，要掙點銀子，為自己將來早點打算。

兩人在房間裡談了半個時辰，秦曼想明白了，畢竟是寄人籬下的生活，不可能隨心所欲，今天李琳的行為，在秦曼看來，那簡直是侮辱自己。

酉時過半，太陽已完全下了山，一輪明月從東邊昇起，格外圓亮。

今天是萬家團圓的日子，雖然不是她秦曼團圓的日子，她一個雇工，總不能真的坐著等吃。

來了廚房幫忙一下午，直到飯菜上桌，秦曼把上午做的月餅裝在盤子裡，另外又給冬梅拿了幾個放在她手上，才帶著她回自己的院子裡。

眾人在姜承宣的指揮下把桌子擺在了院子的花園裡，主桌上坐了姜承宣的兄弟和夫人，李琳坐在姜承宣的右邊，接著是蘭令修、王漢勇夫婦、趙強夫婦、劉虎夫婦、賀青、李亮，再來就是老關等三人。

下桌坐了凌叔、凌嬸、張嫂等幾家帶來的僕人，兩桌滿滿的人，但院子裡並不是太熱鬧。

弘瑞洗好手跑出來說：「曼姨、曼姨，我要吃妳做的餅，冬梅說是最好吃的月餅。」

他爬上凳子一看，不見秦曼，大聲問：「爹爹，曼姨呢？快叫她來，我要吃她做的月餅。」

大夥兒都看著姜承宣沒有開口。下午發生的事，大家都心裡有數，整個姜家加上客人，就秦曼主僕沒有在座，但主人沒說什麼，他們也不好開口。

姜承宣見弘瑞問起秦曼就說：「她不舒服，沒有出來。」

弘瑞爬下座位就要走。「爹爹，瑞兒去看曼姨。」

姜承宣喝斥他。「不許去！叔叔、嬸嬸們都在等你一塊兒過節。」

弘瑞脾氣一倔。「我不要跟你們過節，我要跟曼姨過節。」

這孩子還真是，連老子的話都不聽了？姜承宣臉一黑。「過來，老實的坐在我身邊。」

弘瑞小腦袋一扭。「不要！爹爹臭臭，曼姨香香。」

劉虎「噗」的一聲，差點把口中的茶水給噴出來。「瑞兒你爹爹哪裡臭臭的？」

弘瑞歪頭一想。「嘴巴，昨天晚上好臭。」

姜承宣臉色一窘。「叫你過來你還多事，再不來，小心我揍你。」

弘瑞嘴一癟。「我不要，我要香香的曼姨，不要臭臭的爹爹。」

蘭令修再也忍不住了。「弘瑞，你太有意思了。那你曼姨就哪裡香了？」

弘瑞臉一扭。「我不告訴你。」

姜承宣見兒子不依不饒，又是難得過節，弄得他哭也不好。只得對凌嬸說：「奶娘，通知秦姑娘來吃晚飯，就說瑞兒要她照顧。」

凌嬸也知道下午發生的事，可她相信秦曼，雖然只接觸幾個月，但她知道憑這孩子的聰明與善良，是不會做這種蠢事的。

今天晚飯前，她偷偷的裝了好多好吃的，叫冬梅送過去，她也不想讓秦曼感覺尷尬。

聽到姜承宣這麼吩咐，凌嬸只得說：「是，少爺，老奴馬上去。小少爺您在這兒等著啊。」

弘瑞說：「凌奶奶，您快去。」

凌嬸親自來到院子裡，她見秦曼主僕正準備洗手用餐，凌嬸委婉的說：「曼兒，小少爺鬧著要妳，所以少爺請妳一起去過節，順便照顧小少爺。」

秦曼知道姜承宣肯定不是打從心底願意跟她一塊兒過節，可是人在屋簷下，不得不低頭，她在自己契約沒滿之前，只得忍了。

秦曼帶著冬梅來到大院裡，見大桌子上並沒有空位，就叫冬梅跟凌嬸去下桌，自己則站在弘瑞的身邊，準備侍候他吃飯。

「洪平，再加一張凳子在弘瑞身邊。」姜承宣沈著臉叫道。

秦曼客氣而疏遠的說：「謝謝姜爺，不用了，一個下人哪有與主人坐一塊兒吃飯的規矩。」

姜承宣臉色一變。「既然知道是下人，就應該聽主人的安排，那才是知規矩。」

聞言，秦曼低著頭挨著弘瑞坐下，一言不發。

等眾人坐定，下人先給大家倒滿酒，便退到下桌，蘭令修帶頭舉起酒杯道：「今天是中秋節，是個團圓的日子。十年來，我們幾個兄弟只要條件允許，都會在一起過節，以後我們有機會還是要一起過。大哥、三哥、四哥、五哥及各位嫂子，借大哥的好酒，令修先敬大家一杯，祝大家事事如意。」

說完蘭令修帶頭一口乾杯，秦曼見所有人都乾了，怕蘭令修說她看不起他，拿起碗一乾而盡。

秦曼碗中的酒是前不久凌嬸做的甜酒，味道很不錯，這酒喝的當下並不會倒，只會讓人頭腦有點暈沈，所以她全喝光了。

秦曼一邊照顧弘瑞，一邊冷漠的自己吃著，根本沒有說半句話，彷彿這只是別人的中秋節。

來弟很喜歡文氣優雅的秦曼，於是故意找話。「秦妹妹，聽我當家的說，妳昨天做出了好酒呢。」

秦曼淡淡回道：「也談不上什麼好酒，是王三爺說得好罷了。」

王漢勇怪叫：「秦姑娘，這可不是王三哥我吹的，妳這酒確實是好呀！只是我媳婦不會喝，要是她能喝，她也會叫好。老四，你說我說得對不對？」

劉虎會意，接著說：「三哥沒說錯。秦姑娘妳已答應給我們釀幾罈，可不能反悔。」

秦曼強行扯了個笑臉。「劉四爺您放心，秦曼雖然是個女子，但是說出的話潑出的水這個道理還是懂的。」

小莉笑著說：「看來認字的人就是不一樣，秦妹妹一開口，就是出口成章。」

見大家都在圍著秦曼轉，李琳不服氣了，她穩定自己的心情後，嬌嬌柔柔的開口。「秦姊姊，今天是琳兒魯莽，讓姊姊不開心，琳兒在這裡賠罪，敬姊姊一杯，請姊姊別生氣。琳兒喝光，姊姊隨意。」說著一乾而盡。

秦曼根本不想理她，這種陷害人的手法，她小學時候就全見識過了，加上看過多少年的宅鬥、宮鬥文，她這種小兒科的伎倆還真上不了檯面。

王漢勇見秦曼沒有喝，便勸道：「秦姑娘，妳就喝了吧，琳兒年紀小，有什麼做得不對，請妳原諒她。她是我們的小妹妹，有時候可能性子有點急，妳莫見怪。」

蘭令修沒有開口，他靜靜的看著秦曼，月光下的秦曼，穿著淡粉的長裙，梳著簡單的雙髻，耳邊飄垂著幾綹青絲，無一飾物，喝過酒的臉孔在月光下熠熠生輝，彷彿仙子下凡不食人間煙火，讓人覺得不把她抓住就要升天似的。

蘭令修突然有一種想把她摟進懷裡的感覺。他甩了甩頭，這種感覺不大好，看來是酒太好了，自己喝多了，要不怎麼會對只見過幾次面的秦姑娘有如此想法！

秦曼看看眾人的神情，她知道就算這幫人對自己沒惡意，可也不會有什麼情意。李琳是他們生死兄弟的妹妹，她做的事再出格，以這群漢子的義氣也會護著她。

知道這酒不喝不行，於是輕輕端起酒杯一口喝完，默默的把酒杯擺在桌上。

大家見秦曼給面子，便又高興的喝起來。

弘瑞可不懂這些，只顧著要這、要那的，秦曼轉身拿個自己做的月餅給弘瑞，吃得弘瑞直嚷嚷還要。可秦曼知道他今晚吃得有點多，於是哄著他，明天給他做更好吃的，這才作罷。

大家見弘瑞說月餅真好吃，都搶著吃了一個。李琳見了心中一哼，這女人就會弄這些下賤人做的東西來引人注意，她眼珠一轉，立即站了起來。

李琳溫柔有禮的對著眾人行了一禮，開口叫道：「眾位哥哥，琳兒這幾個月一直在令修哥哥家，學習禮儀規矩和各種才藝。琳兒學了一支新曲子，想彈給哥哥們聽，不知是否能讓妹妹獻醜？」

一聽琳兒要給大家彈琴，雖然都是一群不識韻曲的粗人，但是琳兒彈的，不管能不能聽得懂，大家都一起應聲說好。

琳兒見承宣哥哥及其他兄長都看著她，興奮極了，叫香米把準備好的古琴擺好，洗手焚香，彈起〈春江花月〉這首新曲。

一曲彈完，大家鼓掌叫好，弘瑞在李琳的帶動下，大聲叫道：「我會吟詩。」

大家齊聲笑道：「好，歡迎瑞兒吟詩。」

弘瑞放下手中的吃食，站在凳子上。「床前明月光，疑是地上霜。舉頭望明月，低頭思故鄉。」

姜承宣和蘭令修都很訝異，這首詩寫得太好了，這是哪位名人的？這麼好的詩，自己怎麼沒聽過呢？

還沒等大家反應過來，弘瑞溜下凳子，擺了一個白鶴亮翅的姿勢，小嘴唱道：「臥似一張弓，站似一棵松，不動不搖坐如鐘，走路一陣風。」這麼幾句從慢到快，越唱越來勁。

這幫人從來沒有聽過這種唱法的歌，等弘瑞唱完，歡聲雷動。

李琳見弘瑞搶了她的風頭，氣得恨不得敲他兩下，可她還真不敢，除非自己找死。

李琳尋思著怎麼能扳回一城，眼珠一轉開口說：「瑞兒你真棒！瑞兒你學的東西都是秦姊姊教的嗎？」

弘瑞驕傲的說：「那當然，我曼姨最厲害。」

李琳笑著問：「秦姊姊也彈唱一首曲子，給大家開開眼界行不？好讓琳兒也能見識見識。我們大家都知道秦姊姊很有才氣，哥哥、嫂嫂們，你們是不是也想聽呀？」

梅花笑咪咪的說：「是呀，每次我家爺都誇秦姑娘聰明，說把瑞兒教得很好，還說等我們的孩子生下來，也要請秦姑娘教導。」

小莉說：「弟妹這話沒說假，我家爺也老誇秦姑娘，我雖然只見過秦姑娘幾次，可是我覺得，我家爺說得真沒錯。」

王、趙、劉三個雖然讀書不多，但也不是文俗不通的漢子，李琳的話，引起了大家的興趣，蘭令修更是好奇，想知道秦曼還會些什麼。

秦曼已喝了三碗酒，有點不勝酒力，聽李琳要她彈琴唱歌，冷冷的掃了她一眼。「李姑娘是京城的大家閨秀出身，我這等村姑哪能與妳相比，我就不出來丟人現眼。對不起各位，秦曼酒喝過頭，請恕我不奉陪了。」

姜承宣本想說什麼，但最終還是沒說，只開口吩咐道：「張嫂，把秦姑娘扶下去，冬梅跟著下去侍候妳家姑娘。」

「是，少爺。」兩個人立即聽從姜承宣的吩咐，小心的扶著昏沈沈的秦曼回房。

李琳看著姜承宣沒有表情的臉，終於放心的笑了。承宣哥哥不喜歡這秦姑娘，還是喜歡她的。

第二十二章

時間已近亥時，明亮的月光灑在大地上，也照亮了窗臺。

姜承宣愣愣的躺在床上，他晚上喝了不少的酒，但他沒能把自己灌醉。他強迫自己不去想秦曼的樣子，可是越不讓自己去想，秦曼的身影愈加清晰。

他知道今天他又傷了她，可是她為什麼非得在他面前這麼驕傲？對著別人都笑得那麼溫柔，她就不能溫柔點對他嗎？

回想著她冰冷的眼神，心底一陣陣疼痛襲來，姜承宣用手輕摸著心臟的位置，從什麼時候開始有這種心痛的感覺了？連他自己都無法釐清。

想起秦曼，姜承宣就惱火，心想——壞丫頭，小小年紀脾氣這麼大，為什麼要跟我作對？就不知道服軟、說點好話嗎？真是想氣死我！

姜承宣再也睡不著，他乾脆從床上爬起來。本不想去看她，可雙腳不由自主的就往秦曼的院子裡走去。

來到院門口，他看了看漆黑的小院，腦中有一個聲音在叫他進去。實在忍不住了，姜承宣立即運了氣，躍上牆頭飛身進了院子，他來到秦曼房間的窗戶下，輕輕推開窗門翻身而入，伸手點了睡在碧紗廚裡的冬梅的睡穴後，才走到秦曼的床前。

皎潔的月光照在秦曼的臉上，小嘴還微翹著，臉上沒有了冷漠，彷彿一個孩子般可愛。姜承宣站在床邊看著她，見她睡得並不安穩，小嘴裡不停的在嚷著什麼。

被子已滑下靠在秦曼的腰邊，姜承宣發現她穿了一件怪怪的睡衣，那睡衣此時也只是鬆垮的搭在她身上，半個胸部露在外面，如豆丁似的葡萄在睡衣下忽隱忽現，相當誘人。

這幅睡美圖看得姜承宣直嚥口水，小腹一陣燥熱。他實在是情不自禁，輕輕彎下腰把秦曼抱在懷裡坐在床邊，突然秦曼嘴裡吐出一句——「滾開！你這禍根還敢跑到我這裡來，誰稀罕你了？可笑的李琳，就妳這手段還來誣陷我？不是姊瞧不起妳，實在是妳段數太低……走開……一群渾蛋……」

看見秦曼胡亂的揮舞雙手，姜承宣嚇了一跳，以為秦曼醒了，急忙準備飛躍出窗。可再仔細一看，秦曼根本眼都沒睜開，轉眼又沒了動靜，看來是在說夢話，讓姜承宣哭笑不得。

姜承宣皺皺眉頭。這女人，以後不能讓她再喝了，上次喝兩碗酒就半夜起來唱歌，今天喝三碗更過分，竟發起酒瘋！

姜承宣完全忘記問自己有什麼權力去管秦曼，他也沒有空去想他對秦曼到底是一種什麼樣的心情，此時的他只是癡癡的看著熟睡中的她，情不自禁的伸出手指，指腹輕輕撫摸著她長長的睫毛、筆挺的鼻尖、粉嫩的臉頰、鮮豔的紅唇、迷人的鎖骨、豐滿的雙峰……

姜承宣見秦曼這嬌媚的樣子，再也控制不住，霸道的吻上那又開始喋喋不休的小嘴！姜承宣完全一副採花大盜的樣子，大手在秦曼那尖挺的雙峰來回滑動。小嘴的清甜、雙峰的柔軟、撲鼻的女人香味，讓他更加不能自拔，他用力的把秦曼緊緊抱在胸前，直想把她揉入自己的體內。

秦曼一時不能呼吸，扭開了頭，手不停的敲打著姜承宣的胸前嚷道：「姜承宣，你就是個渾蛋……我恨你……不，你不配我恨……我為何要恨你，恨一個與我無關之人？不恨，不配……」

她恨我？我不配她恨？姜承宣靜靜的抱著秦曼，腦子裡一直反覆的迴蕩著她說過的話。望著沈睡的秦曼，姜承宣心堵得厲害，為什麼，為什麼他對這個女人厭惡不起來？為什麼，為什麼只要一看她朝別人笑，他就不舒服？為什麼一看到她受了委屈，他就無法入眠？

他肯定是中邪了，她定是在他身上下了蠱。

就這樣認為她對自己下了蠱會不會容易些？姜承宣害怕再一次愛上背叛自己的女人。

姜承宣戀戀不捨的放下懷裡的秦曼，靜靜的看著床上的她想了許久。

眼見天色更晚了，他輕輕的撩好她的睡衣，給她蓋上被子，隨後退到碧紗廚邊解了冬梅的睡穴後，才翻窗而出回到自己的床上。

在姜承宣回到臥室的時候，蘭令修一身落寞的輕輕退回了客房。原本昨天晚上酒喝得多了，他很久沒有喝得這麼醉，這穀酒真的很冽、很香、很醇，這釀酒的女子也讓他離不開眼。

看著那一道飛身而出的熟悉身影，蘭令修在內心苦笑，看來自己去遲了，大哥並不是真的不在意秦姑娘。

月亮落下，太陽昇起，新的一天又來臨。

中秋節後，隔天一大早，一匹快馬來到了姜家門前。姜承宣與蘭令修接到報信後，馬上返回書房。一個時辰後，蘭令修出發回了並州城，也帶走李琳主僕。

蘭令修出發後，吃過飯，姜承宣沒有跟大家一起到趙強家幫忙，而是留在書房裡處理早上快馬送來的消息。

秦曼早上起來有點頭痛，冬梅關心的問：「姑娘，您不舒服嗎？」

秦曼說：「我這頭還昏昏沈沈的。昨天晚上我喝多了？」

冬梅回她。「姑娘，昨晚是張嫂和奴婢扶您回房的。」

秦曼大吃一驚。「我醉得那麼厲害？冬梅，妳快告訴我，昨天晚上我有沒有亂來？」

冬梅趕緊說：「李姑娘要您彈琴，少爺見您走路都不穩了，就讓張嫂和奴婢送您回來休息。」

沒發酒瘋就好，秦曼頓時鬆口氣。

吃過早飯，秦曼教弘瑞幾個字，叫茶花侍候著，她準備再去睡個回籠覺。

「曼姨，我寫好字了，妳來看瑞兒寫得好不好？」醒來時頭痛已減輕許多，聽見弘瑞說字寫好了，便起了床。

秦曼拍拍他的小腦袋說：「弘瑞最棒！來，獎賞你一個蘋果。」

弘瑞噘噘嘴，搖了搖頭不要吃。然後說：「曼姨，我要吃昨天妳做的月餅。」

昨天做的月餅，小傢伙吃了好幾個，那東西火氣太重，這秋高氣爽的天氣，本就秋燥，再多吃這種火旺的食品，對身體可不好。而且孩子都不愛吃水果，所以這東西就更不能每天都吃。

現代孩子不愛吃水果，但會吃水果做的一些東西，不過這裡沒辦法做。秦曼突然靈機一動，對弘瑞說：「弘瑞，那月餅如果每天吃，就會嘴痛。今天曼姨用水果做一種你沒吃過，但很好喝的湯，好不好？」

弘瑞站在院子裡不吭聲，秦曼蹲下來跟他說：「瑞兒最聰明聽話，要是吃多了上火的食物，小嘴巴就會生泡泡，那就什麼東西也不能吃了。」

弘瑞摟著秦曼的脖子委屈的說：「曼姨，昨天晚上的月餅都讓修叔叔搶著吃了，我沒吃多少。」

秦曼故意說：「哦？是這樣？那我們就讓修叔叔爛嘴去，讓他晚上痛得哎喲哎喲睡不著。」

弘瑞拍拍手說：「嗯，修叔叔爛嘴巴。」

秦曼又遊說他。「我們做好喝的湯不讓他知道好不好？」

弘瑞疑惑的問：「曼姨，那湯真的比月餅好？」

秦曼對他眨眨眼說：「一定好喝，相信曼姨。」

剛要出院子的姜承宣看到不遠處這親密的一幕，臉色複雜、心事重重的又返回了書房。

一聽是自己沒吃過的，又是好吃的，弘瑞不再堅持要月餅，點頭同意了。

秦曼帶著人到了廚房，張嫂在準備中飯，菜色不多，但都很精緻。今天除了她帶小孩子在家外，就剩姜承宣因為有事留在家。

秦曼說：「張嫂，妳這兒有水果嗎？」

張嫂說：「有呀。早上凌叔才剛買回來，爺今天在家，凌叔準備的東西很齊全。妳要什麼，老奴拿給妳。」

秦曼說：「我就要兩個蘋果、兩個梨子、兩個橘子和一點糖，還要一個小砂鍋。」

張嫂說：「行，我馬上拿來，小砂鍋就在爐子旁。」

秦曼在砂鍋裡裝了半鍋水，放在爐子上並蓋上蓋子，然後帶著弘瑞洗蘋果和剝橘子，剝好的橘子先放進砂鍋，她再把蘋果和梨切成一塊塊的小丁放進去又加了糖。

砂鍋裡已熱氣騰騰了，水果在砂鍋裡翻騰，弘瑞很有興趣，總湊近去看，秦曼怕他燙著，便拉他出去打冷水，說一會兒好拿來讓水果羹降溫用。

兩刻鐘後，秦曼把做好的水果羹倒了出來，試了試甜度，感覺味道合適，便放進盆裡的冷水中，還拿了個小碗，先倒了一點給弘瑞試味道。

這個時代的孩子哪裡有什麼飲料喝，果然，這水果新做法弘瑞很喜歡，小傢伙可新奇著。等水果羹完全涼了後，秦曼給弘瑞裝了一碗，他開心的喝了起來。

秦曼把多的裝在廚房的大碗裡，交代張嫂等中午吃飯時放在桌上，當弘瑞的飯後點心。

弘瑞喝完一碗後，還要再喝，秦曼見半個時辰後就要吃中飯，沒有同意，並再三保證留一大碗給他午飯後喝，他才戀戀不捨的離開廚房。

姜承宣回到書房後，他沈思了很久，才開始處理今天送來的信，根據信裡的情況，京城的事可能還沒有那麼快能處理好，他準備下午再把事情重新安排一下，然後叫人將信送回。

午飯時分，他來了小飯廳。昨天喝了不少的酒，加上根本沒有睡著，姜承宣感覺胃口不是很好。坐在桌旁，見桌上有一碗怪怪的湯，拿起來喝了幾口，發現酸酸甜甜的很開胃，便一口喝光了。

茶花帶著弘瑞來吃飯，弘瑞上了炕，左看右看，沒見著秦曼做的水果羹，便大聲叫著張嫂。「張嫂，我的水果羹呢？」

在遠處的張嫂慌忙走進來，急著說：「小少爺，老奴給您放在桌子上了呀！」

弘瑞又看了看，除了一桌子的菜，哪裡有他的水果羹？

姜承宣見弘瑞找什麼水果羹，忽然想起剛才喝的那怪湯，心想莫非是他剛才喝的那東西？

弘瑞見姜承宣面前有一個空碗，拿過來聞了，果然是水果羹的味道，「哇」的一聲哭了。「爹爹你把瑞兒的水果羹吃了，那是曼姨給瑞兒做的！」

姜承宣這才明白，自己把小傢伙的東西吃了，立刻對他說：「瑞兒乖，一會兒爹爹叫張嫂再給你做。」

弘瑞眼眶含著淚說：「張嫂不會做。」

張嫂見狀，緊張的對姜承宣說：「少爺，這是上午秦姑娘給小少爺做的，叫什麼水果羹，她說小少爺不愛吃水果，對身體不好，就做了這個給他吃。因為要吃中飯，上午只給他吃一小碗，說留一碗給他飯後用的。這個老奴沒有做過，不知能不能做得好。」

姜承宣一聽是秦曼做的，便只得對弘瑞說：「明天爹爹叫曼姨給你做兩大碗好不好？爹爹吃了你一碗，賠你兩碗。」

弘瑞一聽明天可以喝兩大碗，停止哭泣，抬起臉又道：「爹爹，那你叫曼姨再給我做月餅吃好不好？」

姜承宣又想起昨天晚上那特別的月餅，說實話，真的不錯。姜承宣不得不承認，秦曼的腦子確實跟一般女子不一樣，總是做出一些沒見過的新東西出來。

姜承宣知道自己昨天得罪了秦曼，她不一定會買自己帳，說來說去，姜承宣又有點懊惱，自己花銀子請的人，還不敢隨意吩咐，心裡就有點不舒服，可是不舒服也沒辦法，他又不能發脾氣。「爹爹要先問過你曼姨，但爹爹會好好跟她說，讓她答應給瑞兒做你想吃的好不好？」

弘瑞聽爹爹說會去叫曼姨做他想吃的，擦乾眼淚點頭答應了。「爹爹真是個好吃鬼，曼姨給我做的好吃的，被你給吃了。」

姜承宣臉頓時黑了，自己跟兒子搶吃的，這吃食還是秦曼做的。

秦曼進來的時候，弘瑞正在吃飯，他一見到秦曼就立即告狀。「曼姨，爹爹吃了我的水果羹。」

姜承宣尷尬的解釋。「我不知道是妳給瑞兒做的。」

秦曼非常疏遠的笑笑。「姜爺不必客氣，只是些粗食罷了。弘瑞乖，明天曼姨再給你做。」

弘瑞看看姜承宣，又叫了聲。「爹爹……」

姜承宣覺得秦曼這表情非常刺眼，可答應兒子的事總不能失言，於是他硬著頭皮看著秦曼說：「秦姑娘，瑞兒很喜歡妳做的月餅，有空再幫他做一次，好嗎？」

秦曼為難的說：「姜爺，不是秦曼不願意做，是因為……」

姜承宣見秦曼為難，以為很難做，於是再次用請求的口氣說：「我知道讓妳為難，只是我已經答應瑞兒，妳能不能再辛苦一次？」

主人已經很客氣了，作為雇工要有雇工的自覺，秦曼冷淡的點了頭。「姜爺不必太客氣，秦曼一定聽從吩咐。不過作為孩子的夫子，對孩子的身體健康成長有責任，所以我想說的是，這月餅油膩燥熱，對孩子來說，吃多了不大好。但孩子喜歡，我也不想潑他冷水，只不過有一個條件。」她轉眼看著弘瑞。「以後我們五天吃一次好不好？」

有得吃就好，弘瑞一聽，高興的跳起來。「太好了，以後有好吃的月餅可以吃了！」

孩子的笑臉柔軟了她的心，秦曼怕他摔下來，趕緊抱著他，接著又說：「不過一次不能多吃。」

弘瑞摟著秦曼的脖子甜甜的說：「瑞兒聽曼姨的話，一次只吃三個。」

姜承宣看著親密的兩人，心裡微微的醋意上湧，這兒子可從來沒有跟他這麼親密過；而眼前這個女人，竟然是正眼都不瞧他了。

第二十三章

秋收已經忙完，糧食進了倉，冬麥也播了下去。這段時間姜承宣沒有出門，八月底最後一天，蘭令修從並州城回來後，把事情都跟姜承宣彙報。

事情處理完後，蘭令修跟姜承宣說：「大哥，那天我帶的那一罈秦姑娘做的穀酒，回去給老太爺喝，喝得老太爺直誇好酒。」

姜承宣笑著說：「這下你可把你家老太爺哄高興了。」

蘭令修說：「我有一個想法，看能不能與秦姑娘打個商量，她這釀酒的法子雖不能賣給我們，那麼請她合夥如何？」

姜承宣近來每天晚上都要喝上二兩穀酒，那酒確實好，聽蘭令修這麼一說，眼睛冒出精光。的確，如果能把這酒做出來賣，恐怕會是龍慶國第一好酒。

「那天你們提出這個方法，她好似沒有同意。」

蘭令修知道自己這個大哥什麼事情都通透，可就在女人事上太過固執。明明對秦曼有好感，可他偏偏總惹得她生氣。

難道這兩人真的沒緣分？內心感嘆一聲才說：「可秦姑娘那天也沒有拒絕。這樣吧，我再找她談談如何？」

姜承宣深思許久才點頭。「那就辛苦老六了。」

蘭令修想法得到了姜承宣的認同，然後又把許多想法跟他商討，兩人商量了很久之後，他才去找秦曼。

「秦姑娘，妳的酒方子真的不能賣給我們？」

見蘭令修再度提起酒方子的事，秦曼故意想了想才說：「我知道你們想做穀酒生意，這確實是一門好生意，從古至今，酒是不可缺少的東西，而且這種高濃度的穀酒還真沒在市面上看過。不過對不起，蘭少爺，這方子以後就是我立命安身的根本，我不想賣。」

蘭令修知道會是這個結果，於是又說：「秦姑娘既然知道這方子是妳立命安身的根本，但妳這樣捂著不讓它生財，妳要如何立命安身呢？與我們合作吧，妳有這麼好的方子，而我們兄弟有好的後臺及人脈，如果妳願意，我們合作如何？」

合作？那正是她所想之事。

前幾天之所以沒有答應，是因為她怕與姜承宣糾纏太多。可這些天冷靜思考下來，秦曼覺得是自己太過在意了，人家對自己根本就是鄙視。如果不考慮感情的事，那麼與他們合作將是最好的結果。

蘭令修見秦曼沈默不語，有點急。「秦姑娘，我們兄弟以人格保證，妳只要願意與我們合作，我們絕不會欺負妳。」

這幫兄弟的義氣她是了解的，這幫男人也許不是當老公的最好人選，卻是當夥伴的最好人選。

若連溫飽都沒法解決，還去考量什麼愛情？心頭彷彿一亮，秦曼爽快的說：「蘭少爺如此誠懇，小女子莫不感激。既然你們看得起我，我也就直說了，我沒有成本，就用方子入股，分所得的利潤一成，你看是否可行？」

蘭令修頓時大喜。「秦姑娘，妳說的可是真的？」

秦曼鄭重的點點頭。「雖然我只是個女子，但也能做到君子一言快馬一鞭。蘭六爺，如果你能作得了主，我們可以簽契約。」

蘭令修心情極度興奮。「秦姑娘，雖然我可以作主，但是我還得與兄弟們說一聲。」

既是合夥生意，合夥人有好幾個，蘭令修一個就這樣拍板也是不可能，秦曼說：「那小女子恭候蘭六爺的消息。」

蘭令修得到秦曼的許可，匆匆的進了宣園。

「秦姑娘，妳看這樣寫是否可以？如果沒有意見的話，妳就簽上大名。」書房內蘭令修見秦曼看得很認真，便徵詢她的意見。

古代人還真有才，能把一個合約寫得這麼全面，還真不能讓人小瞧了。秦曼認真看完後點了點頭。「嗯，寫得很仔細，我沒什麼意見。」

說完秦曼簽上了自己的大名，不過簽完，再看看蘭令修、姜承宣的字後，臉有點紅，來到這裡半年，憑著原身的記憶和秦曼的努力，寫出來的字看著是不錯，可跟這兩人的字放在一塊兒，還真讓她不好意思。

蘭令修見秦曼小孩子似的動作，不由得笑了。「秦姑娘不用在意，妳拿手的東西，我和大哥可是望塵莫及。」

見秦曼點頭同意契約內容，姜承宣又寫了兩份，三個人都簽好名，蘭令修和姜承宣還蓋上了自己的私章，秦曼沒有這個東西，就按了手印，他們兩人也沒說什麼，各自收起一張。

收好契約後，蘭令修笑著說：「從此我們就是合作夥伴，妳也不要叫我們什麼蘭少爺、姜大爺；我們比妳年長好幾歲，就叫妳秦姑娘，以後妳叫他姜大哥，叫我蘭六哥，妳看這樣是不是合適？」蘭令修試著問秦曼。

秦曼早把心中那點情思給收拾乾淨，見蘭令修說得很客氣，便對二人鞠了躬。「姜大哥、蘭六哥，恭敬不如從命，以後請多多關照。」

姜承宣聽到她這一聲嬌脆的「姜大哥」三個字，他發現胸膛裡「啪」的一聲，彷彿有什麼東西碎了。

蘭令修見秦曼落落大方，心中很是讚賞，可一想起那天晚上姜承宣的舉動，心裡有了一絲煩悶。

調整自己的思緒，蘭令修又笑著說：「好，秦姑娘，妳說妳還有很多法子要說給我們聽，那妳覺得這個酒，我們應該做些什麼準備比較好？酒出來以後我們要怎麼裝才行？」

秦曼聽蘭令修馬上就開始進入正題，心中讚嘆真是做生意的料，一問就問到重點。既然成了夥伴也就不必太在意別的東西，不如以後就大大方方的和他相處。秦曼也開口說：「姜大哥，麻煩你先幫我準備一些宣紙，我先出去一下，馬上回來。」

蘭令修和姜承宣並沒有問她去做什麼，兩人按她的要求準備了宣紙和毛筆，不一會兒秦曼走進來，手上拿了幾根並未燒盡的木炭，並把一頭削得尖尖的。

秦曼來到桌前，把紙攤開，用手中的木炭在紙上畫了起來。原來她不大會用毛筆畫畫，她總算也有不會的東西了，兩人相視一笑，無聲的看著秦曼畫著形狀奇怪的瓶子。

沒一會兒，秦曼畫了幾個現代陶瓷做的酒瓶模樣，然後拿起手中的畫給蘭、姜兩人看。

姜承宣與蘭令修對視一眼，兩人一邊看、一邊想，這是裝酒的瓶子吧？從來沒見過這樣的瓶子，但很好看。

蘭令修問：「秦姑娘，這是酒瓶？」

秦曼見二人眼神帶著疑問，就解釋說：「這個是可以用來裝酒的酒器。目前酒鋪裡用的罈子倒酒很不方便，容易濺到桌上，我們要產的酒是烈酒，是要一口一口喝，不能一次喝一大碗的，但如果用小碗倒酒的話，酒會更浪費，所以我想用這樣的瓶子來裝酒。」

蘭令修又問：「那妳準備做多大的瓶子？」

秦曼想了想說：「我想一瓶子就裝一升酒。」

才裝一升酒？姜承宣問：「會不會太小？」

秦曼淡淡的問：「這種酒，你們一次可以喝多少？」

姜承宣一怔。「我沒試過，不過喝得讓自己舒服，一升大概也差不多了。老六你呢？」

蘭令修說：「我怕還喝不了這麼多呢。秦姑娘這樣問是什麼意思？」

秦曼又問：「這龍慶國人的酒量都很大嗎？」

蘭令修哈哈大笑著說：「哪會人人都酒量大，北邊的人愛喝酒的多，酒量相對都還行，南邊的人就差了。」

秦曼說：「那就跟我想的沒什麼差別了。」

姜承宣不知為什麼，看不得秦曼在蘭令修面前神采奕奕的樣子，於是他冷淡的問：「那妳說說看妳是怎麼想的，要是妳真能說出個道理，妳這一成利潤我們也不會覺得出得冤了。」

什麼？出得冤？秦曼內心被姜承宣的話噎得很不舒服，於是口氣也冷了許多。「要是姜爺真覺得冤，那這合約就作罷吧。小女子告辭，不耽誤兩位大少爺的時間。」

原本和諧熱鬧的氣氛，又因姜承宣的一句話陷入了僵局。

蘭令修哀嚎一聲。「大哥、秦姑娘，請莫意氣用事。」

姜承宣一怔，他不知道為什麼會說出這樣的話來，知道自己過分了，他改變口氣。「我不是捨不得這銀子，只是擔心她這想法是否真合適。」

秦曼聽了他的狡辯也無意再去爭，畢竟像蘭令修所說的，意氣用事不會得來銀子，跟這樣的沙文豬生氣，划不來的是自己。於是她平淡的說：「這酒比較烈，一口不能喝下一大碗，所以用小杯喝最好。因為不是人人都有好酒量，用小杯裝就有氣氛了，不管酒量好還是不好的，也不會一杯倒。」

蘭令修點點頭說：「秦姑娘確實說得對，這樣的小杯喝起來雖然不夠爽快，但是在大場合來說夠文雅。妳繼續說。」

秦曼又說：「我們的酒也可以分幾種，第一桶出來的酒香、烈、濃俱全，第二桶出來的相較第一桶就淡了點，第三桶出來的就更淡了。」

姜承宣看著秦曼的眼睛問：「那秦姑娘的意思是？」

秦曼說：「我們把三次出來的酒都分開裝，分成高、中、低三種類。這三種分別用不同的瓶子裝。而且最好的那桶酒，我們不僅可以用瓶子裝，還可以在瓶子外面加個盒子作為禮品包裝，這樣拿去送人是不是更顯得氣派？」

兩人聽著秦曼的話，像是聽天書似的，那新奇的想法聞所未聞。聽秦曼說要把酒做成禮品，兩人不得不打從內心讚嘆一聲。「好法子！」

秦曼聽他們說好，她又接著說：「姜大哥、蘭六哥，聽說要出好酒，還得要有好水，水好這樣出的酒更好。不知這裡周圍有沒有好的山泉水，山泉水清澈甘甜，用來做酒遠勝於一般井水。」

從沒聽說過做酒還要選水的，姜承宣皺眉反問：「有這麼回事？真的做酒還有水的選擇？」

真正的貴州茅台不就是只有那一股水做的才算真正的茅台嗎？既然不準備與姜承宣計較，只把他當成一般合夥人來看待，秦曼就不在意他的態度。聽到姜承宣問，她肯定的點了點頭。「我以前看過書上提到，水好則酒好的例子。你們不相信，找一處好山泉試試便知，我雖然沒試過，但我是相信的。」

姜承宣見秦曼如此肯定，他想起了一處地方。「山泉水倒是有一處，離這兒三、四里路的朱家村，有一座大山，山裡面有一條溪水穿村而過，水很清、很甜，但我不知道能不能算得上是好山泉。」

蘭令修急忙說：「那明天我和大哥去看一下，我們先取一些回來試試，如果真的有差別，我們再打聽那座山屬於誰，然後看能不能想法子買下它及周圍的地，如果可以的話，就可以把酒廠造在那裡。」

秦曼點點頭說：「那好，明天等你們取水回來後，我們就可以試做新酒了。」

三個人商量完細節後，秦曼便離開了書房。

第二天一早，姜承宣和蘭令修去了朱家村，回來時還帶了兩桶山泉水。秦曼拿它與井水做了比較，發現山泉水果然比井水清、甜，好喝很多，她想做出來的酒一定會比用井水做的好。

為了解山泉水和井水做的酒有何差別，當天下午，幾個人又駕了兩輛馬車，帶著幾個大桶去朱家村拉水回來，用它來泡穀子和煮穀子。

酒一下子還做不出來，這季節得放六天以上才能發酵完全。趁著這空檔，蘭令修便著手打聽山和地的歸屬，如果真的可行，就得準備銀子和建廠的材料，而姜承宣則和凌叔去訂做蒸酒的大桶和大鍋。

要建酒廠不是容易的事，姜承宣想了半天也畫不出來。晚飯時刻，他叫住秦曼。「秦姑娘，對於酒廠的建造，妳有沒有什麼好建議？」

秦曼見姜承宣是真心的徵求她的意見，於是她也放下成見，可是她沒見過真正的酒廠，只記得外婆蒸酒時都要不停的加冷水，想了想才說：「蒸酒的時候，得不斷的加冷水，我想廠房最好靠近水源。因為降溫後流出來的水是乾淨的，最好在每個蒸桶上接管子把水引下來，接下來的水可以用來洗穀和煮穀，如果能把這三間連在一塊兒最好。」

姜承宣見她說得很有道理，便道：「晚飯後到我書房，看妳能不能把它畫下來。」

用過飯後，洪平過來叫她，她叫洪平到廚房找了幾根削尖的木炭，才前往姜承宣的書房。

姜承宣正在一張紙上畫著，見秦曼進來後，示意讓她走近書桌，他的紙上已有了酒廠的大致輪廓。

自從上次姜承宣弄僵了氣氛後，不知道他自省過什麼，他再三的向秦曼表示歉意。接觸的次數多了，秦曼跟他們相處也隨意很多，再說她現在跟他們是合作夥伴，也沒必要太過看輕自己。

秦曼接過畫一看，用炭筆在圖紙上加了幾筆，然後再畫幾根管子，問道：「姜大哥，有沒有辦法做成這種管子？」

姜承宣仔細的看了一下，問：「這種管子有什麼用？」

秦曼說：「如果能做成這種管子，我們可以把它一頭接在桶上，一頭接在山泉水上，這樣可以省時、省力很多。」

接著她又畫了一個桶，再配上一上一下的兩根管子，再問：「姜大哥，這樣一進一出是不是能做得到？」

姜承宣見秦曼左畫畫、右畫畫，一個簡單又明瞭的圖就呈現在紙上，他心裡非常佩服的點頭回答道：「這種管子倒是沒問題，可以做鐵的，也可以做陶瓷的。這樣一來，可真是妳說的省時、省力，明天我去城裡訂做。」

姜承宣見秦曼畫得一手都是炭黑，而且很久都沒喝水，他隨手拿起桌上的杯子說：「先喝點水，慢慢畫。」

秦曼確實口渴了，可見一雙手這麼黑，就笑著說：「一會兒可得洗茶杯了。」她很自然的接過姜承宣手中的茶，「咕嚕」幾口喝下去，因喝得太急，還被茶嗆著。

姜承宣急忙接下茶杯，用手順著她的後背拍了好幾下才止住，責怪她說：「這麼急做什麼？嗆壞了怎麼辦？」

秦曼突然覺得這樣很曖昧，退開一步紅著臉說：「是我不小心。」

姜承宣拿過棉巾給她。「把臉上的水擦一下，真是個小孩子。」

秦曼聽了姜承宣那種關懷的口吻很不自在，她覺得他們的關係沒到這麼親密的地步，認為還是遠離點的好，所以裝出沒看出異狀的樣子，快速的把畫弄好，又提了幾個細節，就急忙回院子。

姜承宣沒發現自己的舉動有寵溺的味道，看著秦曼那有點倉皇逃跑的動作很不痛快。「這麼急做什麼？又沒有人追著妳跑，慢點走，小心摔著。」

聽到姜承宣喝斥，秦曼只得放慢腳步，她心裡覺得越來越奇怪，這姜承宣到底想做什麼？怎麼這幾天就像變了個人似的？

不過她還是小心些，別再招惹上他，免得使自己難堪。

第二十四章

這天下午秦曼著實很無聊，便帶著弘瑞和茶花、冬梅在外面玩，當他們走過小山邊的時候，發現路邊和山上都有很多菊花，秦曼問茶花說：「這是不是別人種的？」

茶花笑著說：「姑娘，這是野生的，這花又不能吃，哪有人種？」

秦曼一看，這不是白菊嗎？難道這裡沒有將菊花作為食材的習慣？因此叫道：「茶花回去拿兩個籃子來。」

茶花也沒有問要做什麼，飛快的拿來兩個籃子。

秦曼跟他們說：「大家跟我一樣把這花採了，回去我們做好吃的。」

秦曼彎著腰不停的採著，採了一會兒覺得腰有點痠，便站了起來，剛一挺直腰，一陣劇痛襲來，頓時痛得她又彎下了腰。

她趕緊捂著肚子蹲下，可是肚子卻越來越痛，秦曼發覺這種痛非常熟悉，這是久違的痛經！

秦曼突然想起，完了，來這兒半年了，竟然沒有想起這個身子的月經怎麼還沒來過。難道還沒有發育？是初潮？但這個想法立即被秦曼否決，沒有發育的身子，女性特徵不可能這麼明顯。

肚子越來越痛，不行，得馬上走，秦曼弓著腰叫道：「弘瑞、茶花、冬梅，趕快回家。」

冬梅回頭一看姑娘捂著肚子，腰都直不起來，急問道：「姑娘您怎麼了？您生病了嗎？您等著，我回去叫人！」說著馬上要跑回去。

秦曼急著說：「不用去叫人，我沒有生病，只是有點不舒服。」

聽說秦曼不舒服，茶花一手牽著弘瑞、一手拿著兩籃滿滿的菊花，冬梅攙扶著秦曼，立即往回走。

等走到大院子門前時，秦曼已是痛得滿頭大汗，腳也快提不起來，心裡不停的嚎叫，不就來個月事嗎？為什麼這麼痛！

到了家門口，想著秦曼蒼白無力的樣子，弘瑞嚇得哭了，他記起爹爹在書房，小短腿用極快的速度往書房跑，一邊跑一邊高聲叫道：「爹爹，快來呀，快救曼姨，曼姨肚子痛！」

有了上次秦曼被蛇咬的經歷，姜承宣聽到弘瑞叫著快救秦曼，心臟差點動不了。他三步併作兩步衝出書房，見弘瑞迎面跑來，急問：「瑞兒，你曼姨呢？她在哪兒？她怎麼了？」

弘瑞喘了口氣，用手一指。「爹爹，曼姨在院子裡，她肚子痛。」

姜承宣越過弘瑞向大門口跑去，這時秦曼已堅持走到了一進院子門口，正準備抬腳進門，可實在無力，眼前一黑，便栽向了門內。

姜承宣一見秦曼栽進大門，心中一急，快步向前奔去，雙手一托，把秦曼抱入懷中，見秦曼臉色蒼白、冷汗滿頭，急著問：「曼兒，妳怎麼了？妳快說是哪裡不舒服？妳忍著點，我們馬上去鎮上！」一著急，姜承宣口裡的秦姑娘變成了曼兒，他也沒發覺。

秦曼用力抬起頭，一張焦急的臉映入眼中，一聽說姜承宣要送她去鎮上，她趕緊紅著臉拉他的衣服，急忙說：「姜大哥，我沒事，真的不要緊，不要去鎮上，你放我到床上，讓我躺一會兒。」

姜承宣見秦曼不願意去鎮上，很生氣，但他還是壓住怒氣放低聲音。「不要不聽話，生病了就要去看大夫。乖，我去牽馬，妳坐在這兒等我一下。」把秦曼放在凳子上，就要去馬房。

秦曼聽見姜承宣的話，渾身起了雞皮疙瘩，什麼時候開始這個男人竟這麼親密的稱呼她？心想千萬不能到鎮上弄出洋相來，便一手捂著肚子，一手拉著他的衣服，仰著頭堅定的看著他。「姜大哥，不要去。我真沒什麼事，只是肚子痛罷了。」

「肚子痛會痛成這個樣子？看妳這個樣子，一定是病得很重了，要是出了大問題，妳後悔就來不及了！」姜承宣見秦曼不讓他去請大夫，他有點莫名其妙，但心裡更多的是焦急，有病為什麼不叫大夫來看？

見姜承宣如此固執，讓秦曼臉上由蒼白變為通紅，叫她怎麼在一個非親非故的大男人面前說：我大姨媽來了！

可看姜承宣一副妳不說明就不甘休的神情，她只得隱隱約約的說：「我那個來了，女人的那個來了。」

姜承宣是過來人，他一下就明白秦曼的意思，頓時臉紅起來，好在他臉還算黑看不大明白，他暗道自己竟然逼著一個姑娘跟他說這事，也真是太混帳了。

他尷尬的看著秦曼，見她痛得實在是坐不住了，一言不發一把抱起她，進了她的房間，放她在床上。

見大家都擔心的跟著進房間裡，秦曼忍住痛對冬梅說：「冬梅，請妳去廚房給我煮一碗紅糖薑茶來，薑用老薑，煮開一刻鐘就可以。」

姜承宣見全身縮在一起像隻蝦子似的秦曼，立即對冬梅說：「快去，按姑娘的話去做。茶花先給姑娘洗換一下，然後到後山菜園裡，叫洪平騎馬去鎮上叫個婦科大夫來。」

冬梅看茶花出去準備水，房間裡只剩自家姑娘和少爺，覺得這樣有點不合適，便磨蹭著不立即出門，姜承宣見狀便喝斥她。「還不快去！沒看到妳家姑娘痛得不行嗎？要你們這些下人做什麼，做個事都不積極！」

冬梅被主子一喝斥，嚇得說道：「少爺，奴婢馬上就去。」

見秦曼確實很難受，沒時間講究禮儀，姜承宣又要把秦曼抱在懷裡，秦曼急忙阻止他說：「姜大哥，請不要抱我了。」

姜承宣臉一黑。「怎麼？嫌棄我了？」

這是什麼話？她與他沒這麼熟。

秦曼脹紅著臉說：「不是，只是我身上髒。」

姜承宣臉上肌肉扯動了一下，等茶花給秦曼換過衣服後，他才進來抱起她，一句話也沒說，就把手掌放在秦曼小腹上，運起內功助秦曼氣血運行。

秦曼已痛得有點迷糊，完全沒有注意到姜承宣的動作。當她意識到自己又被姜承宣抱在懷裡後，只得脹紅著臉說：「姜大哥，你把我放下來，這樣不合適的。」

姜承宣這才發現自己把個大姑娘抱在懷裡，於是尷尬的說：「我剛才看妳實在是痛得不行，所以……」

秦曼虛弱的朝他一笑。「姜大哥不用解釋，我知道你是心疼小妹，現在放我在床上吧，我已經好很多了，謝謝你。」

姜承宣臉一黑。對，他把她當妹妹了。

兩刻鐘左右，冬梅送來薑茶，姜承宣停下運功，扶著秦曼把茶喝完。秦曼的疼痛已在姜承宣運功療治後減緩很多，喝過薑茶便躺下睡了。

姜承宣看著床上疲倦的秦曼，想著她剛才痛苦的模樣，他心裡堵得有點痛。他不知是什麼原因，一旦事關秦曼，他的心彷彿總像被什麼東西重重壓著一樣，他覺得這樣很不好。

弘瑞見秦曼睡了，便問：「爹爹，曼姨不會死吧？」

姜承宣一愣，抱起他，邊出門邊問：「瑞兒怎麼這樣問？」

弘瑞摟著姜承宣的脖子說：「爹爹，花兒說人生病會死，瑞兒好喜歡曼姨，我不想她死。」

姜承宣的內心更是複雜，這樣下去可真難辦，要是瑞兒對秦曼很依賴的話，那自己又該如何面對她？

為了安慰兒子，姜承宣拍拍弘瑞的背說：「曼姨不是生病，是喝了點冷水肚子痛，她不會有事的，瑞兒只管放心。」

聽自己老爹這麼說，弘瑞鬆了口氣。

傍晚時分，凌叔、凌嬸、洪平一起帶著個老大夫回來了，老大夫給秦曼把了脈後，說了一大堆的醫理。

秦曼聽了半天，歸納出一個結論就是——這身子底子太差，初潮來後曾受過重傷，失血過多引起閉經，近來氣血轉旺，本該回潮了，又因吃了刺激性的食物引發潮水回身，被堵在體內出不來，所以才會如此疼痛。喝三天藥，讓它順了就會好了，但要真正調養好，起碼要吃三個月的藥才行。

老大夫開好一張方子，凌叔便駕著馬車把老大夫送回鎮上，還順道把藥抓回來。

秦曼知道女孩的身體不好好調養不行，於是就認分的每天一大碗藥下肚，也不敢說她不要喝。

第二天姜承宣出門前進了院子，秦曼立即從房間走出來叫道：「姜大哥，昨天謝謝你。」

彷彿很不喜歡她說謝謝，姜承宣一臉冷淡。「事急從權，妳既然認我們當兄長，這點小事不必記在心上。」

見他這模樣，秦曼知道自己又撚了他的老虎鬚，於是客套說道：「不管如何，我也得說聲謝謝。」

姜承宣的臉更黑了不止一倍。「不用謝，妳是我兒子的夫子，小事一樁不必記掛。」

「那個……昨天用的銀子，就從我工錢裡扣了吧。」

姜承宣臉色一沈。「妳再說一次！」

看著眼前快要暴怒的男人，秦曼嚇了一跳。「我拿了姜家的工錢，這銀子應歸我自己出。」

姜承宣冷冷的說：「要是妳一定要跟我算這麼清楚，那我也不說什麼，妳送來我就收下。」說完招呼也沒打，轉身就走。

秦曼愣愣的站在門口，這男人是什麼意思？說罷便走，也不再看自己一眼，他這樣子讓秦曼覺得很鬱悶。

調養幾日後，秦曼的身子恢復正常，這時用山泉水煮的穀子也已經發酵完全，她和凌叔一起蒸了三大鍋酒，並把酒分成了一、二、三個等次裝好。

晚上大家回來後，分別試嚐了這兩種水做的酒，果然用山泉水做的酒，色澤清澈、口味甘甜、香氣芬芳，雖說不能與現代化技術相比，但比前幾次做的酒品質要好上許多。

隔天一早，幾人齊聚姜承宣的書房，蘭令修把前幾天與姜承宣商議的事又與其他幾人一起再議了一下。

蘭令修發言道：「酒試出來了，我們的計劃也要開始。我們是戰場上共生死的兄弟，大哥跟我商量了，這酒廠每人都有份。」

眾人眼睛濕潤，王漢勇問：「老六，這每家出多少銀子？你得先跟哥哥說說，我不知道夠不夠本錢。」

姜承宣說：「這本錢銀子不用你們出，你們出力就好。」

趙強一聽，立即跳了起來。「大哥，這可不行！這麼多的銀子，我們哪能都不出一點。」

劉虎也說：「老五說得對！既然我們是兄弟，要本錢一起湊，有銀子大家分。」

老關、老李、老張站起來說：「爺，我們三個不要股份，反正我們只要能跟著你們幹，有飯吃、有酒喝就足了。」

賀青、李亮也說：「大哥，我們也一樣！」

姜承宣說：「不要以為只要出銀子是最好的，以後要你們出的力，比出銀子還多。大家的情況我都了解，這點銀子由我和老六出，不要再說了。」

蘭令修站起來說：「大哥都知道你們的心，既然已經定下了，就按大哥的想法來，現在還是把目前要做的事先做好。」
姜承宣看了看幾位兄弟，開口道：「你們都坐下，下面我來說一下這酒廠的分成。秦姑娘提供法子占一成，我和老六各占二成五，王三、劉四、趙五你們各占一成，老李、老關、老張、賀青和李亮你們五人占一成。」
蘭令修說：「你們不要嫌分成少，只要把這酒廠做大，銀子少不了你們的。」
眾人站起來說：「大哥、老六，我們絕不會有不滿足，今後酒廠就是我們共同的家。」
姜承宣的豪氣也上來了。「今後我們一起把這個家經營好，現在老六說一下分工吧。」
蘭令修拿出已經完成的圖紙，指著圖上說：「這是我們要建的酒廠初步圖。王三哥、劉四哥、趙五哥負責酒廠管理。由我帶著賀青、李亮負責賣酒，凌叔負責管穀酒配方，大哥掌管全面協調及帶老李、老關、老張三人負責糧食的收購。」
因為建酒廠的時候，這圖是根據秦曼的意思畫出來的，所以他們沒有安排具體的差事讓她做。她每天負責和姜承宣、蘭令修去實地查看，下午則回來教弘瑞認字畫畫。
這天從酒廠回來後，弘瑞在練字，秦曼想了一些前世看過的營銷手段，畫了幾個樣式的酒瓶，外用木製的高級雕花盒，然後再把自己宣傳的想法也寫了下來。
姜承宣的書房裡，幾人都圍坐在桌子邊，看秦曼畫的圖樣，賀青看到這麼漂亮的酒瓶，他開心的說：「秦姊姊，這一個酒瓶子要弄這麼漂亮嗎？」
秦曼笑笑道：「那賀青你說，看到漂亮的瓶子，會更喜歡這酒吧？」

賀青摸摸頭說：「這麼漂亮的一瓶酒，要我可捨不得喝。」

蘭令修拍了他一巴掌說：「你又不是女孩兒，怎麼看到個酒瓶都會發花癡？」

姜承宣制止兩人。「好了，你們兩個坐下來，聽秦姑娘怎麼說。」

等兩人坐下，秦曼解釋說：「要把酒廠發展成為我們龍慶國第一大廠，我們就要把它們做成高檔次酒。不但酒要好，而且包裝更重要，我們要讓大家一提起我們的酒，就立刻能想到它的樣子。」

老關直爽的問：「秦姑娘，您就說說這怎麼弄就行了。」

秦曼羞愧的說：「老關大哥這可問倒我了，做生意我還真的外行。不過，我有一點點個人想法，若說得不對，你們不要笑話我。」

老李說：「秦姑娘就是客氣。我們都是粗人，妳再這麼文謅謅的，我們都要難為情了。」

秦曼笑著說：「那我就好為人師了。我說的就是三句話——做好酒，讓別人喝了我們的酒都說好；裝好酒，我們把酒做得好、包得漂亮，讓別人一看就想買；說好酒，讓龍慶國愛酒的人，都知道這店裡有我們的酒。」

蘭令修點點頭說：「做好酒那是沒問題，只是要如何讓別人知道我們有好酒，就得費點力氣。」

姜承宣心有想法。「只要好好想想，就會有法子讓別人知道我們有好酒。現在重陽已過，冬至前做的酒好保存，現在我們還是先把酒釀出來最重要。」

說到保存酒，蘭令修想到了一件事。「大哥，我們得請人在樹林的後山，挖個大大的地窖，把做好的酒用大酒罈封好存放進去。等酒廠建好後，就可以用現成的酒開業。」

姜承宣點了點頭。「我已叫凌叔去找人，明天就可以開始挖地窖了，你們各家有空閒的人也可以叫來一起挖，都會給工錢，只要儘快挖好就成。」

第二十五章

當大豆都收起來時，秦曼想起了前世外婆的豆腐乳。冬天的時候，家家戶戶都做的，冬天油膩的東西吃多了，用它下飯那可是好吃得很。

因此她和凌嬸做了很多豆腐，又做了許多豆腐乾炒肉吃。把炒好的香乾肉絲和豆腐乳送到工地時，大夥兒都連叫好吃。

老關是個北方人，最愛吃這種味道濃的吃食，他端著碗低頭扒飯還不忘跟老李說：「你說這秦姑娘怎麼就能弄出這麼有味道的吃食來？」

老李呵呵笑著說：「我還真沒有見過這麼聰明的姑娘呢。她這爹娘也不知是怎麼想的，為了五十兩銀子，把這麼個聰明的姑娘賣給人做沖喜新娘，還說以後再也不認她，這人真是蠢得不好說什麼了。」

老關感慨說：「是呀。我要是有一個這麼乖巧的女兒，一定好好的給她找個好相公。」

老李說：「美著你呢！你這個大老粗哪生得出這麼乖巧的閨女來。不過你說的好相公，我覺得我們這些兄弟裡面也大有人在呀。」

老關會意的眨著眼睛說：「那還得看他們兩人哪個有這個命呀。不過我覺得老大跟她很合適。」

蘭令修見老關與老李邊吃邊笑，就過來問：「什麼很合適呀？兩位老大哥？」

老關見是蘭令修，立即回他。「嘿嘿，蘭爺，我說這秦姑娘做的豆腐乳很合適下飯。」

蘭令修笑著說：「關大哥，這味道對你胃口吧？」

老關樂呵呵的說：「還是蘭爺了解我，今天我可多吃了一碗飯。」

蘭令修打趣道：「那明天得跟秦姑娘說，她這豆腐乳可不能再送了，要不這糧食怕是不用做酒，就給關大哥吃完了。」

秦曼並不知道，她用這豆腐就收服了兩個老頭的胃，還讓他們拚著命的把她往姜承宣身邊送。

天快冷了，秦曼想看看這裡的布料還有什麼種類，凌嬸帶她來到鎮上最大的布料行，秦曼從左到右一遍遍的摸著各種布料。

店小二見秦曼穿著普通的衣料，又見秦曼並不買布，便不大客氣。「姑娘，難道都沒有找到您中意的？」

秦曼見小二不大耐煩，也不好意思了，只得問小二道：「小二哥，你這店裡有沒有那種有彈性的純棉布？」

小二聽秦曼講棉布有彈性，以為她是買不起布料就故意發難的人，便沒好氣的說：「龍慶國有這種棉布？姑娘妳見過？」

秦曼見小二一副輕蔑的神態，不想跟他一般見識，只得又問：「小二哥，那請你拿兩疋深色的細棉給我。」

細棉布雖然沒有彈性，但質地還是不錯的，做內褲和棉褲的外罩還是可以。

後來凌嬸又帶她去了幾家布店，在最後一家布店裡看到粗紗線，她發現這種線彈性還不錯，就買了幾斤回來。

凌嬸見秦曼買粗紗就問道：「曼兒，這紗有什麼用？難道妳想學織布？要學織布的話，還是買細紗好，粗紗妳還得分細呢。」

秦曼見凌嬸以為她想織布，笑了起來，抱著凌嬸的手臂說：「嬸，我可沒那麼能幹。我想用這些粗紗給你們織一些襪子，還想給弘瑞織兩條褲子，這樣冬天比較保暖。」

凌嬸沒聽明白。「襪子也能織？襪子不都是用棉布做的嗎？」

說多了也說不清楚，秦曼笑著說：「嗯，能織的，現在天氣才漸冷，織薄一點的襪子很合適，您就相信我的手藝吧。」

秦曼回來後，讓冬梅和茶花把紗一圈圈的繞了起來，又求凌叔給她做了三種規格的竹針。

當秦曼把織好的四雙襪子分給凌嬸、弘瑞、茶花和冬梅的時候，四人急不可耐的把它們套上了腳，並穿上鞋子走來走去。

茶花驚喜得不得了，直嚷嚷道：「姑娘，這襪子不用綁帶子也不會往下掉呢！」

冬梅也跟著叫道：「凌嬤嬤，這襪子穿著真的很舒服。姑娘，可不可以讓奴婢也跟著學？」

茶花也跟著道：「奴婢也想學，可不可以？」

秦曼見兩個跳來跳去的小姑娘，笑著同意了。

秦曼求凌叔又做了幾支竹針，教會她們織襪子後，也給自己和弘瑞織了幾雙，又想到那天姜承宣的幫助，便給他也織了幾雙，算是還他一個人情。

哪知蘭令修見到秦曼織的襪子，便死活賴上也想要。他找到秦曼笑著說：「秦姑娘，妳可不公平。」

秦曼一怔。「蘭六哥，我怎麼了？」

蘭令修拿著手上的襪子說：「我怎麼就沒有大哥這樣的襪子？」

秦曼不好意思的說：「蘭六哥，那不是我織的，我一個女子給男子織這貼身的衣物，可不妥當。」

蘭令修不信的問：「這不是妳織的？」

這時代男女之防很嚴，為免誤會，於是秦曼點點頭說：「這是兩個小丫頭織的，如果你喜歡，我讓她們也給你織幾雙。」

下人給主人做衣織襪，不在男女之防的範圍，因為古代人的思想觀念中，奴僕就不是人。

蘭令修深思後，點點頭說：「那就麻煩妳了，我是真的很喜歡。要是妳會做的話，我更希望妳能幫我織兩雙。」

秦曼聽了蘭令修的話有點不安。她覺得自己從來沒有什麼行為，讓蘭令修誤會她，可他這話太有深意，她是不是可以理解為這男人對自己有好感？

不行，她不能與這幾個人有糾纏，否則這合夥生意就做不下去。

等蘭令修走後，吩咐茶花和冬梅，各人給他織了兩雙，她是真的覺得給蘭令修織東西不合適。

晚上在書房，蘭令修穿上新式襪子跟姜承宣說：「大哥，你家的小丫頭真的不錯，這新襪子穿起來可真舒服。」

姜承宣打趣的問道：「你看中哪個？我送一個給你好了，省得我家兩個小丫頭你看著吃醋。」

蘭令修故意含糊的說：「要是以後我真看中了，大哥可不要不捨得。」

姜承宣說：「你只管開口，不要說是個丫頭，就是我有什麼寶貝，你要我也毫不猶豫。」

蘭令修頗有深意的說：「就怕不是大哥你能作主的寶貝。」

姜承宣一愣。「難道你還真看中我府中的哪個人了？」

蘭令修說：「跟你開個玩笑，這兩天我看小丫頭給你織的那襪子，我就吃醋了。我家這麼多小丫頭，怎麼就沒有一個像你家的這麼聰明。」

姜承宣被蘭令修一臉的不平弄笑了。「看你這不平樣。我家裡沒有後宅也就沒混亂，下人都守本分，當然心思就用在活計上了。哪像你家的丫頭，心思都放在爬上主子的床了，還能聰明到哪兒去？」

蘭令修深有感觸。「是呀，大家門戶的後院什麼時候太平過。」

姜承宣又一臉厭惡的表情。「所以我說，這女人不能信、更不能寵。」

蘭令修搖搖頭說：「大哥這樣說也不全對，要是你真的碰上了你喜歡的女人，不會不信，更不會不寵。」

姜承宣的腦子突然閃過秦曼的樣子，可是視女人如蛇蠍的他仍舊說：「我不會再寵女人，也不會再信女人。」

這大哥真的不喜歡秦姑娘嗎？那一回他只是關心而已？蘭令修知道他的過去，只得感嘆著岔開話題。

這天弘瑞一臉大汗的從大樹下跑回來，實在是尿急了，拉開褲子就站在小河邊方便，正從大門出來的蘭令修見了，笑著說：「瑞兒，小心被小姑娘看到小屁屁。」

弘瑞一臉驕傲的說：「修叔叔才讓人看小屁屁呢，瑞兒的小屁屁在褲子裡。」

蘭令修驚奇的看著弘瑞的小褲子問：「瑞兒，你這小褲子是不是凌奶奶做的？」

弘瑞好奇的問：「修叔叔也想請凌奶奶做褲子？」

為什麼大哥家的人都這麼聰明？蘭令修有點吃醋。「是呀，瑞兒這小褲子真好，修叔叔也想讓你凌奶奶幫叔叔做。」

晚上蘭令修問姜承宣。「大哥，你和瑞兒的衣服都是凌嬸做的？」

姜承宣奇怪的問：「當然是，六弟問這做什麼？」

蘭令修說：「我今天看到瑞兒穿著的那褲子覺得很方便，想請凌嬸幫我做兩條。」

姜承宣說：「那就讓奶娘做好了，反正你的衣物她也沒少幫你做，瑞兒的衣物有了新的款式嗎？」

蘭令修還是語帶酸味。「是呀，不知凌嬸從哪兒學來的樣式，我覺得好極了。我先請凌嬸做兩條，要是覺得好，回府再讓人來跟著學做。」

第二天早上蘭令修出門前找到凌嬸說：「凌嬸，令修有事要找妳幫忙。」

凌嬸笑著說：「蘭少爺有事只管吩咐老奴。」

蘭令修說：「凌嬸，昨天瑞兒穿的小褲子是妳做的吧？」

凌嬸一怔，沒有正面回答，只是問：「小褲子？小少爺的小褲子蘭少爺喜歡？」

蘭令修急忙說：「是呀，我昨天看到小傢伙的小褲子了，覺得那樣式在外很方便，想請凌嬸給我做兩條呢。」

凌嬸明白蘭令修所說的褲子，就是秦曼做的新式褲子，可是她不好說是秦曼做的，只好說：「行，不過老奴手腳慢，蘭少爺可不能急著要。」

蘭令修大喜。「我不急，一會兒我把尺寸給妳，妳慢慢做，令修在這裡先謝過凌嬸了。」

秦曼帶著弘瑞去午睡的時候，凌嬸叫住她。「曼兒，這下有事要妳忙了。」

秦曼回道：「嬸，有事儘管說。」

凌嬸為難的說：「妳幫小少爺做的褲子被蘭少爺發現了，他要我給他做兩條呢。因為少爺有些衣物是妳幫著做的，妳交代過不要說，所以我就只得答應了。」

秦曼笑著說：「嬸，這不是什麼為難事，一會兒我去妳房裡，我們一起做，這不就也是妳做的？」

凌嬸開心的說：「妳就是個太通透的孩子，讓人不得不喜歡。」

在給蘭令修做褲子時，凌嬸又說：「曼兒，妳做的那棉褲真是實用。少爺他們長期在外奔跑，一會兒做蘭少爺的褲子時，我想再給少爺也做兩條。」

秦曼說：「嬸，一也是做，二也是做。我只是幫幫您而已，您想做多少都沒問題。」

凌嬸看秦曼邊畫邊剪，她這樣式好像跟小少爺的又有不同，於是好奇的問：「曼兒，這褲子好像不大一樣？」

秦曼說：「嬸不是說少爺他們常在外奔走嗎？出門都騎馬，我把這樣子稍稍改了，這樣騎馬方便。」

凌嬸真心的稱讚道：「曼兒，妳這腦子是什麼做的呀？怎麼就這麼聰明呢？」

三天後姜承宣的書房裡，蘭令修驚喜的叫道：「大哥，你快來看我手上的東西！」

姜承宣看著一臉驚喜的兄弟，急忙問：「老六這是撿到什麼寶？」

蘭令修哈哈大笑。「我可撿到你奶娘這個寶，她這手藝太好了！」

姜承宣笑著說：「我說了奶娘可不能送給你。算了，怕你吃醋，你也改口叫奶娘吧，以後就有好衣褲穿了。」

蘭令修認真的說：「是大哥你說的喔，今天我就改口，一會兒凌嬸問起，你可得說是你讓我改口的。」

姜承宣看自己兄弟這一副認真的表情笑了。「要是別人知道你為了兩條褲子認個奶娘，我看不被人笑掉大牙才怪。」

第二十六章

轉眼就到冬至。聽凌叔說廠子已經開始建了，第一批酒也蒸出來不少。秦曼到保存酒的地窖裡看了一下，眉頭皺了皺，正好姜承宣與王漢勇在整理，王漢勇見她好像不是很滿意，便道：「秦姑娘，是不是地窖有什麼問題？」

秦曼再看了看，點了點頭道：「嗯，不夠深。如果天氣熱的時候，裡面溫度太高，會引起酒蒸發。」

再看了看地形，她接著說：「王三哥，要不在這旁邊再挖一個？不過要比前一個再深一些，你看行不行？」

王漢勇大手一揮。「這有什麼不行？我們馬上開工。」

秦曼跟著姜承宣到了酒廠的地基上，她發現地點選得很好，酒廠攔山泉而建，在山溝兩百公尺左右的地方築了一個壩。

趙強和老關帶著他們兩人來到山下說：「大哥、秦姑娘，已按你們畫的圖樣將水壩建好了，你們要不要上去看看？」

姜承宣誠懇的說：「當然得看看，特別是秦姑娘妳得去看看，好提建議。」

趙強見姜承宣對秦曼的態度很溫和，於是腦子一動。「大哥，這水壩也不遠，小弟還有事，你們先去看看，要是有需要改動的地方，一會兒告訴小弟就行。」

老關也朝他眨眨眼睛。「我和趙爺先去忙了，姜爺您和秦姑娘慢慢看。」

姜承宣也想帶秦曼一個人上去，自上次因為藥錢的問題他擺了臉色，秦曼雖然對他很溫和，但是他覺得她很疏遠，正想找個機會和解，於是他不動聲色的說：「老五、老關，你們先去忙，有什麼意見，等我們下來後再跟你們說。」

兩人跟趙強、老關話別後，就沿著小道往上走，走沒多遠，秦曼已是氣急起來。

姜承宣看著氣喘吁吁的秦曼，就伸手說：「把手給我，我拉著妳走。」

秦曼已是紅撲撲的臉更加紅了，這動作太曖昧，她搖頭拒絕姜承宣的提議。「不用了，謝謝姜大哥，我上得去。」

姜承宣臉色一沈，滿臉不高興。「怎麼？妳是想到了上面就癱在那兒？還是不願意我幫忙妳？」

秦曼被他說得不知道該回什麼才好，又看他要生氣的樣子，以後相處的日子實在太多，要是弄得太尷尬就不好了，只好大方的把手遞給姜承宣。「那就謝謝姜大哥了。」

姜承宣看著那張生動活潑的小臉笑了，一伸手就把小手抓在手中，柔軟無骨的感覺，讓他心情更加愉快。「一會兒妳到了上面就知道，別以為我想占妳便宜，這路很陡不說，還不平，妳一個女子要爬上去可不容易。」

實在是太缺少運動了，秦曼幾乎是在姜承宣半拉半扶間上了山腰。站在壩上看了一下，她提了個建議說：「最好在這壩內挖個水塘，這樣枯水季節可以藏水，澇水時候可以積水，這水壩也不容易被沖壞。」

姜承宣贊成的說：「嗯，這個主意好。妳還有什麼看法？」

秦曼又說：「這山泉水現在是很小，春夏的時候怕是會變大，最好在這兩邊各挖一條排水溝，這樣就是再大的水沖下來，也不會成問題。」

姜承宣深深的看了秦曼一眼。「明天就可以派人來動工，晚上妳回去畫個圖給我。」

秦曼不大想去他的書房，於是說：「這圖你自己也會畫。」

姜承宣不高興的瞪了她一眼。「我想讓妳畫，難道不行？」

秦曼愣了，這男人是在撒嬌不成？為了相處起來不尷尬，於是秦曼裝成沒明白似的趕緊說：「行、行、行。姜老爺發令，小女子哪敢不從！」

聽了這話，姜承宣親暱的輕拍了她一巴掌。「小小年紀，怎麼就這麼會損人。」

還動起手腳來了？秦曼忙跳到一邊，問：「這管子都做好了？」

見她這動作，姜承宣皺了一下眉才說：「差不多了，接管子的時候，妳親自來指揮。不過妳跳什麼跳，我還能吃了妳？」

秦曼避開他的後半句說：「那我不是還得爬上來？」

姜承宣睨了她一眼說：「妳不是說妳上得來嗎？」

秦曼看了看陡峭的山路說：「上是上得來，就是下山有點難。」

姜承宣笑著說：「那沒問題，我叫人抬妳下去。」

這人今天到底怎麼了？為什麼與平時判若兩人？就與平時一樣跩，不行嗎？秦曼懊惱的一扭頭。「我情願爬下去！」

姜承宣大手一揮，哈哈大笑。「那妳先爬給我看看，我們現在可以下山了。」

秦曼愈加不自在，突然變成這模樣的姜承宣讓她有點害怕，為了不讓姜承宣再做出什麼出格的舉動，她故意說：「走著瞧，我不發飆，你真當我病貓！我就是怕高也不能讓你瞧扁，我還不相信，這點路我就下不去？」

姜承宣壓抑自己的笑意，看著秦曼氣鼓鼓的小臉，他覺得又開心了一次。

秦曼終於跨出第一步，當她雙腿顫抖著一步一步挪動時，姜承宣一把一個公主抱，幾個縱跳就下了山。

回到院子後，秦曼的臉還是紅的。

蘭令修興沖沖的拿著包裝的樣品進了院子，他在門口就問：「秦姑娘，妳在不在？」

平復自己的心情後，秦曼立即從房間裡出來。「蘭六哥找我？」

蘭令修高興的說：「這瓶子和盒子都按妳說的做出來了，妳看看是否滿意？」

秦曼把蘭令修放在起居室桌上的東西，拿起來仔細的看了看才說：「蘭六哥，這瓶子做得很精細，只是這蓋子……」

蘭令修問：「秦姑娘，妳還有什麼好想法？」

秦曼說：「這瓶蓋能不能弄成螺旋式？」

蘭令修問：「什麼叫螺旋式？」

秦曼解釋說：「就是這瓶蓋和這瓶口弄成螺紋，讓這蓋和口放在一起一擰，瓶蓋就不會掉下來。來，我畫給你看。」

蘭令修看了秦曼的畫，再聽她解釋，立即驚喜的看著她說：「秦姑娘，妳真是太聰明了，秦姑娘這個想法，可解決封瓶的大問題了。」

秦曼謙虛的說：「哪有蘭六哥誇的那麼好。」

蘭令修直直的看了秦曼好一會兒才說：「那我明天就去叫師傅修改，弄好之後我再拿來給妳看，我先走了。」

直到蘭令修出門，秦曼才收起笑臉，鬱悶的想，為什麼這麼看她？她真心沒有想過與他們兄弟鬧緋聞。

三天後賀青抱著個東西來找秦曼。「秦姊姊，妳出來一下。」

秦曼牽著弘瑞走出來。「賀青找我？」

賀青把手中的東西遞給她說：「這是六哥叫我送來給妳的。」

秦曼接過賀青手中的東西，打開一看。「好漂亮的瓶子！不過這不是酒瓶吧？」

賀青說：「我也不知道，是六哥說，讓我給妳送過來。」

秦曼覺得收男人的東西不大好，於是推辭說：「我怎能收蘭六哥的東西？你幫我還給他。」

賀青說：「那不行，六哥說了，這是他學做的第一件瓷器，他說妳要是不收，他就扔了。」

這是什麼意思？要真是這樣的話，就更不能收了，秦曼為難的說：「蘭六哥怎麼能這樣呢！」

賀青好心的說：「秦姊姊，六哥這幾天，天天都在窯裡待著，跟師傅說做什麼螺紋蓋，六哥自己閒著時也就做了這個花瓶。這也不是什麼名貴的東西，只是六哥一分心意，秦姊姊，妳就收下吧，不要有什麼負擔。」

秦曼暗道，你個小鬼頭知道些什麼？這才有負擔！再名貴的東西還有價可算，只有這人情無價可估。

可是不收下，這賀青是不會走的，秦曼只得把東西放在桌上說：「賀青幫我謝謝蘭六哥。」

賀青笑著說：「謝什麼呀！六哥只是舉手之勞，他很有才的，學什麼像什麼，就是不愛弄。不過這可是六哥第一次親手做東西送女人，秦姊姊妳可真有福氣。」

秦曼不知道怎麼回答賀青，只得燦笑著說：「那我可真是難為情了，收到蘭六哥這麼好的東西，請你替我謝謝他。」

秦曼等賀青走後，仔細的看了蘭令修做的花瓶，雖然談不上是名家手筆，但做得很好，很稱她的心意，只是她心中真的更不安了。前幾天姜承宣才弄了曖昧氣氛讓她不自在，今天蘭六哥又送來了親手做的花瓶，秦曼可不認為自己還有這魅力，能把這六人之中最優秀的兩人都吸引住。這兩人到底想幹什麼？

冬至酒已釀好不少，姜承宣交代好事情後，他和蘭令修都離開林家村，分頭去收購糧食和裝潢店面。

離家一個多月的蘭令修從林家村回到了蘭府，並沒有先去跟祖母和母親請安，而是一頭栽進書房。

因為林家村一切建廠的材料都已備齊，並且開工了，半個月後就可以釀酒。蘭令修回來後準備按秦曼的建議，裝潢店鋪，預備臘月初十開業。

時間已是十月，只剩兩個多月的時間了，他有很多的事要做。蘭令修坐在書房裡，把秦曼給他的畫稿放在書桌上，準備分類好請人加工。看著秦曼的畫稿，正在讚嘆著她的想法，他想不通，那個平時安安靜靜，酒後豪邁不羈，談事神采飛揚的女人，腦子裡怎麼會有這麼多聞所未聞的想法！

「二少爺，老夫人請您到福壽居去一趟。」蘭令修正沈浸於秦曼的畫稿中時，他的隨身小廝蘭季在門外叫道。

蘭令修一聽是祖母找他，馬上問蘭季道：「祖母有什麼事找我？」

「小的不知道，只是見夫人帶了幾位小姐一起去了福壽居，打發奴才來叫少爺您過去。」蘭季恭敬的道。

既是祖母找他，蘭令修只得放下手中畫稿，提了一包茶和幾瓶酒往福壽居去。

剛走到福壽居的大門口，一直侍候老夫人的孫嬤嬤迎了上來，跟蘭令修行了一禮。「二少爺，您來了，老夫人一直在問您呢，請您隨奴婢進去。」

蘭老夫人正坐在起居室的正中央，蘭夫人錢氏坐在她的下首，老太爺側坐在蘭老夫人的身邊，再過來坐著幾位姑娘。

當蘭令修一邁進大門時，蘭老夫人就笑罵起來。「你這臭小子！一走就沒有消息，回來也不見人，看我怎樣罰你！」

蘭令修是錢氏的嫡次子，十三歲離家，近二十歲才從戰場回來，一直不願意娶妻，急得錢氏與蘭老夫人氣到冒煙。這一次離開家這麼久，回來也不立刻來看她們，兩人都生氣了。

蘭令修知道祖母生氣，急忙走到兩老前面，放下手中的茶和酒，立即跪在地上磕了個頭。「見過祖父、祖母，請恕孫兒不孝，這是孫兒為祖母尋來的綠茶，孫兒聽說祖母愛喝，所以特地尋來的。另外我還為祖父帶來了上次祖父一直讚嘆不已的穀酒。」

蘭令修趕緊拿出自己的法寶，果然兩位老人家的眼睛和心思都被孫子獻上的稀罕物給吸引住。

蘭令修隨即轉身給錢氏請安，錢氏幽幽道：「修兒都給祖父母帶來了最愛的物品，是不是也給母親帶來了最想要的東西？」

蘭令修立即臉色困窘道：「孩兒時時都謹記母親的心願，絕不敢不孝，兒子一定儘快尋到母親想要的。」

錢氏笑看著他沒有回答，這個兒子出去七年，讓才四十出頭的自己，擔心得頭髮已白了一半。如今他回來快兩年，要他成親一直在拖，現在再也不能讓他拖了，今年內一定得把他的親事給訂了。

錢氏不知道這兒子為什麼不想成家，這兩年來，他一直都在為家裡打理生意，平時既不去那些不三不四的地方，也不去朋友世家參加聚會，最常去的也就只有林家村。特別是今年下半年，一去就是一月有餘。

錢氏後來從李琳的口裡得知，姜家給弘瑞請了一位女先生。原本錢氏認為弘瑞從小沒娘，性格乖張，請個女子照顧也未嘗不可。不過聽琳兒說這個女子手段可不差，才會引得修兒都不想回家。

錢氏派人去打聽過這個女人，聽說是農戶家的繼女，賣給人家沖喜，把新郎剋死並被夫家所棄。

錢氏聽了後心中一驚，這樣的女人怎能做兒子的嫡妻？就算是做妾也不行！她想只有趁早給修兒訂個門當戶對的大家閨秀，才是最好的辦法。

錢氏到了蘭老夫人跟前，把自己所得的消息，及心中想法告訴蘭老夫人。蘭老夫人一聽這情況也急了，覺得只有儘快給孫兒找個好姑娘才是最重要的，否則等出事就遲了。

蘭老夫人是個說動就動的人，她馬上派人去娘家，把自己親妹夫大哥的嫡長孫女袁之穎接來。這袁之穎上月剛及笄，琴棋書畫、女紅針黹都很優秀。

最難得的是，袁之穎的父親是登州的正五品知州，與自己家也門當戶對，這孩子性格直爽，大方可愛，正是做媳婦的好人選。

聽門房回報蘭令修回來，蘭老夫人急忙把他叫到福壽居來，讓他與袁之穎見上一面。他倆的八字也已經叫人合好，是上合。

今天錢氏見到蘭令修的態度，心中非常滿意，看來這兒子跟姜家的女夫子，還沒有出什麼事。

錢氏立即指著身邊的女孩對蘭令修說：「修兒，你也與你幾個妹妹見見，一走就是一、兩個月，妹妹們都不認識你了。這是你之穎表妹，幾天前從登州來看你祖母，你還沒見過吧？穎兒，這是妳令修表哥，妳第一次來並州，明天叫他帶妳走走，這並州可不比登州差呢。」

袁之穎在蘭令修剛進來時，見到高挺俊秀的他，心就怦怦跳個不停，這時聽到錢氏叫她與蘭令修見禮時，立即羞得滿臉通紅。

好在袁之穎也是大家出來的女孩，不會做出失禮的動作，她輕輕上前一步，行了一禮。

「之穎見過表哥。」

蘭令修這才發現有陌生的姑娘在場，聽到袁之穎的聲音，立即回禮道：「表妹不必多禮。改天有空，表哥帶妳們幾個出去走走。」

蘭老夫人見袁之穎與蘭令修已見過禮，便對蘭令修道：「修兒，你離開家這麼多年也沒有給家裡捎個信，讓我們操心得晚上都睡不著。」

蘭令修立即告罪。「祖父、祖母、母親，以前是修兒年紀小不懂事，讓長輩操心，以後修兒一定會孝敬長輩。」

蘭老夫人見機馬上說：「你還有幾個月就滿二十二了，你也知道我們操心的是什麼，你只有趕快成家，才是對我們最大的孝順。」

蘭令修聽祖母又說起了成家的事，秦曼的身影從腦中一閃而過，他在心中暗想，成家也許是個不錯的想法。

蘭令修一走神，也沒有聽祖母說什麼，只是不自覺的點點頭。「嗯，我聽祖母的話，會儘快成家。」

見蘭令修這麼聽話，蘭老夫人和錢氏都開心的笑了。她們想，看來蘭令修對袁之穎也是滿意的，真是個聽話的好孩子。

蘭老夫人見蘭令修點頭認同她的話，內心十分高興，便對蘭令修道：「我就知道修兒是個孝順的，有空記得帶幾個妹妹出去走走。」

蘭令修一心只想著秦曼，根本沒有從老夫人的話中聽出什麼不對勁之處，便答應了。但近來確實是太忙，蘭令修只得對老夫人說：「祖母，近期修兒有件很緊要的生意要忙，年前我都會在家，一日有空，孫兒定聽從祖母的安排。」

聽蘭令修說年前都不會走，兩個女人便放心了，只要在家，就不怕出事。老夫人點頭，便讓蘭令修下去忙了。

第二十七章

這些天來，蘭令修一直按秦曼的想法，在裝潢布置著酒鋪。他把酒鋪分為嚐酒區、品酒區、觀酒區等三區。

嚐酒區擺在店門外，擺放的是最低檔次的穀酒，以後主要以散裝的形式賣給普通百姓。品酒區位在雅間，準備邀請北方幾大城市的有關官員和各城的最大酒商來品酒，同時還準備了特色禮品送給他們，年關就要到了，這禮品可以用來送禮也可以用來宴客，只要名氣打響了，就不怕沒人知道。觀酒區主要是針對高檔客人，放置各式各樣的酒盒包裝，讓人賞心悅目。

在蘭令修為酒鋪的事忙得暈頭轉向時，蘭老夫人和錢氏也為他的婚事弄得手忙腳亂，僅兩個月時間就把納采、問名、納吉走完，餘下的就得等蘭令修有空才能納徵、請期、親迎了。

等蘭令修知道這件事時，離酒鋪開業只有十天，他還正在準備著酒鋪請客的帖子。所以當他聽到這個消息時好比晴天霹靂，坐在書房裡呆若木雞！

蘭令修回過神來，急忙去了老夫人的福壽居，老夫人正坐在起居室的熱炕上，見蘭令修匆忙走來，就問道：「修兒，你這麼匆匆的過來，有什麼事嗎？」

蘭令修正想開口，見孫嬤嬤和丫鬟站在旁邊，就沒有發話。老夫人見狀，示意了一下，讓她們下去，才說：「有什麼事這麼神秘？」

蘭令修跪在老夫人跟前。「祖母，聽說您給孫兒訂了一門親。我知道您是關心孫兒，可是孫兒有了中意的人，我不能跟袁姑娘成親。」

蘭老夫人不動聲色的問：「修兒中意的是哪個世家的閨秀？」

蘭令修立即說：「回祖母，她不是什麼大戶人家的閨秀，只是一個平凡的女子。」

蘭老夫人生氣的對蘭令修說：「修兒，你是個懂事的孩子。婚姻之事講究的是父母之命，媒妁之言，沒有父母的同意私下與你訂終身，那樣的女人根本不可能做我們蘭府的嫡媳！」

見老夫人誤會他的意思，蘭令修急忙解釋。「祖母，孫兒沒有與別人私訂終身。只是孫兒心中有一個人，想娶她為妻，這也只是孫兒一人的意思，還沒有問過她，而且她並不知道孫兒的想法。」

蘭老夫人聽說只是蘭令修的意思，便又問道：「修兒，是哪家的姑娘？你在哪兒見到的？她的身分是否與蘭府相配？」

蘭令修見老夫人問起秦曼，立即回答說：「祖母，她姓秦叫秦曼，是弘瑞的女先生。」

「什麼？是姜家的下人？」蘭老夫人一聽，果然是李琳說的那樣，一個被夫家拋棄的棄婦，果真勾引自己的孫兒，還讓孫兒為了維護她頂撞長輩！

蘭令修急忙分辯。「曼兒不是姜家的下人。」

老夫人更生氣了。「我們蘭府嫡子嫡孫的正妻，是一個下等的女人能配得上的嗎？修兒，你真讓祖母失望！娶妻娶賢，而且還要講究個門當戶對，這樣的外家才能對本家有幫助。可這秦姑娘娘家有勢力能夠幫助蘭家嗎？」

蘭令修急忙道：「祖母，曼兒只是暫時住在姜家幫助弘瑞，雖然她沒有可依仗的娘家，可她卻是個不可多得的女子。如果你們不允許修兒娶她，修兒寧願終身不娶！」

蘭老夫人立即打斷他。「什麼？寧願終身不娶！你想氣死祖母嗎？枉費我對你從小關心！我不管她是個多難得的女子，沒有父母之言的婚姻是得不到允許的，你就死心，準備娶穎兒。再說婚事已經訂下，也不容更改，要不然你叫穎兒以後如何嫁人?!」

蘭令修固執的說：「我可以從別的方面給袁姑娘補償！」

蘭老夫人說：「世家大族的女子不是補償能行的，穎兒是一個很好的女孩，難道你想害她一生難再嫁？」

蘭令修哀求道：「我知道我有錯，可是我真的不能娶她，我不喜歡她，更不愛她，求祖母放過我吧！」

蘭老夫人嚴厲的說：「夫妻之間只講恩，哪來的什麼愛不愛。這一些我都不想聽，你再仔細想想，過完年就好好的給我去納徵，要不然你就不是我孫子；如果你要做個不孝子孫，那麼你就不要再認我這個祖母！」

「祖母，修兒不是不孝，只是修兒真的喜歡曼兒，難道為了家族，就不要自己的幸福了嗎？」蘭令修一臉難過的問。

蘭老夫人見蘭令修真的很難過，也知道這個孫兒的倔強性子，不能逼得太緊，免得他走死路，因此想了想便說：「如果你真的要娶那個秦姑娘，祖母也不是不同意，但是絕不是正妻，等穎兒進門後你再納了她吧。」

見蘭令修要再度開口相求，蘭老夫人立即制止他。「你不要再說了，這事沒得商量。如果不是你喜歡，一個棄婦就是讓她做妾也是高抬了她，而且這事我還得去說服你父親、母親；如果你再不聽話，那麼讓你納她做妾也是不能的。」

蘭令修突然感到害怕，秦曼那樣的女子會是願意做妾的人嗎？恐怕就是所有的寵愛給她一人，她也不會甘於給人做妾，何況她曾說過，寧願做老姑子也絕不給人做妾。

可祖母的脾氣亦是倔得厲害，蘭令修不敢有太過分的反抗行為，萬一把她氣倒了，這個不孝的罪名，不僅會讓他受世人指責，還會連累父親的官職。

蘭令修拖著沈重的腳步離開福壽居。秦曼的一舉一動都浮現在他的腦子裡，相處不到兩個月，他發現，自己閉上眼睛，滿腦子都是她。

秦曼生動活潑、笑逐顏開的小臉，一直在蘭令修的腦子裡來回出現，蘭令修撫著胸口喃喃的說：「曼兒，我願意為了妳付出所有一切，妳會願意嗎？」但回答他的只有一室寂寞……

還有十天酒鋪就開業，現在什麼也不能多想，等開業後酒鋪生意上軌道，蘭令修決定要去問問，如果秦曼同意嫁給他的話，那麼他願意帶著她遠走高飛。

十二月初九，酒店開業的前一天，姜承宣帶著秦曼、弘瑞、凌叔和凌嬸一起趕到了並州城，住進姜承宣在城裡的別院。

姜家別院位在並州城最繁華的地段，離蘭府很近。是一個三進深的院子，一直都作為姜承宣進城辦事的住所。

守院子的是老吳夫妻，得知姜承宣一行人要來城裡，老吳夫妻早就把意宣苑打掃乾淨，等他們來後就能直接住進來。

秦曼正在整理東西，弘瑞蹦蹦跳跳的進來，悄悄的對秦曼說：「娘親，晚上瑞兒可不可以跟您睡？茶花沒來，瑞兒不要一個人睡。」

秦曼笑了笑說：「我也想跟弘瑞睡，但是弘瑞要先去問過爹爹同不同意。弘瑞要尊重爹爹，才是個好孩子，如果爹爹同意了，那就可以。」

「好，瑞兒一會兒去跟爹爹說，如果爹爹同意，今晚我就跟娘親睡。」弘瑞說完，就馬上向姜承宣的書房跑去。

這時姜承宣正在看明天開業的安排，見弘瑞急急進來，問道：「瑞兒，什麼事讓你這麼急？」

「爹爹，瑞兒晚上想跟曼姨睡，可以嗎？」弘瑞眼巴巴的看著他父親。

「瑞兒為什麼想跟曼姨睡？」姜承宣問他。

弘瑞附在他耳邊輕輕的說：「爹爹，告訴你喔，曼姨身上香香的，真好聞，你別告訴別人。」

姜承宣一聽，秦曼的柔軟，秦曼的光滑，秦曼那堅挺的雙峰頓時浮現腦海中，她身上的清香彷彿正充滿他的鼻間。他在心裡憤憤的罵著兒子。「臭小子，現在就知道揩女人油！看我怎麼治你。」

一想起秦曼摟著弘瑞睡覺的樣子，姜承宣滿腦子妒忌，他嚴肅的跟兒子說：「瑞兒現在是個大孩子了，怎麼能跟女人睡呢？」

弘瑞委屈的道：「可為什麼凌爺爺還跟凌奶奶睡呢？難道凌爺爺沒長大嗎？」

姜承宣差點被弘瑞問得岔了氣，這小子，腦子裡想的是什麼東西？自從他說話正常後，問題變多了，什麼事都要問個為什麼。

姜承宣沒有理弘瑞，腦子裡立即出現了弘瑞抱著秦曼睡得口水橫流的情景。不行！堅決不能讓這小子跟秦曼睡。

想到此，他立即回答。「瑞兒再跟別人睡，就會一直長不大。凌爺爺跟凌奶奶兩個是老人，老人怕冷，所以才兩個人一起睡。」

弘瑞不開心了，好不容易茶花沒跟著，藉口說自己一個人睡會怕，才找到機會跟曼姨睡，可爹爹卻說跟別人睡長不大，他還想長大去找娘親，該怎麼辦？無法可想的弘瑞問：「爹爹，瑞兒什麼時候變成老人呀？」

姜承宣差點被自己的兒子問暈，看著一臉求知慾旺盛的弘瑞，只得引導他說：「瑞兒要先長到爹爹這麼高，然後要很多年以後，才慢慢的變老。」

最後弘瑞想了又想，覺得要這麼久，那太難等了，他又問姜承宣。「爹爹，那瑞兒可不可以要曼姨陪瑞兒睡一會兒？等瑞兒睡著，曼姨就走好不好？」一副你不同意我就哭的架勢，姜承宣無可奈何的答應了。

雖然沒有達到跟曼姨睡的目的，但總算在他睡前秦曼會陪著他一會兒，弘瑞滿足的去找他的曼姨了。

看著兒子這活潑可愛的樣子，姜承宣心裡很欣慰。

他又想到了秦曼，實在看不穿她的想法，更看不出她的能耐；平時冷淡沈默、恭敬有禮，談話時言語精練、思維敏捷，酒醉時才情滿腹、醉態可愛，生病時柔弱纖細、楚楚可憐。

自從上次從山上把她抱下來後，她一看到他就臉紅，這讓姜承宣覺得很開心，這樣說明她在乎自己。

姜承宣也不知道為什麼自己看到纖弱的她會心痛，看到無措的她會心堵，看到靈動的她會心動，看著她臉紅會開心。

姜承宣坐在椅子上沈思起來，心道：「秦曼，不要引誘我，那樣我會死心塌地的愛上妳。可是我不能再愛了，女人太可怕，我的一生中遇到的女子看起來都是這麼可愛，卻都是我致命的毒藥。」

想起過去的一幕幕，姜承宣自言自語的說：「秦曼，我們就這麼當朋友吧。只要妳安心的待在我身邊，我一定對妳很好；可是妳要是有什麼異心，我會殺了妳也不一定，妳千萬不要讓我失望！」

姜承宣甩甩頭，想到秦曼的契約訂的是一年，只剩三個多月到期，期滿後還是讓秦曼離開姜家，只要不生活在一個屋簷下，這樣她就不會再左右自己的情緒。

秦曼並不知道姜承宣這千迴百轉的想法，她對姜承宣是有種莫名其妙的感情，不過她從沒認為她會去愛一個看不起女人的男人。就在姜承宣煩惱的時候，她正與蘭令修談話。

一個多月沒見到秦曼的蘭令修聽說他們到了，立即放下手中的事趕過來。「秦姑娘，一路上辛苦了。」

秦曼笑著說：「蘭六哥你才辛苦呢，這城裡的事都是你在忙，我只是坐了幾個時辰的馬車，哪有什麼辛苦的。」

看著眼前秀美靈動的女子，蘭令修壓抑著內心的激動說：「不像秦姑娘說的那麼辛苦，這點事令修做得很開心。」

不想說過多不著邊際的話，秦曼問：「蘭六哥，明天的事都安排好了？」

蘭令修貪婪的看著眼前的女子，壓下心中所想才說：「秦姑娘不用擔心，一切都安排好了，現在我就是來找大哥稟報的，要不一塊兒進去聽聽，順便看看有沒有什麼不妥的地方？」

秦曼想了想，還是多避避的好。「我就不進去了，我去廚房給你們做好吃的，你們商量好就出來吧。」

秦曼笑著告退時，蘭令修雙手緊握著，他怕自己一下控制不住，就會把眼前的人兒摟進懷裡好好的親一個，可是他不敢，因為他沒有把握，秦曼會放下一切跟他走。

蘭令修走進書房時，姜承宣立即站起來說：「六弟，辛苦你了！」

蘭令修不高興的說：「大哥，你說什麼呢？我哪會辛苦，你們在林家村才辛苦。那酒拉過來後，連我爹爹都大聲稱讚，明天他會出面來招待各州府的官員。」

姜承宣欣慰的說：「六弟，你父親可幫了我們大忙，我們這生意要做滿龍慶國，官府的幫助可少不了。」

蘭令修也知道確實是這麼回事。「是呀，朝內無人莫做官，官與商之間的關係太重要。大哥，你說我們生意做得久，這點道理是明白的，可是秦姑娘是從哪兒知道這些的？」

談起秦曼，姜承宣剛剛穩定的心又活了起來，可是一朝被蛇咬，十年怕草繩的教訓，他牢牢的記在心裡，於是他不動聲色的說：「秦姑娘還真如六弟所說的，是個奇女子。」

蘭令修試探的問：「大哥，你對這秦姑娘有沒有什麼想法？」

姜承宣一怔，立即恢復常態說：「秦姑娘就是我們的合夥人，我還能有什麼想法？」

蘭令修又問：「難道大哥不喜歡她？」

姜承宣壓制內心翻騰的情緒，淡淡的說：「喜歡當然是喜歡的，她就像我們的妹妹一樣，既聰明又漂亮，我怎麼會不喜歡。」

蘭令修聽了姜承宣的話，鬆了口氣。「大哥真的只當秦姑娘是妹妹嗎？」

姜承宣說：「還能當什麼？夫子合約一滿，我就不準備再跟她續約，畢竟她現在也不再是只能靠做夫子養活自己的人了。」

蘭令修還想問什麼，可見姜承宣一臉平淡的樣子，他只好緘口不言。既然大哥不愛她，那他也就不算奪兄弟所愛。

第二十八章

臘月初十的這一天，並州城裡有一件新鮮事，那就是城中的瑞豐酒鋪免費請人嚐酒，凡是城裡愛喝酒的人，都可以去免費喝三杯。雖然杯小，可那酒色清澈、酒味濃烈，可不是能大碗喝的，一般的人喝上二兩就會醉。

瑞豐酒鋪外，人聲鼎沸，店外獅子在不停的舞著。

一進店內的大門口，正面放著一排大酒桶，著裝一色的小二不停的給前來試酒的人拿酒，熱鬧非凡。

酒櫃內側，小二身後是一排的酒櫥，一瓶瓶包裝精美的瓶裝酒琳琅滿目。

再往後，是一排排樣式更精美的瓶裝酒，紅色絨布襯托著各式白色鎏金瓷瓶，富貴逼人。

酒鋪後間，將來要用於存貨的地方，目前被一張長桌所占領，在長約三丈、寬約五尺，被紅毯鋪滿的桌子兩邊，坐了近二十來人。桌上擺滿各式瓶裝酒，酒杯分放兩旁。

此時人已到齊，蘭刺史首先站起來，端起酒杯道：「感謝各位前來參加瑞豐酒鋪的開業式，蘭某代表姜老闆敬大家一杯。這是瑞豐酒鋪用最新的法子製作出的新酒，本刺史也不多說，請大家先嚐一杯，來，乾杯。」一說完一飲而盡。

在場的不是當官的就是酒商，對酒都有一定的了解，酒的好壞基本上進了口都能品嚐出來。在蘭刺史的帶頭下，眾人仰頭一口喝光。

當酒進口下肚後，一片滿足的讚嘆聲此起彼落。「好酒！從來也沒有喝過這麼醇、這麼烈的酒，今天真是有口福！」

姜承宣拿起桌上的酒瓶，給每一位又倒了一杯酒，並對大家說：「各位，姜某在此感謝大家不遠千里來捧場，剛才大家品嚐的是我們瑞豐酒廠的二鍋酒，目前最好的酒是我們的第一鍋酒，也就是現在各位杯中的酒，請大家再次品嚐。」

大家聽說還有更好的酒，不待姜承宣說完，便急急品嚐起來。當大家都喝完手中的酒後，沒有人出聲，都在回味口中酒的味道。

「絕！真是太絕了！姜老闆，這酒的烈度不可估量，冬天的北方，如果能喝上幾口這種酒，再冷的天也會讓人渾身發暖。」京城來的王老闆一口酒喝盡後，真誠說道。

「是呀，真是好酒！姜老闆，你這酒打算怎麼銷售？能不能分幾成給我們這幾個城賣？」登州的金老闆隨聲附和。

這次請來的是並州周圍六大州府的最大酒商，還有六大州府的父母官，要把酒銷出去，這北方六州府是最好的銷售地。

聽大家打聽酒的經營情況，蘭令修開口道：「令修在此見過各位，姜老闆是令修的大哥，經營情況託令修處理。」

眾酒商聽說瑞豐酒鋪由蘭令修包銷，於是有人問：「蘭少爺，那您這酒打算如何經營？」

蘭令修看著幾位急切的酒商，不急不慢的說：「各位老闆不用著急，請聽令修慢慢道來。目前瑞豐的酒，有三個檔次，但是包裝不同。我們想請各位老闆帶回去各州府賣，每個州府我們準備各選一個人合作，我們的酒只給這一家賣，不過價格要統一定制，不能你賣你的、他賣他的價格。如果有興趣的老闆可以留下來談，但是有一點，如果一年經營下來達不到我們預定的量，那以後我們將取消合作。」

王老闆問：「這價格非得都一樣嗎？」

蘭令修說：「我們要讓所有的人，在不同的地方，用同樣的價買到同樣的酒。」

王老闆又問：「價格都一樣，我在京城這麼遠，這運費可不少。」

蘭令修笑笑，道：「您王老闆路是遠了點，可您生意大呀。」

說到這一點，王老闆驕傲的說：「那是，這京城的生意可不是哪個地方可以比的，王公貴族、皇親國戚哪家一年不吃掉一車酒？」

蘭令修說：「其實大家都不用擔心費用的事，蘭某可以包你們掙到銀子。」

眾人聽了蘭令修的話，又聽說每個州府僅供一家經營，那一年下來生意可不小，各位老闆都有各自的打算，紛紛表示合作意願。

品完酒後，姜承宣與蘭令修帶大家到前面參觀，最後給每人各個檔次的酒各一箱作為禮品。

六州府的父母官在第二天啟程返家，蘭令修還給了每個官員十張金卡，表示憑卡在六大州府內購買瑞豐酒一律八折，並每年可按本城銷酒的總量提成百分之一作為孝酒費，這一下瑞豐酒在各處的銷售都有了官府的保護。

而六大酒商也在第二天紛紛回程，準備銀子進第一批酒，好趕在年前開始出售，同時也準備與瑞豐酒鋪一樣舉辦嚐酒會和品酒會。

臘月二十前各州府的嚐酒會和品酒會都如期召開，之後不到一年的時間，龍慶國三分之一的人都飲過瑞豐酒。

瑞豐酒鋪開張晚上，姜承宣喝了點酒，很晚才回到別院，正巧秦曼剛從弘瑞的房間出來，有點醉眼矇矓的姜承宣抓住剛走出門的秦曼說：「妳為什麼老在我面前晃來晃去？咦，妳的手是熱的，怎麼在夢裡妳也熱呼呼的？」

秦曼囧了，她呆若木雞的任姜承宣摟在懷裡。「妳陪瑞兒睡，我也要妳陪我睡。」

秦曼聽著他的醉言醉語，臉上熱得發燙，萬一被凌嬸看見，或者這院子裡的人看到，別人不敢議論姜承宣，怕她就真成了他人口中勾引男主子的狐狸精。

姜承宣把頭埋在秦曼的脖子裡說：「曼兒，怎麼夢裡妳也是香香的？瑞兒那臭小子，老是想來占妳便宜，要跟妳睡，他也不想想，他老子還想抱妳呢。妳真如瑞兒所說，是個香香的曼兒，讓我多聞一會兒，要是夢醒了，我就聞不到了。」

秦曼實在不知道該怎麼辦。是要懊惱吧？跟個醉鬼發火，什麼用也沒有，還會弄得人盡皆知；可是不發火吧，這男人借著酒意是在幹麼？示愛？說真心話？秦曼不大相信自己有這個魅力，能把這個冷冰冰的男子融化成一股溫泉。

正當秦曼不知所措時，姜承宣像隻狗似的把她的脖子聞個遍。「真好，夢裡的曼兒也是軟軟的，摸著真舒服！曼兒陪我睡，不要陪瑞兒睡好不好？我們去睡覺。」

秦曼扶著醉了的姜承宣到房間，兩人一起摔倒在床上，姜承宣緊緊的摟著她叫：「我終於抱著曼兒了，哈哈哈，瑞兒，你的曼姨今天是我的了！」

秦曼不知是該哭還是該笑，她一直認為這個男人惹不得，所以今天他這表現讓她心頭不安起來。

與一個醉鬼無道理可言，等姜承宣終於睡著，她才輕輕的掙脫爬起來，然後幫他脫鞋子、蓋被子，去了外面把洪平叫進來侍候他梳洗。

洪平看著秦曼難為情的說：「姑娘，爺今天太高興了，所以他多喝了點，您別懊惱他。」

秦曼紅著臉說：「洪平，我都理解。你就當作什麼也沒看到，記得明天不要跟你家爺說什麼。他這個人的性格你比我了解，否則他會自責。我當他是大哥，妹妹侍候哥哥一下也沒什麼。」

洪平還想說什麼，秦曼立即說：「洪平什麼也別說了，記得今晚什麼事也沒有，否則以後見面也尷尬。」

知道自己的爺的性子，洪平只得喃喃的應道：「小的記住姑娘的話了。」

回到屋內，秦曼躺在床上翻來覆去，最終還是失眠了。

回到姜家已是臘月二十，大部分的年貨凌叔和凌嬸都在並州已順道採購，還有一些冬季的蔬菜，不過也就是只有那幾樣——蘿蔔、白菘、包心菜。

李琳也接回來了，一同回來的還有關、張、李和賀青、李亮五人，家裡頓時熱鬧很多。不過，秦曼倒是難得才出院一趟。

回來第二天，賀青與李亮發現姜承宣的棉褲和棉襪，纏著凌嬸也要做幾件，兩個人過年後才十五歲，在凌嬸面前就像孩子一樣淘氣。

凌嬸被纏得沒辦法，只好悄悄的說：「賀小爺、李小爺，這不是嬸子做的，嬸子可沒這手藝，這是秦姑娘做的，她不讓嬸子跟人講，你們要的話，只有你們自己去求她了。」

兩個半大孩子纏著秦曼，她只得答應他們並交代說：「你們要答應我，不要跟任何人說，這衣服褲子是我給你們做的。」

雖然不知道為什麼，可賀青與李亮立即點頭。「秦姊姊放心，小弟們明白。」

看著兩張獻媚的臉，秦曼心中大嘆，你們明白個屁。

龍慶國的習俗是以祭灶節為小年夜，今年的祭灶節是在臘月二十四，故今日姜家熱熱鬧鬧的於申時過半吃起了小年夜飯。大飯廳裡擺了兩大桌，男的一桌，女的一桌，蘭令修家中有老人家，過年沒有時間過來，特意趕過來和大家一起過個小年夜。

秦曼與李琳、小莉、梅花、來弟幾人一桌。小莉生的孩子快兩個月，她在飯桌上逗著個大胖兒子，滿臉幸福。

梅花的肚子也已經見得著了，只剩來弟還一直沒有懷上，心情一直很鬱悶，在大家聊起孩子的時候，她一句話也沒有接。

秦曼跟她們幾個也算是熟悉，因大家沒有利害關係，又畢竟是簡單的鄉下人，沒有那麼多大戶人家的彎彎腸子，就委婉的安慰來弟幾句，但無法問得太直白，畢竟她和李琳都還是未婚女子。

秦曼見來弟真的很不開心，便私下裡悄悄問她。「三嫂，曼兒問妳一件事，妳千萬不能不吭聲。」

來弟本來不開心，見秦曼低聲問她，就說：「秦妹妹，妳問吧。」

秦曼便說道：「三嫂，妳不要驚訝。妳跟三哥行房時間是什麼時候？」

來弟滿臉通紅，看怪物似的看著秦曼，她一個未經人事的女子，怎麼會問這些？便不好意思的說：「我們為了想要孩子，每次癸水來後，都會行房。」

看來是時間與心情的問題。現代醫學研究，難以受孕，與精神壓力跟不正確的行房時間有關。

前世大學時，自己的導師很難有孕就是這個問題，後來她改行後，再加上藥物治療，不到兩年就生了可愛的寶貝。

秦曼不能把現代的知識解釋給來弟聽，加上她現在也是個未生育過孩子的女人，不能讓別人知道自己清楚這些東西，否則豈不被人懷疑她的來歷？

於是秦曼跟來弟說：「三嫂，妳也知道的，我娘親嫁給我繼父後，也是成親三年才懷了我二弟。因為老是懷不上，後來繼父給她找個老大夫，老大夫配幾服藥，叮囑娘與繼父行房的時間，要還在癸水來後的七天到二十天內，還告訴她，自己一定要開心，要不然會影響生育。」

來弟一聽秦曼的話，非常激動的拉著秦曼的手問：「秦妹妹，這真的有用？」

秦曼神秘的說：「肯定有用！三嫂，要不妳再試試這法子……」她附在來弟的耳邊嘀咕起來。

來弟越聽越臉紅，好在她是個性格比較不拘小節的女子，沒有追問秦曼所說的話是從哪兒聽來的，要不然秦曼還真不知該怎麼回答。

第二十九章

小年夜飯吃到戌時初才結束，秦曼送走住在林家村的三位夫人後，回到自己的房間。晚上只喝一小碗美酒，還是有點口乾，叫冬梅給她泡一杯菊花茶。

冬天來了，又睡炕，很容易上火，秦曼讓每人每天都喝一杯菊花茶，清熱泄火，有益健康。炕燒得有點熱，秦曼坐在上面做手工。

蘭令修走到門外，看著安靜忙碌著的秦曼，心裡暖融融的。他敲了秦曼的房門，輕聲的問道：「曼兒，妳在忙嗎？」

秦曼見是蘭令修，立即起身從炕上下來，到了起居間，招呼蘭令修坐下，並問道：「蘭六哥，這麼晚了你還過來，有事嗎？」

蘭令修坐在她對面，怔怔的看著那張生動嬌俏的小臉，聽到她問，立即壓抑著自己的害怕，輕聲的說：「曼兒，我可以問妳一個問題嗎？」

這樣的蘭令修，秦曼可是第一次見到，她不禁心頭大跳。「蘭六哥，你們不是把我當妹子嗎？有什麼事你只管問，我定知無不言。」

蘭令修靜靜的看著她不說話，秦曼心底很是納悶，這人突然又不出聲，到底是怎麼了？

兩個人就這麼靜靜的坐著，正當秦曼要打破這個尷尬的局面時，蘭令修吐出一句。「曼兒，如果我願意拋下一切，帶著妳遠走高飛，妳願意跟我走嗎？」

她看著一臉認真的蘭令修驚呆了。

「你說什麼？」秦曼失聲的問，她擔心的事終於要發生了？

蘭令修知道自己說的話嚇著秦曼，他指指胸口，苦笑著說：「也不知道從什麼時候起，我這裡總會想起妳。晚上睡覺妳的身影會浮上腦海裡，白天做事時會想起妳的話。本來我想等自己理清楚後，徵得家人的同意再跟妳說，可是我祖母竟然沒有問過我的意思，就擅自給我訂親。但是，我心裡不允許有別人進來，所以我想來徵求妳的意見，如果妳願意跟我走，我願意拋下一切帶妳遠走高飛，我自信有能力讓妳過得好。」

這麼直接的表白，讓秦曼又震驚又不知所措，本來姜承宣的行為已讓她煩惱，這一下又來個她最想當好友的男人向她表白，她囁嚅幾下，一時不知要如何回答他。思考了一陣子，才緩緩道：「蘭六哥，我真的從沒有想過這樣的事。」

蘭令修定定的看向她。「曼兒，我不逼妳，妳能考慮一下嗎？不管妳想考慮多久，我都願意等。」

秦曼畢竟不是個十六歲的小女孩，她對自己的心意還是知道的，特別是她與姜承宣之間的那種曖昧，就算她現在不承認，但她知道自己動過心。

而對蘭令修，雖然他真的很好，也許相處的時日太短，她真的沒有愛上過。

但她知道，蘭令修是個好男人，在她眼裡，算得上是真正的鑽石王老五。可是她對他，目前確實只有兄妹朋友的情誼，如果今天不說清楚，也許會傷了很多人。

見蘭令修要起身，秦曼攔下他。「蘭六哥，你能聽聽我的想法嗎？」

蘭令修重新坐下。「曼兒，我說過不逼妳，妳不用有什麼負擔。我喜歡妳是我自己的事，我更不會強迫妳，妳有什麼話只管直說。」

秦曼給他杯子加了水後，才幽幽的說：「蘭六哥，我真的從來沒想過這件事，一直以來我都是從心裡把你當作親兄長一樣來對待，所以在你面前，我從不掩飾什麼，也許就這樣讓你有了錯覺。其實是我不好，明知道自己的身分與你們的地位不配，還假裝當作什麼事也沒有一樣，跟你們稱兄道妹，我是不是很壞？」

蘭令修不安的問：「曼兒，妳要說什麼？我如果在乎妳的身分，就不會坐在這裡跟妳說心事。」

秦曼幽幽的道：「我想告訴蘭六哥的是，我的身分真的配不上你。我知道你不在意，可我明白，你的家門不是我能踏得進去的。我早就知道，你家不是平常百姓家，如果不是你看得起我，以我這樣的身分，也許我一輩子也進不了蘭府的大門。

「蘭六哥，對不起。我知道你是真心對我，可是我只把你當兄長，所以更不能不負責的跟著你拋棄一切遠走高飛。聘則為妻奔為妾，我不為妾，不管是何人的妾，不為榮光，只為尊嚴。」

秦曼的話把蘭令修想要說的請求逼了回去，他只試著問：「如果這個人一輩子只愛妳、寵妳一個人，妳也不能接受嗎？」

一生只愛她一個、只寵她一個？這承諾真的好誘人。要說秦曼心裡沒有一點點動心，那是騙人的。

可是她不是個理想主義者，一生好漫長，永恆的愛情哪裡有？她不敢相信自己會有這樣的魅力，能讓一個男子頂著家族的壓力，只寵她一個，特別是出自於蘭府的蘭令修，她知道，那是不可能的。

就算他能守承諾，可他的家族會允許嗎？再說，蘭老夫人能不管他意願就給他訂下親事，分明就是個強勢的人，而蘭令修又是個孝子，那結果不言而喻。

再說，她並沒有愛上他。僅僅為了他是一個好男人而嫁他，這種單向的愛，他能再愛她多久？她又能在那樣的家族裡過多久？未來無法預料，她不敢嘗試。

想清楚自己的心意後，秦曼內疚的搖搖頭。「對不起，蘭六哥，我不用想了，我還是不能接受你的要求。」

蘭令修眼中的痛楚瞬間流露。「曼兒，妳從沒有喜歡過我嗎？」

裝作沒看到他眼中的痛楚，秦曼真誠而坦率的看著他。「我不僅喜歡過你，而且現在也喜歡著你。」

蘭令修眼中閃過一絲驚喜。「真的？曼兒現在還喜歡我？可是為什麼妳不能答應我的要求？」

秦曼輕輕一笑。「蘭六哥，喜歡不是愛。我喜歡著視我如親妹的哥哥，可是我不能去愛你們任何一個人。喜歡是一種自然感情的流露，對所有人都可能會產生喜歡的感覺；但愛是自私的，有了愛就會有私慾，就會不滿足。我怕因為愛而產生的自私，失去你們任何一個好哥哥，所以我只會去喜歡你們，你明白嗎？」

如果在平時，蘭令修定會大聲稱讚。「好個聰慧的女子，能夠把一切看得如此透澈。」可此時，他多麼希望她能糊塗點、愚笨點。

「曼兒，站在妳的立場，我明白妳的想法。可是我想告訴妳，妳比得上任何一個大家閨秀，妳不必看輕自己。也請相信我，能給妳帶來幸福，別急著拒絕我，妳仔細想想，如果妳真的還喜歡我，可以試試愛上我，我說過，我不會讓妳做妾。」

真是個好男人，可惜自己愛的人不是他，否則她真的願意一試。

秦曼語帶歉意的說：「蘭六哥，莫怪曼兒這麼絕情。成親不僅是兩個人的事，而是兩個家族的事。你可以為了我不要親人，這樣一來你就成了蘭家的逆子，會被宗族除名，我知道這一切你不在乎，也是心甘情願，可我沒有信心在這樣的壓力下快樂的過一生，我很自私，對不起。」

失落的蘭令修知道秦曼的話沒有錯，他從小受的教育就是——妾為半奴，子為庶子。可明知是這樣，他還是不想放手，他怕一放手就會成為一生的遺憾，他掙扎著說：「妳就不能什麼都不去想？我能說出這樣的話，我是有信心的。」

他有信心，她相信。可他不知道，時間是把殺豬刀，會消磨一切。

秦曼看蘭令修的樣子也很難過，她終究是傷了一個真正對她好的人。可是她從沒有愛過他，而且此時在她的心底還有另一個影子，她怎麼能騙他？

一時的傷害總比一生的傷害要來得好，於是她只得絕情的說出了心裡話。「蘭六哥，你能說出這話，說明你是經過深思熟慮的。可是你知道，這不現實。如果我們兩人過著隱姓埋名的生活，也許你不會厭倦，那我們的孩子呢？他們願意過那樣的生活嗎？

「曼兒說句心裡話，我很喜歡你，你是個好哥哥，聰明睿智、溫和明朗，是很多女子心目中的好男人。不是你不好，而是我們不合適。」

待秦曼說完，蘭令修眼中的悲愴看得她心一緊。「蘭六哥，你別這樣，愛是互相的，我不能把喜歡當成愛來騙你，也許你這時會覺得我不識相，不懂你的心，傷了你。可是比起以後等你真正體會到我沒有愛上你，現在所受的痛會輕好幾百倍。我真心想認你這個哥哥，不想因為欺騙你一時而失去你一輩子。」

心灰意冷的蘭令修苦澀的看向秦曼，固執的說：「曼兒，我不怕受傷，我願意拿今後的幸福來嘗試讓妳愛上我，不管妳能不能愛上我，我都願意。妳還是不願意跟著我？」

怎麼越說越亂，越說越說不清？她遇到的男人怎麼都是這麼的固執？秦曼頭痛了。

話不說清絕對是不行的，拖泥帶水只會給大家造成尷尬和傷害，於是秦曼看著蘭令修的雙眼，認真的說：「蘭六哥，你這麼說，我要說不動心，那是騙人的。可我真的很膽小，我爹爹從小教導我做女人的本分，不是自己能妄想的就不能去想，更不能去嘗試，因此不是我能愛得起的，我就不會去嘗試。說句實話，不要說做妾我不會進蘭家門，就是做正妻我也不會進蘭家，蘭家的生活太複雜，我沒有自信能過得好。」

秦曼說的都是事實，從小就看慣後宅勾心鬥角生活的蘭令修，漸漸理解她的想法，既然說到這個分兒上，看來自己就算再不捨，他與她注定無緣。既然明白自己愛她，又哪裡捨得逼迫她？

蘭令修捂住如被刀割般疼痛的心，擔心的問：「曼兒，這個世上只要有家產、有權勢的男人，哪個後院不是三妻四妾？妳這樣美好的女子難道真的要嫁給一個平常的農夫為妻嗎？」

秦曼聽了蘭令修這些話，知道他已聽進自己的話，於是感激的說：「蘭六哥，曼兒沒有你說得那麼好，對於未來的生活，我還沒有想得這麼遠。我一直只想過簡單的生活，不求我的男人將來能飛黃騰達，也不求他有萬貫家財。唯一所求的是他的心、他的身都只愛著我一個，能與我永結同心，一起慢慢變老。如果不能，那就自己過一生吧。」

輕輕的一番話，讓蘭令修對秦曼有更多的了解，而越是了解，他發現他就越難放下她，苦澀的低下頭，為自己這一生與這個美好的女子無緣而痛悼。不過，蘭令修知道自己是一個大男人，就應該像個男人一樣有寬敞的胸懷，既然給不了她想要的生活，那麼就讓他看著她、幫著她，這樣他一樣會幸福是不是？

離去之前，蘭令修深深的盯著秦曼的雙眼說：「曼兒，記住今天我說的話。我不希望妳不快樂，所以我不強求妳，但是妳一定要記住，不管何時，如果說以後妳真的找不到妳想要的這樣一個人，只要妳願意來我的身邊，我都只會寵妳、愛妳一個人到老。」

鏗鏘有力的承諾出口，震得秦曼心亂如麻，她呆呆的坐在桌子邊發起愣，她突然有點討厭起自己了，既然不能去愛他，為什麼要在無意中去招惹他？傷了一個這麼好的男人，她的心腸真的太硬。

她拒絕的理由是什麼？身分？地位？最大的原因還是愛吧？可，愛是什麼？在這男尊女卑、三妻四妾的時代，愛情這浮雲似的東西是她能追求的嗎？秦曼在心底暗自嘲笑自己的幼稚，兩世為人竟還會去追求那種虛無縹緲的東西。

蘭令修是自她來到這個世間，對她算得上最好的朋友，也許自己正是因為他對自己好，她才會拒絕他的吧？她是不是也不能完全算個壞人？

心亂如麻的秦曼一會兒癡笑、一會兒苦笑。雖然傷害蘭令修，但她覺得沒有錯，她確實沒有愛上他，現在明白的告訴他，雖然有點絕情，可是今天的傷害之小，比較起往後的傷害之大，會好很多。

臘月二十五雪下得很大，姜承宣、蘭令修一直在書房裡對帳。開業半個月，又近年關，這幾個月製出的酒銷了一大半，為了確保總店的酒量，只給六州府的酒商各一成的量。

這幾天銷得最好的還是高檔禮品組，給中等以上人家提供了送禮佳品。蘭令修還特意送了十幾份最高級的禮品到京城，讓自己的大哥當作過年禮品送給上司和同僚。

秦曼起得很早，昨天蘭令修的話讓她一夜無眠，她覺得她欠了這男子的真心，可是她實在不想生活在他那大宅門裡。

睡不好的秦曼乾脆起床，穿好衣服去廚房。她想昨天晚上弘瑞吃的東西也很油，今天早飯可能會不大想吃，突然想起在並州城要凌叔做的那個平底鍋，以及她醃了一個月的韓國泡菜可能已經好了，應該可以做幾個泡菜大餅來吃。

秦曼記得以前每次去韓國料理店總是吃不膩，那麼小小的一個泡菜餅要兩百多塊，總是讓她心疼。

說動手就動手，撈出泡菜，果然不出所料，菜香得讓人嘴饞。找張嫂要了麵粉、雞蛋、大蔥，沒有火腿和培根就用一點點鹹肉代替，麵粉篩了兩次才下盆調水，等麵粉調勻後加進雞蛋攪拌，最後放進切碎的大蔥、鹹肉丁再拌勻。

秦曼做好餅料，向張嫂借來正煨好稀飯的煤爐，用大豆油將平底鍋去鏽，然後關小火，等油六分熱時就放入做好的泡菜料，用小火不停的烤。

不過做餅的速度真的有點慢，等大家來吃早飯時，秦曼只做出十來個泡菜餅，今天第一次做，下的料不多，做好的已讓張嫂送上桌。

伸手敲了敲背，準備讓最後一個餅出鍋，這時一陣雜七雜八的腳步聲接近廚房，跟著弘瑞大聲叫道：「曼姨，妳做的餅不要給青叔叔和亮叔叔，全是瑞兒的。」

李亮也跟著叫：「秦姊姊，給我幾個，不要全給瑞兒。」

賀青叫：「我也還要幾個，那餅太好吃了。」

一眨眼三人跑到爐子邊，秦曼嚇得拿起鍋退了幾步，不停叫道：「站住！小心火！」

聽到秦曼叫站住，三個人立即不敢往前走，他們都知道，這時不能得罪秦曼，要不然好吃的餅就沒份。

三雙眼睛巴巴的看著秦曼，口水都要往外流，讓秦曼頓時懷疑，他們是不是剛從集中營出來。

「我這兒只剩四個，弘瑞兩個，賀青、李亮一人一個。不許搶，搶的人以後永遠也不給吃。」秦曼吩咐道。

三人一看，確實只有四個。好吧，瑞兒最小就給他兩個，賀青、李亮只得流著口水同意。

弘瑞分到兩個還是不滿意，餅不大，油不多，口味又好，他太喜歡了，可是只有兩個不夠吃，他端著碗捨不得走。

秦曼見他不高興，把他抱起來，問道：「弘瑞是不是還想要吃？」

弘瑞點點頭，很委屈的道：「爹爹說還想要、修叔叔也還想要，可只有兩個，瑞兒沒法分。」

聽弘瑞這麼一說，她道：「瑞兒真是個乖孩子，今天曼姨做得少了，明天早上我給瑞兒做很多個，吃夠為止好不好？嗯，這鍋裡還有一個，要不這樣，瑞兒分一個給爹爹，分一個給修叔叔，自己留一個，可以嗎？」

弘瑞聽說明天給他做很多讓他吃個夠，便開心的笑了，拿著三個餅跑去飯廳。

姜承宣吃著弘瑞給他的餅，對蘭令修道：「六弟，這種東西我是第一次吃，吃了這麼多年的餅，真沒有吃過這麼可口的。」

蘭令修酸酸的說：「大哥，曼兒真是手巧，娶到她的人有福了！」

姜承宣不以為然的說：「看六弟說這話，不就是會弄些個吃食嗎？這世上會做吃食的人太多，哪娶得完。」

蘭令修心情很沈重，秦曼的好，處處都刺痛著他，可是他不能強求，只得失落的說：「可是會做吃食，又聰明善良的人就太難找了。」

姜承宣則教訓他。「娶妻娶賢，這可不是能亂來的。」

蘭令修想起秦曼不接受自己，這一輩子與她無緣，便心裡難受得吃不下，只得對弘瑞說：「瑞兒，你曼姨還沒吃過吧？六叔這個就不吃，留給她，我吃包子好了。」

姜承宣深深的看了蘭令修幾眼，眼前心情低落的兄弟讓他內心越來越複雜。他知道六弟昨天晚上去找過秦曼，於是他再一次對自己說，這秦曼不是個簡單的女人！

第三十章

等秦曼收拾好準備吃早飯時，賀青、李亮仍在飯廳裡，見秦曼過來後，都問道：「秦姊姊，明天可不可以多做幾個給我們倆？」

秦曼笑著說：「可以，但是要記住，不能每天吃，也不能多吃，要不然會上火。今天你們每個都得喝一大杯菊花茶，否則明天都不給吃餅。」

兩人一聽有餅吃，高興的齊聲回答。「是！」

蘭令修見到秦曼進來，他癡癡的看著她，想起她還沒吃早飯，立即拉開凳子說：「秦姑娘快來吃早飯，一會兒飯都涼了。」

秦曼看到蘭令修，還是有一絲的不自在，可是見他一臉的關心，又不忍拒絕他的好意，便道：「謝謝蘭六哥。」

姜承宣彷彿什麼事也沒有的樣子，淡淡的說：「快坐下吃吧。」

秦曼「嗯」了一聲就不再說話，在這兩個大男人面前，她真不知道說什麼。

蘭令修看著秦曼優雅的吃著早餐，想著昨天晚上她拒絕自己的情景，臉色越來越暗淡，嘴角的笑意漸漸隱去。

姜承宣不動聲色的看兩人一眼，然後低頭沈默不語，沒人知道他在想什麼。

好不容易才吃完早飯的秦曼，看著兩個男人出門的背影，拍拍胸脯鬆口氣，這真是天下最不自在的早餐，要是天天這樣，她一定會得胃病！

李琳起得比較晚，等她吃完早飯出院子時，看見秦曼正站在走廊上看著賀青、李亮、弘瑞堆雪人。

看孩子玩得高興，秦曼拿幾塊黑色和紅色的絨布，讓他們給雪人做眼睛、鼻子和嘴巴，雪人立即多了幾分真實。

李琳聽秦曼笑得開心，心裡極不舒服，她怒氣沖沖的走到秦曼身邊，無名無姓的道：「聽說今天的餅是妳做的？明天多做幾個，我還想吃。」

秦曼覺得這個女孩學了這大半年的規矩，連個狗屁都沒學到，跟這種女子計較真是有失她的水準，於是她冷冷的說：「我只是弘瑞的先生，不是妳的傭人，要吃自己做。」

李琳一聽秦曼不給她做，更加尖銳的道：「我可不是下人，也不會去做這麼低賤的活兒！不願做就算了，妳還以為我真的稀罕。一天到晚就做些低賤的事，以為能得到承宣哥哥的喜歡？別作夢。令修哥哥也不是妳能妄想的，蘭老夫人和蘭伯母已經給他訂了穎兒姊姊，妳是不夠格做他正妻的！」李琳一臉的刻薄。

秦曼已經知道了蘭令修的事，所以她並不生氣，只是覺得有點可憐蘭令修，這樣一個大氣溫柔的男子，終身大事自己都作不了主，如果娶一個像李琳這樣的女子過一生，那還真的為他感到悲哀。

秦曼仍是冷冷的瞧了她一眼。「夠不夠格不是妳說了算。再說，怕妳也不是個夠格的。」說完轉身回房。

秦曼並不是衝動的人，從小到大她就比較淑女，而且她不是真的十六歲，說實話，要跟一個十四歲的女孩競爭，她還真的不屑。但如果連這麼一個青澀的小女孩都沒法爭過的話，現代那二十幾年她還真是白活，買塊豆腐撞死算了。

這幾天天氣太冷，又準備過年，秦曼也就放弘瑞的假。秦曼在並州城為他做的那套拼字積木，讓他自己拼寫認字還可以搭成各式的房子，使他大為歡喜，沒有陪他玩時，就跟茶花一起在自己的房間裡搭積木。

因為昨天晚上沒睡好，秦曼見沒什麼事，就上床準備再睡個回籠覺。

秦曼覺得躺在溫暖的被窩，聞著被子的清香，安安靜靜的睡覺，才是真正的幸福。

想想剛才李琳說的話，她覺得真好笑，一個女子的嫉妒心真可怕，她那一副誰跟她搶姜承宣她就急的樣子，讓秦曼覺得很有意思。

原本秦曼對姜承宣近來的表現也僅是有好感，但完全沒有要以身相許的地步。李琳這麼鬧，倒讓秦曼覺得，嫁給姜承宣，以他那抽瘋的性子，會不會幸福她還真不敢想。算了，就把他讓給這琳姑娘吧。

書房裡的姜承宣連打兩個噴嚏，心想也不知誰在念叨他。

過年總是忙的，接下來的幾天，秦曼找出幾塊有破敗處的毛皮，給凌叔做了一雙手套，給凌嬸做了一條圍巾，還給弘瑞做了一雙手套和一頂帽子。

酒鋪和酒廠大年二十七都放假，蘭令修在大年二十八趕回家過年。

蘭令修不在，秦曼覺得輕鬆很多，畢竟一時見面還是有點不自在。前幾天他們都在書房，加上秦曼的有意避開，倒是沒有碰上。

蘭令修走了，秦曼就沒有什麼顧慮，一大早她與冬梅帶著自己做的棉襖和泡菜、豆芽，送給帶弘瑞玩那時認識的姚奶奶，並留下一兩銀子給她過年。姚奶奶接過秦曼送來的禮物，激動得熱淚盈眶，一時連話也說不出來。

回到姜家吃過午飯，秦曼就進廚房幫忙準備年夜飯。昨天她跟張嫂說，過大年大多數都是大魚大肉，她想準備幾道小菜給大家清清口。

晚上有三桌，男人一桌、女人一桌、傭人一桌，農村也不似城裡大戶人家那樣講規矩，這三桌都開在大飯廳。

秦曼花了將近一個時辰，才把那幾個小菜做好。弄好後秦曼回自己的房間，她把禮物送給凌叔和凌嬸。

凌叔拿著手套左看右看，覺得很奇怪，就問道：「曼兒，這是手套嗎？」

秦曼笑著說：「這是手套，我見叔平時趕車時戴手套不方便，便想著做成這樣，以後您趕馬車就不用拿下它了。您戴戴看，是不是合適？」

凌叔按秦曼說的方式戴上手套，戴好後又握拳試了試，發現它真的很方便，他高興的說：「好東西！以後趕馬車就不會那麼冷了，曼兒真是聰明！」

她這哪算是聰明？這是剽竊好不好？

秦曼又把做好的圍巾給凌嬸圍上，凌嬸立刻覺得脖子暖和很多，高興得流出眼淚，拉著秦曼的手說：「好孩子，謝謝妳，妳的禮物我和妳叔都很喜歡！」

秦曼拉著凌嬸的手真誠的說：「叔、嬸，要說感謝，那曼兒說一千聲道一萬聲，也謝不完二老的恩情。只是曼兒目前沒有能力來謝，只能用一顆心來表達，在這裡曼兒只想說一聲：祝二老健康長壽！」

晚上熱騰騰的飯菜上桌，賀青馬上就叫道：「秦姊姊，我們做的那豆芽呢？」

秦曼笑著說：「那碟子裡涼拌的也有，還有那辣子牛肉煲裡也有。」

聽說有新鮮豆芽，來弟驚奇的問：「這東西你們從哪兒買來的？」

李亮噗哧一笑。「這可沒地方買。」

來弟又問：「那你們從哪兒弄來的？」

李亮神秘的說：「三嫂，這可是秘密。」

來弟在李亮頭上拍了一巴掌。「呸，你們這兩個臭小子，還來誑你三嫂不成？」

李亮故意哀怨的說：「我這不是逗三嫂開心嗎？」

秦曼笑著對來弟說：「王三嫂，妳可被這兩小子戲弄了，這豆芽就是他們兩個弄出來的，罰他們給妳做幾箱好了。」

來弟笑了。「秦姑娘才真是我來弟的妹子呢。好了，過兩天你們倆給我送兩箱來，否則我讓你們三哥揍你們一頓。」

眾人坐上桌，聽到來弟的笑聲，小莉問她。「三嫂，是什麼事這麼開心？」

來弟指指碗裡的豆芽。「弟妹妳不知道，這兩個小子在這大冬天的弄出嫩生生的豆芽來，我問他們，還胡謅說是秘密，正想揍這兩小子，讓他們準備兩箱給我做新年禮物。」

小莉嘻嘻笑著。「這新年禮物好！青弟、亮弟，新年禮物可不能給一不給二。」

李亮苦著臉說：「這下好了，大過年的本想好好休息，這年都還沒有過，活兒就來了！」

看李亮這一臉苦樣，幾個兄弟很不厚道的笑了起來。

聽聞新年禮物四字，李琳立即拿出一個包袱遞給姜承宣。「承宣哥哥，這是琳兒給你做的過年新衣服，希望你天天穿它。」

姜承宣一臉欣慰的說：「哦，琳兒會做衣服了？哥哥謝謝妳的新年禮物。洪平，我給大家的新年禮物拿上來。」

洪平應了一聲，就遞上一個托盤。「爺，小的全部拿來了。」

姜承宣拿起一根碧玉珠花，遞給李琳說：「琳兒，這是哥哥給妳的過年禮物，過年開心美麗。」

李琳示威似的看了秦曼一眼，一臉歡喜的接過珠花，嬌滴滴的說：「琳兒謝謝承宣哥哥！」

幾個小的都有禮物，秦曼也分到了一根銀釵，瑞兒拿著手中的小銀劍開心的跳起來。「哇，太好了，我有劍了，爹爹你太棒了！」

來弟打趣的問：「秦姑娘沒給大哥和瑞兒準備禮物嗎？」

秦曼一愣，給姜承宣準備禮物？還是不要亂準備的好。特別是在李琳面前給姜承宣送禮物，她還不發飆？

秦曼難為情的笑笑。「我吃姜家的，用姜家的，沒有什麼能力置辦好禮物，我給瑞兒是準備了小禮物，只是我的禮物很寒酸，希望你們不要笑話。」

接過冬梅手上的手套和帽子，秦曼幫弘瑞戴上說：「瑞兒過年快樂！願你新的一年裡越來越聰明，越來越可愛！」

小莉好奇的問：「秦姑娘，這是什麼？」

秦曼紅著臉說：「是手套和帽子，瑞兒喜歡到外面玩，戴上這東西不容易凍著。」

來弟驚訝的問：「秦姑娘，這是妳自己做的？」

秦曼難為情道：「我手藝不大好，亂做的。」

來弟樂呵呵的說：「秦姑娘太謙虛了！妳這手套，我也來學學，給我相公做幾雙，騎馬時可是好用的東西。」

秦曼笑著說：「王三嫂就是疼王三哥，什麼東西都想著他。這東西很好學，有空妳就來找我。」

姜承宣聽秦曼只給瑞兒準備禮物，心裡突然有點不開心，他若有所思的看了秦曼幾眼，才不動聲色的低下頭繼續吃飯。

年夜飯結束後，王、趙、劉三家都回家守歲，姜家幾個男人都去姜承宣的書房守歲。秦曼、李琳、弘瑞、凌叔、凌嬸則在稻香園守歲，茶花等在一旁侍候茶水。

一個時辰後，李琳帶著香米回去睡下。見大家都有點睏的樣子，廚房送上水餃吃了，凌嬸便吩咐秦曼去休息，凌叔則抱著弘瑞去宣園。

一進門，冬梅笑嘻嘻的把收到的紅包放在桌子上，數了又數，眼睛閃閃發亮，高興的道：「姑娘，過年真好，奴婢從來沒領過這麼多賞銀，這可抵奴婢半年的月錢了！」

今晚做主子的都給下人發了紅錢，四個成家的主子給每個下人的賞錢都是二兩，她就有了八兩，秦曼也給了她一兩。冬梅的月錢只是一兩，現在收到九兩銀子，那小眼睛笑得縫都沒了。

「是呀，我家小冬梅的嫁妝可又多了一抬。」秦曼打趣著。

冬梅滿臉通紅，羞得跺腳。「姑娘，您就會笑話奴婢。」

「妳說洪平這小子怎麼樣？這小子挺有福的。」秦曼再次打趣。

冬梅一聽秦曼提起洪平，立即嚇得跪在地上。「姑娘，奴婢跟他可沒有什麼牽扯！」

秦曼見嚇著了小丫頭，馬上扶她起來。「冬梅別怕，我可不是說妳不守規矩，我只是見洪平這小子，每次一看見妳，眼睛可不捨得轉開，不關妳的事。再說，你們也沒有什麼私相授受的事，我開玩笑的，妳別害怕。」

「姑娘，奴婢不敢亂來的。主子雖說是農家，但奴婢也知道這是個守規矩的人家，因此絕不會做出有損主家的事來。奴婢是主子買來的，一生都是主子家的奴婢，一切都會聽從主子的安排。奴婢謝姑娘的關心，能碰上姑娘這樣好的主子，奴婢真的很有福氣。」冬梅非常認真的說明。

秦曼不得不嘆口氣。「我知道，我的小冬梅是個聽話的好姑娘。早點休息，明天得早起給大家拜年呢。」

冬梅應了一聲後去睡了。

等冬梅下去後，秦曼把自己領的紅包也拿出來，她數了數共有三十五兩。心中笑呵呵的對自己說：「今晚可成了個小富婆，這個時代一兩銀子價值約台幣一千塊左右，那三十五兩銀子在現代相當於三萬五千元，這年終獎金也不差。」

雖說她擁有酒廠和酒鋪的十分之一股份，但現在沒錢能分，所以目前秦曼還是窮人。

秦曼聽說這時代的十兩銀子，夠一家三口過一年，

她的月錢目前僅有十幾兩，加上這三十五兩，就有五十多兩了。嗯，不錯，在這個世上總算有了第一筆積蓄。

秦曼接著拿出姜承宣給她的禮物，古色古香的雕花銀釵，雖然雕工不錯，但是成色很老，她笑笑，扔在一邊。

——未完，待續，請看文創風313《生財棄婦》下集

不變的堅持＋品質的要求＝租書店長最愛書系

2015
熱浪來襲！
夏日線上書展

莫問前程凶吉，但求落幕無悔／麥大悟

文創風 314-318《相公換人做》全套五冊

上一世，她嫁予三皇子李奕，隨著他登基後被封為妃，極受聖寵，
然而，數年的恩愛，最後換來的竟是抄家滅族的下場，
而她這個萬千寵愛的一品貴妃，則是加恩賜令自盡！
如今能再活一遭，她定不會聽天由命，再向著前世不得善終的結局走去，
雖然前世最後那幾年到底發生了什麼事，她一概不知，
但有一點她很明白——此生她不想再和三皇子有交集，她的相公絕不能是他！
她看得出娘親有意讓她嫁給舅家表哥，她也想趁此斷了三皇子對她的念想，
豈料兩家正在議親之際，表哥竟突然被賜婚成了駙馬，
更沒料到的是，與三皇子兄弟情深的五皇子竟向聖上請旨賜婚，欲娶她為妃！
她此生最不想的便是與三皇子有交集，無奈防來防去卻沒防到五皇子，
而另一方面，三皇子對她竟是異常執著，不甘放手，
她向來知曉三皇子表面看似無害，實則城府極深，
卻不想仍是著了他的道，一腳踩入他設下的陷阱中……

【書展限定】 7／21 陸續出版
原價250元/本，**新書優惠75折**，買整套再送精緻書套X5！

2 美國Nostalgia electrics棉花糖機 2名

麵包機不稀奇，氣炸鍋人人有，
那現在流行什麼？
答案是懷舊棉花糖機！
時髦復古的外型，直接放入糖果就能製作出
個人口味的棉花糖，讓你邊玩邊吃，
在家辦Party也超有面子！

3 CHIMEI 9吋馬達雙向渦流DC循環扇 2名

電風扇不再是冬天的倉庫常客，
循環＋風扇 2合1，一年四季都適用！
沙發馬鈴薯必備款——附有無線多功能遙控器！
雙向送風設計，有8段風速可選擇，
還有7.5小時定時功能！內設DC節能靜音馬達，
給你最清靜又環保的夏日時光！

4 狗屋紅利金200元 20名

狗屋紅利金永遠最貼心！超實用的省錢術，下次購書可抵結帳金額喔～

★小叮嚀

(1) 購書滿千元免郵資，未滿千元郵資另計。請於訂購後兩天內完成付款，
未於2015/8/8前完成付款者，皆視為無效訂單。
(2) 如果訂單上有尚未出版之預購書籍，會等到書出版後一併寄送。
(3) 活動期間，親自至本社購買亦享有相同折扣，但請先電話聯絡確認欲購書籍，以方便備書。
(4) 5折、50元、5本100元的書籍，皆會另蓋小狗章。
(5) 特賣書籍因出書時間較久，雖經擦拭、整理，仍有褪色或整飾痕跡，故難免不如新書亮麗。
除缺頁、倒裝外無法換書，因實在無書可換，但一定會優先提供書況較良好的書給大家。
若有個人原因需要換書，需自付來回郵資。
(6) 各書籍庫存不一，若遇缺書情形可選擇換書。
(7) 歡迎海外讀者參與(郵資另計)，請上網訂購，或mail至love小姐信箱
(love@doghouse.com.tw)詢問相關訊息。

狗屋．果樹有權修改優惠活動的實施權益及辦法。

2015年7月出版

生財棄婦

文創風 312～313

穿越到古代就算了，還得背負剋夫、被休棄的名聲？
不過誰說棄婦就只能悲慘度日？那可不一定。
且看她如何巧用前世知識，生財致富，逆轉悲劇人生！

清閒淡雅 耐人尋味 ／半生閑

這也太倒楣了吧?!被陌生人撞下樓昏過去的秦曼，
一睜開眼竟成了剋死丈夫、被趕出門無家可歸的棄婦，
前途茫茫的她，聽從好心大嬸的話，想去大戶人家找份幫傭活計，
還沒尋到差事，竟先餓昏在姜府大門旁，幸好蒙姜府小少爺搭救入府，
而後藉著前世的幼教知識，成為小少爺的西席，總算有了安身之處。
但在姜府裡雖然吃得好、住得好，卻非久留之地，
除了姜家主人姜承宣懷疑她想圖謀家產，總對她冷言冷語外，
更有視她如情敵的李琳姑娘，想盡辦法欲攆她出姜府。
原本待西席合約到期，她便打算離開姜府，隨著商隊四處看看，
不料在離開前，卻誤陷李琳設下的圈套，引起了姜承宣天大的誤會。
心碎的她不想辯解，手裡捏著他羞辱人般撒在地上的銀票，
決意遠走他鄉，反正靠著製茶、釀酒的技術，她必有活路可走！

2015年7月出版

嬌女芳菲

文創風 309～311

如何從嬌嬌千金蛻變成審時度勢的聰穎女子？
只需重生一回，便能看清世態炎涼，還要明白——
也許這一生，只要保得家門安穩，
與夫君即使疏離但仍相敬如賓，便是幸福，
只是……為何心底總是空落落的呢？

絕妙橫生 精彩可期／喬顏

沈芳菲曾是將門嫡女、名門正妻，金枝玉葉非她莫屬，
孰料新帝登基後，一道通敵叛國的罪名，不但令娘家滿門抄斬，
那涼薄夫婿為怕惹禍上身，更要她自盡以絕後患！
所幸上天讓她回到十二歲那年，一切都還可以重來——
前世姊姊嫁給九皇子，沈家鼎力助他上位，卻難逃兔死狗烹的下場；
加上兄長癡戀表妹，嫂子因而鬱鬱以終，親家反成了敵人落井下石……
很多事看似不相關，其實環環相扣，一環錯了便滿盤皆輸，
而她是唯一能拯救沈家上下百餘口性命的關鍵之人，
誰說閨閣千金就一定無能為力，只能眼睜睜被命運牽著走？
她無論如何都要使出渾身解數，絕不讓前世的悲劇重演！

文創風 312

生財棄婦 上

國家圖書館出版品預行編目資料

生財棄婦 / 半生閑著. --
初版. -- 臺北市 : 狗屋, 2015.07
冊 ; 公分. --（文創風）
ISBN 978-986-328-473-4（上冊：平裝）. --

857.7 104007964

著作者	半生閑
編輯	曾慧柔
校對	黃薇霓　蔡佾岑
發行所	狗屋出版社有限公司
地址	台北市104中山區龍江路71巷15號1樓
電話	02-2776-5889～0
發行字號	局版台業字845號
法律顧問	蕭雄淋律師
總經銷	知遠文化事業有限公司
電話	02-2664-8800
初版	2015年7月
國際書碼	ISBN-13　978-986-328-473-4
原著書名	《穿越之爷请别种错田》，由北京晉江原創網絡科技有限公司授權出版

定價250元

狗屋劃撥帳號：19001626

網址：love.doghouse.com.tw　E-mail：love@doghouse.com.tw